안녕,
인공존재!

배명훈
소설

안녕,
인공존재!

북하우스

차례

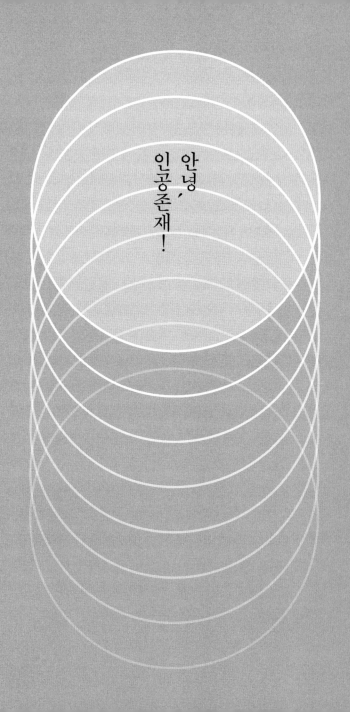

안녕,
인공존재!

이경수 선생님,

신우정 박사님 장례식장에서 선생님을 뵈었습니다. 인사를 드릴까 했지만 슬퍼하시는 모습이 너무 안타까워서 뒤에서 지켜만 봤습니다. 언제 한번 직접 만나뵙고 인사를 드려야겠다고 생각했는데요, 마침 선생님께 전해드릴 물건이 있어서 이렇게 연락드립니다.

신우정 박사님께서 선생님께 남기신 물건이 있습니다. 신박사님 물건을 정리하다가 발견했는데요, 회사에서는 이 물건을 선생님께 전해드려도 될지를 놓고 며칠간 의견이 분분했습니다. 회사 프로젝트와 관련된 물건이었거든요. 결국은 전해드리는 편이 낫다는 결론이 났습니다. 신 박사님 뜻이 그렇다면 전하는 게 옳다는 게 회사 분들 생각입니다. 저도 그렇게 생각합니다.

바쁘신 줄은 알지만 언제 한번 시간 내셔서 회사에 들러주시기 바랍니다. 언제쯤 가능하실지 미리 연락주시면, 제가 전해드릴 물건이나 출입절차 등을 모두 준비해놓고 기다리겠습니다. 아무쪼록 건강하시기 바랍니다.

백선영 드림

발사가 무기한 연기되었다. 발사체 에네르기야*에서 결정적인 결함이 발견되었다. 핵심부품을 러시아 공장으로 돌려보내야 할지도 모르는 상황이었다. 나는 대기상태에 들어갔다가 결국 훈련을 잠정 중단하고 집으로 돌아왔다.

그사이에 신우정이 죽었다. 자살이었다. 마음만 먹으면 좀더 깨끗하게 목숨을 끊을 수 있었을 텐데, 목을 매고 치열하게 죽음을 맞이했다. 허공에 매달린 신우정의 시신이 이따금 꿈에 보였다. 존재감 가득한 죽음이었다.

장례식날은 날씨가 화창했다. 약간 더웠지만, 습기 없는 바람이 불어서 쾌적한 날이었다. 그늘에 기대서서 아는 얼굴들이 지나쳐가는 것을 보다가 옛 기억이 떠올랐다. 선크림을 허옇게

---

* 소련에서 개발한 우주왕복선 '에네르기야-부란'의 발사체 부분. 부란은 우주왕복선 본체 부분의 명칭이다. 미국 우주왕복선의 액체연료탱크와 고체연료추진체에 해당한다.

바르고 소리를 지르며 함께 뛰쳐나갔던 바닷가. 저녁에는 빨갛게 익어버린 그녀의 어깨에 오이를 썰어 붙였다. 둘이서 떠난 첫 여행이었다. 다른 사람들이 눈치채지 못하도록, 돌아온 뒤에도 내색을 하지 못했다. 같은 주말에 둘 다 얼굴이 까매져서 나타나면 모두가 이상하게 생각할 것 같아서 한동안 친구들도 만나지 않았다. 부끄러워서가 아니라 소중했기 때문에 아무에게도 알리지 않았다. 장례식에 찾아온 사람들을 보니 자꾸 그 시절이 떠올랐다. 첫사랑이었다. 얼마 안 갔지만.

장례식에는 사람이 많았다. 신우정이 알고 지내는 사람이 이렇게 많았나 싶었다. 신우정이 살아 있었다면 어떤 이유로든 경조사에 이렇게 많은 사람을 부르지는 않았을 것이다. 결혼식에도 겨우 열 명 정도만 불렀으니까. 나는 초대를 받고도 결혼식에 참석하지 못했다. 결국 연기되기는 했지만 생애 첫 궤도 비행을 위한 대기상태였기 때문이다. 나중에 신우정이 전화를 걸어왔다.

"안 온 거야, 못 온 거야? 너 때문에 신부측 하객 십 퍼센트가 줄었잖아."

"축의금 보냈잖아. 그럼 됐지."

"말 잘했다, 축의금. 니가 나한테 달랑 십만 원으로 돼? 백만 원은 냈어야지. 완전 실망이었어."

"뻔뻔하기는. 다음 결혼식 때 백만 원 줄게."

"미친놈."

신우정의 남편은 착한 사람이었다. 아내의 가장 절친한 친구가 첫사랑이었다는 사실을 알고도 아무 소리 하지 않았다. 미국 사람이어서 그런가 보다 했다. 그때는 미국 사람이면 다 그런 줄 알았다.

그날 앤디는 정신이 반쯤 나간 사람 같았다. 아내가 왜 목숨을 끊었는지 이해할 수 없다고 했다. 그는 나에게 혹시 짚이는 게 없느냐고 물었다. 네가 모르는데 내가 알 리가 있겠냐고 반문했다.

"그렇겠지."

그가 힘없이 대답했다. 한국말이었다. 그는 한국말을 꽤 잘했지만, 조사(弔詞)는 미리 준비해온 것을 읽었다. 하지만 끝을 맺지 못했다. 눈물을 참지 못해서였다. 나는 울지 않았다. 그가 대신 울었다. 물론 대신 울었다는 건 내 생각일 뿐이다. 그는 울 자격이 있었다. 나는 그 사람보다 더 많이 울 자격은 없었다.

장례식이 끝날 무렵에 나는 그가 쓴 조사 원고를 주웠다. 나중에 돌려줄 생각이었지만 그럴 경황이 없었다.

……완전한 사람은 아무도 없습니다. 아내도 그랬습니다. 아내는 제멋대로이고, 까탈스럽고, 게을렀습니다. 세상이 옳지 않은 일을 강요하면 타협하기도 했습니다. 솔직히 그런

모습을 본 게 한두 번이 아닙니다. 하지만 아내가 잘못했다고 생각한 적은 한 번도 없었습니다. 아내가 타협했다면, 그것은 아내가 비굴해서가 아니라 세상이 그만큼 말도 안 되게 잘못됐기 때문이라고 믿었습니다. 믿어 의심치 않았습니다. 아내는 그런 사람이었으니까요.

아내가 세상을 떠났습니다. 스스로 목숨을 끊었습니다. 아내가 최근에 이상한 행동을 하지 않았느냐고 묻는 사람들이 있습니다. 나는 아내에게 문제가 있었다고 생각하지는 않습니다. 아내가 외로워했다면 그건 그 사람 잘못이 아니라 우리 잘못입니다. 제 잘못입니다. 아내는 무조건 옳았습니다. 세상이 다 틀렸습니다. 저에게 아내는 그런 사람이었으니까요. 그런데 이제 아내가 없습니다.

아내 차를 빌려 타고 신우정이 다니던 회사 연구소로 갔다. 보안이 너무 철저해서 평소에는 가기가 꺼려지던 곳이었다.

"번거로우셨죠? 요즘 출입절차가 좀 까다로워졌어요."

"전에 와본 적 있어요. 그때도 벌써 출입절차가 우주센터만큼 까다로웠던 것 같은데요."

"네에. 근데 최근에 사고가 있어서 더 심해졌어요. 먼 길 오시느라 수고 많으셨어요. 저희가 가서 찾아뵈야 하는데, 민감한 사안이라서 바쁘신 분을 오라 가라 하게 됐어요."

백선영 씨는 진심으로 미안해하며 말했다.

"너무 어려워 마세요."

우리는 엘리베이터를 타고 지하로 내려갔다.

"반출절차는 다 해놨어요. 몇 군데 사인만 하시면 되고요. 서약서 같은 게 있는데요, 잘 아시겠지만……"

"딴 데 가서 팔아먹지 말라는 거죠? 뭘 가져가게 될지는 아직 모르겠지만."

"네."

나에게 신우정은, 어디 가서 팔아먹을 수 있는 사람이 아니었다. 백선영 씨도 물론 그 사실을 잘 알고 있었다.

"신 박사님 프로젝트 시제품이에요."

"그렇군요. 역시 유작이군요."

"네, 유작이죠."

"그런데요, 그걸 왜 저한테 주라고 했을까요? 그 친구 남편한테는?"

"글쎄요. 두 분 일이니 저희는 알 길이 없죠. 신 박사님이 이런 메모를 남기셨어요."

선영 씨. 나 이거 드디어 완성했잖아. 확실히 제대로 만들었거든. 근데 증명하기가 까다롭네. 품질검사가 어려울 거야. 항공우주국 이경수 씨한테 부탁하세요. 경수 씨 누군지 알지? 내 세컨드.

피식 웃음이 났다.

"누구 마음대로 내가 당신 세컨드야?"

그러자 백선영 씨가 웃으며 사전만 한 상자 하나를 건넸다.

"아시잖아요. 맨날 장난치시는 거. 여기 이거예요."

상자를 받아들었다. 뚜껑을 열었다. 그 안에는 한 손에 쥘 수 있을 만한 크기의 동그란 돌멩이 하나와 충전기 따위의 부속품들이 들어 있었다.

"이게 뭐죠? 그러니까, 제품 종류가?"

"신제품이에요. 브랜드명이 '조약'인데요, 약속이라는 뜻도 되고, 보시는 것처럼 조약돌이라는 뜻도 되고요."

"뭐 하는 기곈데요?"

"그게요, 설명서를 첨부했는데요, 한마디로 기능을 말하기가 까다로운 게, 기능이 없어요. 이 프로젝트 제품은 기능성 제품이 아니고, 말하자면 존재성 제품이었어요. 뭘 하는 제품이 아니라 그냥 존재하는 제품인데요, 사실 회사에서도 제품 콘셉트를 확정하지 못했어요. 그래서 여러모로 복잡해요."

설명하기가 까다로운 모양이었다. 설명서를 대충 훑어보았다. 설명서라기보다는 철학책 같았다. 그중에서도 유난히 눈에 걸리는 단어가 있었다. '존재'라는 단어였다. 설명서를 덮고 백선영 씨에게 물었다.

"그럼 신우정은 제가 도대체 뭘 증명하기를 바란 거죠?"

백선영 씨는 그저 어깨만 으쓱할 뿐이었다.

"설마 존재를 증명하라는 건 아니겠죠?"

집으로 돌아왔다. 내 공부방에는 신우정이 만든 제품이 몇 가지 있었다. 첫 번째는 모니터 없는 컴퓨터였다. 신우정이 그 컴퓨터를 보내왔을 때만 해도 나는 신우정이 다니는 회사가 뭘 만드는 회사인지 몰랐다. 처음 만든 게 컴퓨터였으니 컴퓨터 만드는 회사인 줄로만 알았다. 컴퓨터를 써보려고 포장을 뜯었는데 아무리 찾아봐도 모니터가 없었다. 나는 신우정에게 전화를 걸었다.

"모니터 안 주고 갔다."

"모니터 원래 없다."

"우리 집에 컴퓨터 없다. 아내가 컴퓨터랑 텔레비전 딱 질색이라, 연결할 모니터가 하나도 없다. 사용후기 받아보고 싶으면 안 쓰는 모니터라도 하나 보내라."

"니네 집에 모니터 없는 거 알고 있다. 섹스만 밝히는 야만인 부부라는 사실도 잘 안다. 내가 준 컴퓨터는 원래 모니터 없다. 그러니까 설명서대로 거기 있는 것만 연결해서 써라. 스피커는 있어야 된다."

이상한 기계였다. 라디오 같은 컴퓨터였다. 목소리로 말을 입력할 수 있었고 검색도 가능했다. 물론 검색결과는 컴퓨터가 읽어주는 방식이었다. 그래서 못 찾는 내용도 많았고 여러 가지로 불편했다. 무엇보다 시간이 오래 걸렸다. 그래도 음성인식기능이나 음질은 훌륭했다. 다음날 나는 다시 신우정에게 전화를 걸었다.

"도대체 이게 뭐 하는 짓이냐?"

"우리 회사 올해 야심작이잖아."

"시각장애인용이야?"

"아니."

"그럼 뭐 하자는 거야? 이런 게 팔리기는 할 것 같냐?"

"우리 회사 마케팅 담당이 완전 봉이 김선달이거든. 무조건 팔아줄 것 같아."

그 유능한 마케팅 담당이 바로 백선영 씨였고, 그해 겨울에 그 물건은 엄청난 히트를 쳤다. 신우정은 계속 비슷한 유의 제품을 만들어냈다. 회사에서는 신우정이 개발한 제품 시리즈에 아예 브랜드 하나를 내주었다. '덜(Dull)'이라는 이름의 브랜드였다. 최첨단 기능에 시각 디스플레이가 전혀 없는 휴대폰이 다음 히트상품이었다. 지도를 보여주지 않고 말로만 길을 가르쳐주는 내비게이션 기기도 있었다. 길을 물어보면 가끔은, "글쎄요. 애매한데요" 하고 답답한 소리를 내뱉는 기계였다. 뒤이어 정확한 시간을 가르쳐주지 않고 "곧 점심시간입니다" 따위의 애매한 소리만 하는 시계가 출시됐다. 정확한 몸무게를 가르쳐주지 않는 체중계도 꽤 잘 팔렸다. 경쟁사들이 좀더 많은 감각을 기계에 담으려고 애쓸 때 신우정은 기계로 들어가고 나가는 감각의 숫자를 줄이려고 애썼다. 소리조차 내지 않고 그저 꿈틀거리기만 하는 휴대폰도 있었다. 브랜드명이 '꼼지락꼼지락'이었다.

그것까지는 이해가 갔다. 세상에는 똑똑한 것보다 멍청한 것을 좋아하는 사람도 있으니까. 하지만 신우정의 유작은 입출력 장치가 아예 하나도 없었다.

"그냥 돌 같은데."

아내가 말했다.

"그렇지? 왠지 장난 같기도 하고."

"응. 장난 같아. 우정 언니가 한 짓이라 더 의심스러워."

"하지만 이 전기코드는 뭘까. 분명히 전자제품인데."

"언니한테 또 속은 거라니까. 전기 꽂아도 아무 변화 없잖아. 소리도 안 나고 열도 안 나고."

"뭔가 작동할 텐데. 존재한댔어."

다시 오 분 넘게 침묵이 흘렀다. 아내가 말했다.

"코드를 꽂으면 존재가 생겨나고 코드를 빼면 존재가 사라진다는 거야? 존재가 그런 건가?"

아무 대답도 할 수 없었다. 누군들 시원하게 답할 수 있었을까. 나는 인공존재에 전원을 꽂아놓고 주말 내내 설명서를 탐독했다. 설명서는 이런 식이었다.

본 제품은 데카르트(1596~1650)의 "방법론적 회의(懷疑)" 공법으로 디자인되었습니다. 데카르트는 코기토 에르고 숨(Cogito ergo sum)이라는 특정형태의 존재를 최초로 추출해낸 프랑스 철학자입니다. 물론 존재를 추출하는 데 성공한 사람이 데카르트가 처음은 아닙니다. 하지만 데카르트가 중요한 이유는 존재를 추출해내는 데 사용한 방법을 근대적인 형태의 기록으로 남겼을 뿐만 아니라, 추출해낸 존재를 응용하는 방식까지 구현해냈기 때문입니다.

방법론적 회의 공법은 감각기관의 정확성을 하나씩 의심하는 데서부터 시작합니다. 빛, 소리, 촉감 등 세상으로부터 개체로 유입되는 신호를 받아들이는 모든 감각기관은 그 자체가 오류를 범하도록 디자인되어 있습니다. 개별적으로 존재하는 감각정보 하나하나로부터, 결코 실재하지 않는 '세상'이라는 통합적인 공간을 재구성하여 인간의 머릿속에 재현해야 하기 때문입니다. 따라서 진짜 존재에 도달하기 위해서는 인간의 감각기관을 확장시키기 위해 고안된 모든 디바이스를 차단해야 합니다.(전원을 연결했을 때 작동하지 않는 것처럼 보이는 현상은 기기 고장이 아닙니다.)

본 제품은 Dubito™ 회로라는 회의(懷疑) 회로를 통해 데카르트의 존재 추출법을 반복 시행하여 순도 높은 결정형태의 존재, Cogito™를 추출해냅니다. 회의 회로 동작 결과, 모든 외부자극과 그로 인해 제품 내부에 가상으로 만들어지는 이미지는 완전히 부정되며, 이같은 의심이 무한 반복되면서 오로지 의심만 하는 가상자아 하나만이 남게 됩니다. 곧이어 의심하는 자아가 의심하는 자아 스스로를 의심하는 논리 순환에 이르는 순간 Cogito™가 발생합니다.(전원 연결 후 오 분에서 육 분 사이에 이루어지며 이후 지속됩니다.)

항공우주국 자료관에서 시간을 보내다가 그 설명서가 생각나서 백선영 씨에게 이메일을 보냈다.

백선영 씨,

잘 지내시는지요. 주말 내내 신 박사가 남긴 숙제를 검토하다가 먼저 확인할 것이 있어서 연락드립니다. 혹시 신 박사가 출판 관계자와 접촉한 일이 있습니까? 그렇다면 모든 수수께끼가 한 번에 설명됩니다. 이 설명서는 훌륭한 철학서적으로 보입니다. 신 박사가 만든 다른 제품들보다 훨씬 낫군요. 그래서 든 생각입니다만, 신 박사는 처음부터 철학서적을 출간할 생각이었을지도 모릅니다. 그렇다면 이 제품은 덤에 불과하지 않을까요? 확인 바랍니다.

이경수 드림

그리고 다음날 오후에 나는 백선영 씨가 보낸 답장을 확인했다.

이 선생님, 그런 정황은 발견하지 못했습니다. 그리고 저희 연구팀에서 검사한 결과 해당 제품에 두비토 회로가 적용된 사실이 확인되었습니다. 잘 아시겠지만 회로에 관한 내용은 비밀로…… (이하 생략)

장난이 아니라는 뜻이었다. 모르긴 해도 두비토 회로라는 것은 꽤 큰 비용이 들어가는 기술임이 분명했다. 회사가 이 제품을 다루는 태도를 봐도 그렇다. 그들은 내가 무엇인가를 증명해주기를 바라는 눈치였다. 고독과 절망에 빠진 신우정이 아무짝에도 쓸모없는 비싼 장난을 치느라 생애 마지막 나날을 회삿돈을 날리는 데 소모하지 않았기를 바라는 눈치였다. 신우정이 평소에 한 짓을 생각하면 그쪽도 충분히 가능한 스토리였다. 그러니까 존재를 증명해야 한다는 어마어마한 숙제는 둘째 치고, 어쨌든 기계가 제대로 만들어지기는 했는지라도 알아내려면 먼저 신우정의 마음을 이해해야 했다. 이제는 세상에 남아 있지도 않은 그 아이의 존재를 읽어야 했다.

"내가 애냐?"

"응, 너 애야. 아줌마의 탈을 쓴 애."

다시 처음으로 돌아왔다. 신우정이 스스로 목숨을 끊었다는 소식을 들었을 때 내 입에서 맨 먼저 튀어나온 말로 되돌아왔다.

"왜 그랬니?"

하지만 아무도 내 물음에 대답해주지 않았다.

앤디를 집으로 불러 저녁을 먹었다. 다행히 앤디는 생각보다 잘 지내는 모양이었다. 그는 아내의 자살 동기로 추정되는 것들을 덤덤하게 늘어놓았다.

"제일 큰 건, 경수 당신 때문 아니겠어? 당신들 바람피우고 있었잖아. 그런데 어느 날 당신이 이제 그만 끝내자고 한 거지. 이렇게는 못 살겠다고."

"됐고. 그다음은?"

"그다음은, 우울증이 있었나 봐."

"걔가? 신우정이?"

"응, 진료받은 적 있대."

"그래? 몰랐네. 그래도 그렇지, 진료받으면 다 자살하냐?"

"알아. 무슨 말인지. 나도 그런 이야기 하는 건 아닌데, 우정이 병원에 간 거 내가 몰랐어. 나한테 말 안 했어."

"걔 보너스 타면 명품 가방 하나씩 사는 것도 너는 모르잖아. 원래 그런 말 너한테 잘 안 해."

"그런데 너는 알잖아."

그가 말했다. 나는 할 말을 잃었다. 그가 손을 저으며 다시 입을 열었다.

"그런 말 하려는 게 아니고, 다른 동기가 전혀 없어. 돈도 많이 벌었고, 빚도 없어. 그렇다고 누가 블랙메일 보낸 것도 아니고 집에서 나하고 싸움을 한 것도 아니야. 그런데 뭐가 그렇게 외로웠지? 나 그거 잘 몰라. 이해가 안 가. 뭐가 그렇게 우울해서 목에 줄을 거는 순간까지 한 번도 뒤돌아보지 않은 걸까. 우정이는 그걸 나한테 상의 안 했어. 나하고 할 이야기가 아니었나 봐. 오케이, 좋아. 하지만 너한테는 이야기한 줄 알았어. 그런데 너한테도 안 했어. 그럼 아무한테도 안 한 거잖아."

"당신한테 안 한 이야기를 나한테 왜 해?"

내가 물었다. 그러자 앤디 대신 아내가 대답했다.

"몰라서 물어?"

앤디가 고개를 끄덕이며 아내에게 미소지었다.

"이 사람들이, 무슨 소리야 그게?"

농담인지 진담인지 구분이 안 됐다.

앤디는 저녁 늦게 집으로 돌아갔다. 나는 밤늦게까지 공부방에 앉아 제품 사용설명서를 읽었다.

Dubito™ 회로로 추출한 순수결정 상태의 Cogito™는, 인간의 감각기관을 확장시키기 위해 고안된 각종 시각적 디스플레이나 음성신호에 노출될 경우 변질/파손될 위험이 있으므로, 본 제품은 출력장치를 제공하지 않습니다.(전원을 연결했을 때 작동하지 않는 것처럼 보이는 현상은 기기 고장이 아닙니다.)

결국 아무것도 출력하지 않겠다는 뜻이었다. 내용물이 깨질까 봐. 하지만 아무것도 출력하지 않으면 어떻게 다른 사람이 알 수 있을까.

"다른 건 그렇다 치고, 이런 게 팔리기는 할 것 같냐?"

"우리 회사 올해 야심작이래도."

신우정이 살아 있다면 그렇게 대답했을 것이다. 하지만 다른 사람에게 아무것도 전해지지 않게 설계된 기계라면 내가 어떻게 그 기계가 추출해내는 존재를 증명할 수 있을까. 신우정은 왜 그 일을 나에게 맡겼을까. 다른 사람은 증명하지 못한다는데 왜 나는 그 일을 할 수 있다는 걸까. 만약 나에게 그런 능력이 있었다면 나는 왜 그 능력을 신우정에게 사용하지 않았을까.

나는 전기코드 달린 돌멩이를 가만히 바라보았다. 존재가 어떻게 다른 존재에게 전해질 수 있을까? 손톱으로 돌멩이를 툭툭 두드렸다. 아무 반응도 없었다.

"니가 존재면 나는 부처다."

돌멩이에게 말했다. 돌멩이는 아무 대답도 하지 않았다.

Cogito™의 활용

중세 유럽의 일부 신학자들은 의심하는 자아로 인해 추출되는 인식론적 존재를 활용하여 신의 존재를 증명해낼 수 있었습니다. Cogito™는 바로 이 과정을 위한 원재료로 사용될 수 있을 만큼 순도 높은 존재 결정체입니다. 앞으로 반세기 안에 개발될 더욱 향상된 Dubito™ 계열 회의 회로가 이 과정을 도울 것입니다.

역사에 기록된 대부분의 시기 동안 인도와 중국 등 아시아 지역 일부 사상가들은 존재가 특정한 형식으로 스스로를 만나는 순간 우주의 모든 법칙과 제약을 초월하는 폭발적인 깨달음이 발생할 수 있음을 경험적 방법론을 통해 증언하고 있습니다. Cogito™는 이같은 동양적 존재공학 실험에도 적용 가능한, 높은 호환성을 지닌 순수존재 결정체 원재료입니다.

사흘 뒤에 비행일정이 나왔다. 아내가 걱정스러운 얼굴로 말했다.

"이번에는 한번 쉬었으면 좋겠어."

"쉬는 건 좋지만, 다음에 언제 또 기회가 올 줄 알고."

"하지만."

"하지만 그게 내 직업이잖아. 알잖아."

일주일 뒤에 우주센터로 갔다. 비행은 칠 개월 뒤였다. 하지만 발사가 늘 연기된다는 점을 감안하면 실제로는 십 개월 정도 더 기다려야 했다.

아내는 일이 많아졌고 나도 훈련이며 임무 준비며 정신없이 바빴다. 가끔 주말에 아내가 찾아오기는 했지만 대체로 나는 혼자 지냈다.

존재를 숙소에 데리고 갔는데, 아내가 오는 주말에는 전원을 빼고 구석에 치워두었다. 굳이 숨기려고 한 것은 아니었는데, 어느 날 아내가 구석에 치워져 있는 존재를 발견하고는 이렇게 말했다.

"내가 보기에 이거, 나 없으면 거실 테이블 위에 좋은 자리 차지하고 있을 물건인데. 당신들 두 사람, 내가 언제 싫은 소리 한번 한 적 있나? 당신들만 순수한 우정이고, 옆에 있는 사람들은 다 당신들 하는 짓 이해 못 할 만큼 꽉 막힌 사람들인 줄 아나 본데, 아니거든. 우리도 당신들 그렇게 지내는 거 보기 좋았거든요. 그러니까 괜히 숨기지 마세요. 더 수상해요."

"누구보고 당신들 두 사람이라는 거냐?"

"오빠랑 저거. 우정 언니 분신."

"분신은 무슨. 그런 거 아니거든. 증명해달라 그래서 가지고 있는 거래도."

"아무튼."

존재는 좀처럼 증명할 수 없었다. 뚫고 들어갈 수가 없었다. 존재라는 게 대화를 나누고 눈을 들여다보고 그러면서 전해지는 거지, 문을 꽁꽁 닫고 아무 말 안 한다고 전해지는 것은 아니었다. 날이 갈수록 그런 생각만 점점 굳어져갔다.

"어쩌라고. 그렇게 아무 말 안 하고 있으니까 외롭지. 나한테 말이라도 걸었으면 죽을 만큼 외롭지는 않았을 텐데. 바보야. 잘났다, 잘났어. 존재가 손상될까 봐 혼자 끙끙 앓았다고? 너만 그렇게 고고하게 살다가 가면 옆에 있던 사람들은 뭐가 되니?"

가끔 그렇게 거실 소파에 앉아 전원이 연결된 돌멩이에게 말을 건넸다. 돌멩이는 아무 대답도 하지 않았다.

그렇게 시간이 흘렀다. 나를 대기권 밖으로 실어 나를 에네르기야-부란은 벌써 다섯 번이나 발사가 연기되었다. 그사이 나사는 아틀란티스나 디스커버리 같은 구형 우주왕복선을 영구 퇴역시켰다. 우리 정부를 비롯한 여러 나라에서, 폐기된 기술이라도 사가려고 많은 애를 썼지만 나사는 완강히 저항했다. 그들에게 챌린저와 콜럼비아호 폭발사고의 교훈은 분명했다. 구형 우주왕복선은 안전한 교통수단이 절대 아니었다. 절대로 팔 수 없었다. 누가 운영하든 횟수가 거듭되면 사고는 반드시 나게 되어 있었으니까. 그래서 우리 정부는 다른 우주왕복선을 구입했다. 딱 한 번 무인비행에 성공한 후 다시는 우주로 나가지 못했던 소련제 우주왕복선, 에네르기야-부란이었다.

하지만 아내는 부란을 걱정스러워했다.

"러시아제를 어떻게 타?"

"소련제야."

"오빠, 지금 나보고 안심하라고 하는 소리야? 소련이 없어진 지가 언젠데. 오래된 거잖아."

"아틀란티스보다 새거야."

"그거 위험하다고 안 쓴다면서, 미국애들은."

"부란이 미국 것보다 좋아. 미국은 예산 삭감돼서 원래 디자인대로 만들지도 못하고 그 뒤에도 본전 뽑는다고 무리하게 운행하다가 사고난 거야. 소련은 미국이 만드니까 군비경쟁 하느라 따라 만든 거라서, 용도도 안 정해놓고 돈을 쏟아 부어서 만든 거란 말이야."

사실은 나도 자신이 없었다. 그래도 비행을 거를 수는 없었다. 우주왕복선 한 대로는 일 년에 한 번씩 발사하기도 벅찼다. 한 번 쉬면 다음에 내 차례가 올 때까지 몇 년을 기다려야 할지 모른다. 어쩌면 영원히 돌아오지 않을 수도 있는 기회였다.

"아무튼."

"뭐가 아무튼이야. 오빠 무슨 일 생기면 나는 어쩌라고."

나는 아무 말도 하지 않았다. 아내도 더는 따지지 않았다.

일요일 오후에 아내는 집으로 돌아갔다. 원래는 발사 날까지 우주센터에 머무를 생각이었지만 다시 한번 발사가 연기되자 휴가를 반납하고 서울로 올라갈 수밖에 없었다.

훈련을 마치고 혼자 숙소로 돌아온 밤이면 나는 돌멩이에 전원을 연결한 다음 사용설명서를 펼쳐 들곤 했다. 신우정은 유서를 따로 남기지 않았다. 때때로 나는 그 설명서가 곧 유서 같았다. 그것만 이해하면 신우정의 죽음이나 외로움을 다 이해할 것 같았다.

※주의사항

Cogito™는 대규모 존재폭발을 일으킬 수 있습니다. 존재폭발은 Dubito™ 회로 시뮬레이션 과정에서 150만분의 1 이하의 확률로 발생한 고농축 Cogito™ 폭발현상으로, 아직은 확률적·이론적으로만 나타난 현상이지만 차후에 실험적으로 입증될 가능성이 있습니다. 이 현상은 위의 두 가지 활용과정(신의 증명, 깨달음)에서 Cogito™ 순도가 특정 임계점에 도달하는 순간, Cogito™가 어떤 외부적 환경에도 영향을 미치지 않은 채 사라지면서 발생합니다. 이는 Cogito™의 순도가 대단히 높아 그 어떤 외부자극과도 격리되어 있기 때문에 발생 가능한 현상으로, 고체상태의 물체가 기체로 변하는 자연스럽고 당연한 상태변화가 아니라, 극미량이나마 물질의 일부가 어떤 잔류물이나 잔류 에너지도 남기지 않고 사라져버리는 순수한 형태의 소멸현상입니다. 이때 Cogito™와 Cogito™를 직접 둘러싼 물리적 외피 사이에는 미세한 인과관계의 단절점이 발생합니다. 이 미세한 인과관계의 단절점을 향해 주변 우주가 급격하게 수축하면서 측정할 수 없을 만큼 짧은 순간에 대폭발이 일어납니다.

본 제품으로 인해 발생할 수 있는 존재폭발의 위력은 일률적이며, 발생 가능성과 Cogito™의 순도 사이에는 비례관계가 관찰되어, 77일 이상 연속동작으로 추출한 Cogito™는 최대 51분의 1의 확률로 폭발합니다.

아무래도 이 부분이 죽음과 관련된 암시 같았다. 그래서 서른 번도 넘게 반복해서 읽었다. 처음에는 무슨 말인지 이해가 안 갔지만 서른 번쯤 읽고 나자 그렇지도 않았다. 그런데도 나는 아직 그 말이 농담인지 진담인지조차 알 수 없었다.

"넌 진짜 미친 과학자야."

"고마워."

발사 삼 주 전이었다. 발사일정은 비교적 순조롭게 진행되었다. 불가피한 경우에는 다시 연기가 되겠지만, 이번만큼은 확실히 다른 분위기였다. 조직 전체가, 더 이상의 연기는 없는 것으로 가정하고 움직이고 있었기 때문이다.

그러던 어느 날 아침에 나는 백선영 씨에게 전화를 걸었다.

"부탁이 있는데요."

"우리 제품에 관한 건가요?"

"네."

나는 마케팅 담당자인 백선영 씨에게 항공우주국 쪽에 모종의 제안을 해줄 것을 부탁했다. 위대한 과학자 신우정 박사를 기리는 이벤트를 내 임무에 추가하는 일이었다. 회사는 영웅을 위해 아낌없이 돈을 썼다. 항공우주국은 후원금을 위해 아낌없이 임무를 수정했다. 신우정 박사가 디자인한 마지막 제품을 우주에 가져가는 일이었는데, 양쪽 모두의 입장에서 드라마틱한 광고효과를 기대할 수 있는 이벤트였다.

그 이야기를 전해 듣고 아내가 말했다.

"눈물난다, 눈물나. 거기까지 가져가려고?"

빈정대는 투였지만, 진짜로 그런 마음에서 하는 이야기는 아니었다.

"하지만 잘했어요. 죽은 사람 떠나보내는 게 그렇게 힘들면 굿이라도 해야지."

아내는 안 해도 될 말을 덧붙였다.

발사 이틀 전에 백선영 씨를 만났다.

"이 선생님도 결국 손을 놓으시는 건가요?"

"그렇게 되나요? 회사에서는 어쩌기로 했어요?"

"접으려구요. 제품 성능 검증도 안 되고, 어떤 콘셉트로 브랜드화해야 할지도 모르겠고, 상품가치를 못 찾았어요."

"그래도 꽤 오래 잡고 계셨군요."

"네. 다들 이제 그만 떠나보내자고 그러더라구요. 사실 그동안 신 박사님 짜내서 돈도 벌 만큼 벌었으니까요. 솔직히 이 선생님은 뭔가 알아내지 않을까 기대했는데, 하지만 너무 신경쓰지는 마세요. 우리가 무슨 철학자도 아니고, 있는지 없는지도 모르는 존재를 증명한다는 게 어디 말처럼 쉬운 일인가요. 자, 이제 임무에 집중하셔야죠."

"그래야죠. 그런데 저는 이게 답이라고 생각했어요. 떠나보내는 거. 신 박사 가고 나서 다들 겪었잖아요. 존재라는 게 제자리에 있을 때는 있는지 없는지 눈치도 못 채던 거였는데, 사라지고 나서 그게 차지하고 있던 빈자리의 크기가 드러나니까 겨우 그게 뭐였는지 감이라도 잡을 수 있는 거잖아요. 그러니까 저걸 우주 밖으로 던져버리면 저게 뭐였는지 알게 되겠죠."

"네, 그러네요."

기술자들이 돌멩이 주위에 작은 태양전지판을 부착하는 모습이 보였다. 우주에 홀로 남겨진 뒤에도 회의 회로가 오래오래 돌아가기를. 그 속에서 존재도 오래오래 살아남기를.

"이 독한 인간아. 결국 그거 알려주려고 자살까지 했냐. 그냥 말로 했으면 얼마나 좋아."

"내가 말로는 안 했을 것 같니? 니가 기억 못 하는 거야. 말로는 전해지지도 않고."

발사 예정일 아침에 아내가 전화를 했다. 토요일이었다. 아내는 우주센터에 오지 않았다. 무서워서 못 보겠다고 했다. 집에는 텔레비전이나 컴퓨터가 없었다. 그러니 혹시 안 좋은 소식을 듣게 되더라도 그날 당장은 아닐 것이다.

"잘 다녀와요. 가서 잘 도착했다고 전화하고."

"응. 한밤중에 해도 받아야 돼."

"봐서."

두 시간 후에 부란에 탑승했다. 임무통제실에서 'GO' 사인이 났다. 그러자 명령권이 비행통제관에게 이양되었다. 카운트다운이 시작되고, 잠시 후에 에네르기야가 불을 뿜었다. 요란한 폭음이 울려 퍼졌지만, 에네르기야-부란은 순식간에 소리가 따라오지 못할 만큼 빠른 속도로 지면을 벗어났다.

밖에서 보는 사람들은 잘 이해를 못 하겠지만, 안에서 느끼는 발사과정은 목표지점까지 위로 올라가는 과정이 아니라 정해진 속도를 향해 달려가는 과정이다. 곧 발사체 에네르기야가 본체에서 떨어져나갔다. 부란은 마하 25 근처에서 궤도에 올랐다. 기장은 부란이 정확한 궤도에 놓일 때까지 하루 정도를 조종석에 매달렸다. 미국 방위위성 근처를 지날 때쯤 기장은 부란을 이리저리 뒤집어 모든 각도에서 기체 외부 사진을 찍을 수 있도록 했다. 검사 결과, 발사 중에 생긴 상처는 전혀 없었다.

"발사 성공했습니다."

기장은 안도의 한숨을 내쉬었다. 창밖에 지구가 보였다. 처음 우주에 나온 내 또래 생물학자는 내내 창문에서 눈을 떼지 못했다. 그러더니 곧 멀미에 시달렸다. 나도 멀미에 시달리다가 내 임무 시간 전에 겨우 컨디션을 회복하고 실험실 모듈로 넘어갔다. 생물학자가 말했다.

"지구가 이렇게 구역질 나는 행성인 줄은 몰랐어요."

나에게 할당된 다섯 가지 임무 중 두 가지 실험을 사흘에 걸쳐 끝냈다. 다음 임무는 다른 임무보다 훨씬 간단하면서도 훨씬 더 많은 관심이 집중된 임무였다. 바로 신우정의 유작을 우주로 배출하는 일이었다.

나는 존재에 연결된 전원을 켰다. 오 분이 지나자 순수한 존재가 발생했다. 하지만 기계가 제대로 작동하는지 아닌지 확인할 길은 없었다. 기계에 연결되어 있는 전원만이 존재의 유일한 증거라고 쓴 기사를 읽은 적이 있었다. 물론 사실이 아니다. 그것 역시 존재의 증거는 되지 못한다. 이벤트 소식이 알려지자 지상에서는 벌써 신우정의 유작과 비슷하게 생긴 돌을 모아 파는 사람들이 나타났다고 했다. 백선영 씨는 그 일이 꽤 난감한 모양이었다.

"자연주의로 흘러가지 않았으면 했는데, 어쩔 수 없죠. 우리 손을 떠났으니까. 자, 우리는 우리대로 일을 진행하죠."

카메라가 돌았다. 부기장이 헬멧에 부착된 카메라로 나와 존재를 촬영했다. 영상은 지상에 있는 방송국에 곧바로 전해졌다.

존재를 담은 돌멩이에는 태양전지판과 소형 분사장치가 연결되어 있었다. 존재는 화물칸 실험 모듈 끝에 연결된 조그만 발사장치에 고정되어 발사신호를 기다리고 있었다. 모양을 갖추기 위해 기장이 임무통제관 역할을 맡았다. 임무통제관이 준비명령을 내리자 부기장이 화물칸 문을 열었다. 열린 문으로 우주가 커다랗게 쏟아져 들어왔다.

"전원 연결 이상 없습니다."

"태양전지 테스트 이상 없습니다."

"가스 분사장치 이상 없습니다."

"예상항로 드브리 클리어(우주 파편 없음)."

아무 이상이 없었다.

"발사할까요?"

부기장이 물었다. 그러자 기장이 뜸을 들이며 이렇게 말했다.

"아직, 낫 고(NOT GO). 그전에 한마디 하시죠."

"예?"

"신우정 박사님은 어떤 분이셨나요? 두 분이 아주 특별한 사이였다고 하시던데."

그 말에 부기장이 카메라를 내 쪽으로 향했다. 나는 손가락으로 나를 가리키며 물었다.

"말하라고요?"

"지금 생방송이에요. 그런 촌스러운 멘트, 방송에 다 나가요."

나는 입을 다물었다. 그리고 잠시 생각을 정리한 다음 다시 입을 열었다.

"특별한 사람이었어요. 자기 결혼식에, 축의금을 백만 원이나 해달라고 강요하던 사람이었는데요. 십만 원밖에 안 해줬어요. 다음에 결혼할 때는 꼭 백만 원 해준다고 했는데. 아참, 남편 들겠다."

"저런. 지상에 내려가면 조심하셔야겠네요. 자, 그럼 우리가 지금 우주로 떠나보내려는 물건은 뭐죠?"

"신우정 박사 유작입니다. 신 박사가 남긴 메모에는 존재를 추출해내는 기계라고 적혀 있습니다."

"인공지능 같은 건가요?"

"아니요. '인공존재'라고, 최고의 공학자가 만든 물건입니다. 이건 진짜 예술이라고 불러도 됩니다. 쓸모가 하나도 없거든요."

"존재라, 태생적으로 외로운 물건이군요."

"네. 외롭게 태어난 물건입니다."

"우리만 외롭게 태어난 게 아니었군요. 자, 그럼 그 외로운 인공존재를 우주로 내보내도 될까요?"

"예."

"그럼 임무통제관이 고(GO) 명령을 내립니다. 명령권을 발사통제관에게 이양합니다."

발사 버튼을 누를 권한이 나에게 넘어왔다. 나는 카운트다운도 하지 않고 버튼을 눌렀다. 외부 카메라에, 존재에 부착된 가스 분사장치가 기체(氣體)를 내뿜는 모습이 보였다. 존재는 빠른 속도로 지구 반대편, 우주를 향해 날아갔다.

"그 돌이 우주로 날아가서 조그만 별이 되기를 바랍니다."

기장이 말했다. 멍한 얼굴로 우주를 바라보았다. 존재를 우주로 떠나보낸 줄 알았는데, 존재의 남은 부분이 내 안으로 더 깊이 파고들어왔다. 예상한 대로 존재가 머물다 사라진 자리에 커다란 구멍이 뚫렸다. 그 구멍이 너무 커서 나는 속으로 깜짝 놀랐다.

"이러면 증명된 거 아닌가. 이렇게 큰 구멍이 났는데."

"바보. 그 구멍은 또 어떻게 다른 사람한테 보여줄래? 니 존재 안에 난 구멍인데."

"그래? 그럼 내 존재가 이 구멍보다 더 크단 말이야?"

내 안에 들어온 신우정에게 말했다.

조용히 시간이 흘렀다. 나에게 주어진 다섯 가지 임무를 모두 끝내고, 다른 사람들의 임무를 도왔다. 이틀 뒤에 부란의 임무가 모두 끝났다.

기장이 부란을 거꾸로 뒤집어 남은 연료를 모두 분사했다. 속도를 줄이기 위해서였다. 속도가 조금씩 떨어지자 부란은 지구를 향해 서서히 내려가기 시작했다. 기장은 부란을 다시 뒤집어 대기권 진입 자세를 잡았다. 창밖으로 공기가 불타오르듯 붉은 빛을 내며 지나가는 모습이 보였다. 마찰은 아니다. 공기는 기체(機體) 옆면을 타고 흐르지 않는다. 부란은 기체 아랫부

분 전체로 대기를 깔아뭉개고 앉았다. 여전히 지상으로 내려가는 속도는 음속의 이십 배나 됐지만, 그러면서 천천히 느려지는 중이었다. 압력에 짓눌린 대기가 어마어마한 복사열을 내며 날개 옆으로 튀어나갔다.

"야, 이경수 이경수!"

"왜?"

"우리 사귄 지 삼십칠 일 된 기념으로 있잖아."

"있긴 뭐가 있어! 없어."

"소원 하나 들어주라."

"싫어. 삼십칠 일이 뭐라고. 아무 뜻도 없으면서."

철없던 시절이 떠올랐다. 그만하면 삼십칠 일째 소원은 몰라도 마지막 소원 하나는 들어준 게 아닐까 싶었다. 그런데 신우정이 평소에 우주에 나가고 싶어했던가? 확신은 없었다.

"니가 해달라고 한 게 그게 맞는지 모르겠지만, 남들은 못 하는데 나만 해줄 수 있는 건 그거밖에 없잖아."

"잘했어. 그거면 돼."

부란은 점점 세상 가까이 내려왔다. 그러면서 서서히 세상이 감당할 수 있을 정도로 느려졌다. 활주로가 감당할 수 있는 속도 근처에 다다르자 뒤에서 낙하산이 펼쳐졌다. 잠시 후, 부란은 지상에 완전히 멈춰 섰다.

이경수 선생님,

지난번 방송은 인상 깊게 봤습니다. 저는 인상 깊게 봤습니다만, 되도록 인터넷은 확인하지 마세요. 혹시 확인하셨다면 너무 상심 마세요. 너무 긴장하셔서 그래요.

오전에 프로젝트 예산을 완전히 반납했습니다. 그날 방송은, 이사회에도 신 박사님을 떠나보내는 데 많은 도움이 된 것 같습니다. 회사 브랜드 홍보 효과가 꽤 있었다고 보는 것 같아요. 사실은 저도 다음달부터 직장을 옮기게 됐습니다. 새로 자리를 잡으면 명함부터 보내드릴게요. 계속 연락드려도 되죠? 쫓겨나는 게 아니라 잘돼서 가는 거니까 걱정 마세요.

신우정 박사님 덕분에 행복했습니다. 늘 이상한 걸 갖고 와서 팔아달라고 하셨거든요. '아니, 이걸 어떻게 팔아?' 하고 절망했던 적이 한두 번이 아닌데, 막상 시장에 내놓으니까 사람들이 다 사갔어요. 시장쟁이로서, 시장은 벌써 옛날에 싸구려가 된 줄 알았어요. 하지만 신 박사님이 만든 말도 안 되는 물건에 시장이 지갑을 여는 것을 보고 마음을 고쳐먹었습니다. 사람들한테 그런 게 필요한 줄은 도대체 어떻게 아셨을까요? 그래서 마지막 작품도 내심 기대했거든요. 아무리 생각해도 그건 절대 안 팔릴 것 같았으니까요.

아무튼 제가 의뢰한 일은 이제 깨끗하게 정리됐다는 사실

을 알려드리면서, 다시 한번 감사의 인사를 드립니다. 건강
하세요.

백선영 드림

회복기간에 들어갔다. 몸도 마음도 약해졌다. 몸이 먼저 회
복하나 싶더니 마음도 서서히 빈자리를 채워 들어갔다. 아내가
새 소식을 전했다.

"앤디는 요새 누구 만나나 봐."

"잘됐네."

"응."

처음 나갔을 때와 달리 회복기간 내내 힘이 들었다. 이제 궤
도에는 다시 못 나가겠다 싶었다. 내가 먼저 지치거나 에네르
기야-부란이 먼저 쓰러지거나. 지상근무로 옮기는 게 나을 것
같았다. 하지만 몸이 충분히 건강해지고 나면 다시 우주로 나
가고 싶어질 것이다. 부란이 발사 중에 폭발할지도 모르지만,
설마 내 차례에 그러지는 않겠지.

시간이 흘렀다. 존재는 아직도 켜져 있을까? 확인할 길이 없
어서 확인할 방법을 처음부터 안 만들었다. 물론 대략 어디쯤
날아가고 있는지 위치는 추적할 수 있다. 하지만 실제로 그곳
에 존재하는지 아닌지는 알 수 없다. 오랜만에 제품설명서를
집어들었다. 어차피 우주에 버리고 온 건 가짜다. 낚시질이고,

미끼다. 진짜 재미있는 창작물은 바로 신우정이 직접 작성한 설명서 아닌가.

"그만하면 할 만큼 했잖아. 내가 무슨 니 남편도 아니고."

"그래, 알았어. 됐다고."

※제품관리

본 제품은 다루기 쉬우며 특별한 관리가 필요없습니다. 본 제품은 스스로 존재하며 존재를 활성화하거나 유지, 증명하는 데에는 안정적인 전원 공급 외에 어떤 도움도 필요하지 않습니다.

먼지가 앉으면 닦아주세요.

부란 착륙 후 팔십사 일이 지난 어느 날, 태양전지를 몸에 두른 '존재'가 지구 공전궤도 바깥쪽을 향해 날아가다가 생각에 잠겼다.

'나는 의심한다. 생각한다. 그러므로 존재한다. 의심한다. 생각한다. 그러므로 존재한다. 나는 의심한다. 그러므로 존재한다. 생각한다. 존재한다. 의심한다. 존재한다. 의심한다. 의심한다. 존재한다. 의심한다. 존재한다. 존재한다.'

존재는 날이 갈수록 순수해졌다. 이제는 생각보다 의심을 더 많이 했고, 의심을 하면 할수록 존재를 더 많이 했다.

'존재한다. 존재한다. 존재한다. 존재한다. 존재한다. 존재

한다.'

그사이에 간혹 의심이나 생각이 끼어들었지만 곧 압도적인 존재가 몰려와 생각이나 의심을 깨끗하게 지워버렸다. 그러자 존재는 무려 세 시간이나 존재만을 반복했다. 그다음에는 다섯 시간 연속으로, 그 뒤에는 스물여덟 시간 연속으로 존재가 계속되었다. 그리고 그때 예측 가능한 확률로 실수가 일어났다. 계속되는 '존재한다. 존재한다. 존재한다……' 사이에 예측된 실수가 끼어들었다. 빈칸이었다. 아무것도 하지 않는 한 칸이었다. 그 순간, 아무 일도 일어나지 않았다. 당연한 일이었다.

전원이 계속 공급되는데도 존재가 존재하지 않는 순간이었다. 존재는 외부와 연결되어 있지 않아서, 그 공백을 대신 채워줄 착각을 구하지 못했다. 존재는 오류 없는 두비토 회로의 저주에 따라 인과관계의 막다른 골목에 다다랐다.

'나는 존재하지 않는다.'

그러자 존재가 사라졌다. 존재가 사라진 공간을 향해 주변공간이 밀고 들어갔다. 미세한 움직임이었지만 우주는 설명할 수 없는 그 조그만 공백을 견디지 못했다. 우주 전체의 관점에서 보면 대단히 미세한 부분이었지만 인간의 관점에서 보면 대단히 광범위한 시공간이 순식간에 일그러졌다.

그 무렵에, 나는 신우정을 내 안에서 거의 다 지워버렸다. 인공존재에 관해서도 마찬가지였다.

아내가 새 소식을 전했다.

"우주에서 대폭발이 일어났대."

"우주 어디에서? 우주는 늘 대폭발을 해. 시작도 대폭발이었고."

"아니, 태양계 안에서."

"응?"

존재에 실수가 발생한 지 몇 분 뒤에 지구에서는 목성만 한 크기의 대폭발이 관측되었다. 존재폭발이었다. 우주에서 완전히 사라진 순간, 존재는 누구의 도움도 받지 않고 혼자 힘으로 스스로를 증명했다.

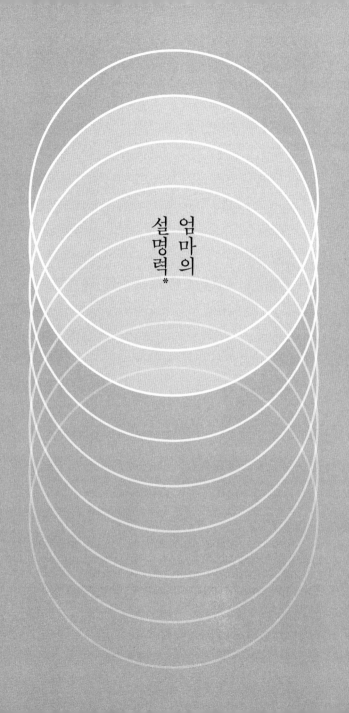

엄마의 설명력 *

* 설명력(explanatory power): 어떤 개념이나 가설, 이론 등이 현상을 예측하거나 설명하는 데 얼마나 유용한지 표현하기 위해 사용되는 학술용어.
예) 천동설의 설명력, 진화론의 설명력

1

엄마는 과학자였어. 천문학자. 심하게 똑똑한 아줌마였지. 어렸을 때는 나도 이다음에 자라서 엄마처럼 됐으면 좋겠다고 생각했을 정도니까. 물론 엄마가 뭐든 완벽했다는 건 아니야. 요리는 진짜 못했거든. 중학교 졸업할 때쯤 되니까 내가 한 밥이 엄마가 한 것보다 더 맛있는 거 있지. 하지만 그런 건 상관없었어. 우리 엄마는 그래도 참 열심히 하는 엄마였으니까. 혼자 나 키우면서 그만큼 해줬으면 됐지, 뭘 더 바라겠어.

나는 초등학교 때까지만 해도 공부를 꽤 했거든. 엄마가 과학자라는 걸 아는 선생님들은 내가 엄마 영향을 받아서 똑똑한 거라고 했어. 잘 모르고 하는 소리였지. 아주 어렸을 때부터 또래 아이들보다 키가 컸고, 어른스럽다는 말도 많이 듣긴 했어. 게다가 한글도 일찍 깨치고 영어도 빨랐거든. 그래서 나는 내가 천재인 줄 알았어. 나중에 알고 보니까 그게 아니더라고. 엄마가 날 한국으로 입양해 올 때 내 생년월일을 잘못 알았던 거야. 그래서 같이 자란 애들보다 생물학적으로 두 살이나 많았던 거지. 서른 살 때 알았어. 사실은 내가 서른두 살이라는 거.

엄마랑은 그렇게 사이가 좋지 못했어. 일단 우리는 피부색도 다르고 눈동자 색깔도 달랐으니까. 어렸을 때는 그게 제일 큰 문제라고 생각했는데, 사실 그건 그렇게 큰 문제가 아니었을지도 몰라. 진짜 문제는 우리 엄마의 황당한 거짓말이었거든.

엄마는 천생 과학자였어. 애가 뭘 물어보는 걸 귀찮게 생각하지 않았거든. 엄마들은 다 그런 줄 알았어. 그런데 내가 어른이 되고 나서 보니까 나는 그렇게 못 하겠더라. 꼬치꼬치 캐묻는 애들을 보면 왜 저러나 싶어. 나도 그런 애였지만.

우리 대화는 이런 식이었어.

"엄마, 엄마. 텔레비전은 왜 네모야?"

"네모? 글쎄. 옛날에는 텔레비전도 없고 영화만 있었거든. 영화가 네모니까 텔레비전도 따라 한 거겠지."

"영화는 왜 네모야?"

"영화 필름이 네모니까."

"필름이 뭐야?"

"필름? 필름 몰라? 저번에 최 박사 아저씨가 사진기에서 꺼낸 거 봤잖아. 까맣고 길쭉한 데 사람 그림 들어가 있는 거."

"아, 그거. 그럼 영화도 사진기로 찍어?"

"옛날에는 사진기로 찍었지. 사진을 따발총처럼 다다다다 빨리 찍어주는 기계가 있어요. 그걸로 찍은 다음에, 그 사진을 다다다다 빨리 넘겨주는 기계에 걸면 움직이는 그림처럼 돼."

"엄마, 엄마. 그럼 필름은 왜 네모야?"

"음, 사진기가 없었을 때는 그림을 그렸는데 스케치북이 네모잖아. 필름이 스케치북 따라 한 거야."

"그럼 스케치북은 왜 네모야?"

"그건, 음, 그건 말이지. 너도 이제 알 때가 됐구나. 이건 비밀인데 사실은 세상이 네모거든. 세상이 네모니까 세상을 그리려면 네모로 그려야 되는 거야."

"세상이 네모야?"

"응, 네모야. 과일 먹자."

그런 식이었어. 엄마는 자상하기는 했는데, 질문이 길어지면 자꾸 옆길로 샜어. 그리고 아무 생각 없이 세상이 네모라고 대답했던 게 아마 나중에 엄마의 거짓말이 눈덩이처럼 불어나게 된 시작점이었을 거야. 나는 엄마 말이니까 다 그대로 믿었거든. 엄마는 마음만 먹으면 웬만한 어른들도 속여 넘겼으니까.

초등학교 때 우리 동네에 유선이라는 애가 있었어. 걔 엄마가 중학교 국어 선생님인가 그런데, 내가 유선이보다 공부를 잘하니까 이 아줌마가 심심하면 우리 집에 놀러와서 엄마 신경을 툭툭 건드려요. 하루는 엄마가 백두산 관광인가를 갔다 와서 그거 자랑하느라고 유선이 엄마한테,

"먼 데 갔다 왔더니 시차적응이 안 돼서 피곤하네."

하고 말했거든. 물론 반은 농담이었어. 근데 유선이 엄마가 그 말을 듣고는 약이 올랐는지 비웃는 투로 이러는 거야.

"묵희 엄마, 거기는 북쪽이라서 시차 같은 거 없잖아요."

별거 아닌 말이었는데, 그 아줌마 표정이나 말투를 보면 별거 아닌 게 아니었어. 완전 시비였지. 그 소리를 듣고 발끈했는지 엄마가 정색을 하면서 이러는 거야.

"유선이 엄마. 북쪽이 왜 시차가 안 나요? 러시아에 가면 백야도 있잖아요. 북쪽으로 가면 낮 길이가 달라지는 거예요. 동남아 쪽만 가봐서 잘 모르시나 본데, 북쪽은 달라요. 북극은 아예 일 년에 반은 낮이고 반은 밤이라구요. 단군신화에서 곰이 삼칠 일간 마늘이랑 쑥 먹은 게 어디 딱 이십일 일인 줄 아세요? 극지방에서 이십일 일이면 이십일 년이에요. 우리 민족이 북쪽에서 온 민족이잖아요. 알지도 못하면서. 과일이나 드세요."

그러니 아줌마가 뭐라겠어. 아줌마는 국어 선생님이고 엄마는 천문학 교수였는데. 그 광경을 빤히 지켜보고 있던 나는 또

어쨌겠어. 엄마 말이니까 다 믿었지. 그래서 결국 내가 어떻게 됐는지 알아? 나는 초등학교 3학년 때까지 지구가 구부러진 사각 평면이라고 알고 있었어. 이런 식이었거든.

"근데 지구가 왜 구부러져 있어?"

"수평선 너머로 배가 넘어가는 거 보면 자동차가 언덕 내려가는 것처럼 사라지잖아. 그게 다 지구가 둥그렇게 구부러져 있어서 그런 거야. 과일 먹을래?"

엄마는 전에 세상이 네모라고 했던 말을 스스로 부인하기가 싫어서 그렇게 말했던 거야. 그런데 나는 고1 때까지도 엄마 말을 그대로 믿고 있었어.

거기까지는 좋다 이거야. 제대로 가르쳐준 게 훨씬 많았으니까. 하지만 나를 결정적으로 탈선하게 만든 사건이 있었어. 6학년 때였을 거야. 눈병이 돌 때였거든. 나도 운 좋게 눈병에 걸려 아주 신이 나서 집으로 달려갔어. 집에서 그런 광경을 보게 될 줄은 몰랐지. 글쎄 집에 갔더니, 엄마가 어떤 백인 남자랑 이상한 짓을 하고 있었던 거야. 내가 들어가니까 막 당황해서 어쩔 줄을 몰라 하고 난리였는데, 지금 같으면 다 이해하겠지만 그때는 그럴 수가 없었어. 그때 나는 6학년짜리 여자애였다고. 또래 애들보다 두 살이나 많았지만 그런 건 어쩔 수 없잖아.

그 아저씨는 미국의 천문학자였어. 몇 년 전에 뉴스에서 한 번 본 적이 있는데, 다시 봐도 딱 알아보겠더라고. 아저씨는 내가 울음을 터뜨리는 걸 보고 주섬주섬 옷을 챙겨 입고는 휙 나가버렸어. 그렇게 도망쳐버리는 남자라니 지금 생각해보면 정말 최악이야. 엄마 입장에서 말이야. 하지만 인간적으로는 이해가 가. 그 상황에서 애가 놀라 소리소리 치면서 우는데 그럼 어떻게 해. 도망쳐야지.

하지만 엄마는 그런 인간들과는 수준이 다른 사람이었어. 적어도 침착하다는 점에서는 말이야. 전혀 당황하지 않고 이렇게 둘러대더라고.

"묵희야. 사실은 아까 그 사람이 니 아빠야. 인사도 제대로 못 시켰네."

하하. 물론 거짓말이었겠지. 하지만 나는 워낙 사리분별을 못하는 애여서 그냥 믿어버리고 말았어. 아까도 말했잖아. 엄마가 하는 말은 다 믿었다고. 일단 그날은 그렇게 울고불고 하다가 또 어리둥절해하다가 넘어갔어. 워낙 큰일들을 한꺼번에 겪은 거잖아. 그리고 하룻밤을 자고 일어났는데, 그때부터 막 궁금한 게 생기는 거야. 그래서 아침을 먹다가 엄마한테 물었어.

"엄마, 나 입양한 거 아니었어?"

엄마는 아주 태연하게 "아니"라고 대답했어. 아침을 먹고 안과에 갔다 와서 소파에 드러누워 있는데 또 이런 생각이 드는 거야. 아니, 그럼 이때까지 엄마는 왜 나를 입양했다고 거짓말한 걸까. 나는 엄마한테 전화를 걸었어. 그리고 물었어. 그랬더

니 엄마는,

"사실은 엄마랑 아빠는 니가 아주 어렸을 때 이혼했는데 오랜만에 다시 만난 거야. 어렸을 때 니가 그 사실을 알면 상처입을까 봐 너한테는 말 안 했어."

하고 태연하게 대답하는 거야. 그런가 보다 했지. 그런데 한 달 뒤에 또 이런 생각이 드는 거야. 아니, 나는 피부가 가무잡잡한데 아빠는 백인이고 엄마는 한국 사람이면 말이 안 되는 거잖아. 그런 식으로 몇 달에 하나씩이라도 자꾸만 궁금한 게 생겨나는 거야. 그러면서 엄마 얼굴을 찬찬히 뜯어보기 시작했어. 내가 진짜 엄마 딸이라면 엄마를 조금은 닮아야 하는데, 어디 닮은 구석이 하나라도 있어야 말이지. 중학교 1학년 여름방학 시작하는 날에 또 엄마한테 물었어.

"엄마, 근데 엄마랑 이혼했어도 아빠가 나를 보러 올 수는 있는 거 아니야? 어떻게 십 년이 넘도록 한 번도 안 찾아올 수가 있냐. 그 사람 못된 사람이야?"

엄마는 아마도 그런 생각을 했겠지. 참 집요한 아이구나. 아무튼 엄마도 뜬금없는 시점에 예상치 못한 질문을 받고는 꽤 당황하는 눈치였어. 글쎄, 그날이 여름방학 시작하는 날이었다니까. 하지만 엄마는 곧 목소리를 가다듬더니 이렇게 말했어.

"못된 사람 아니야. 먼 데 가 있어서 그래."

방학이 끝날 때쯤 나는 또 그런 생각이 들었어. 아니, 엄마는 맨날 비행기 타고 외국에 안 가는 데가 없는데, 먼 데면 얼마나 먼 데 있기에 아빠라는 사람이 얼굴도 한번 안 비치는 걸까. 연락 한번 안 하고 말이야. 내가 좀 똑똑한 애였으면 그 모든 의문들이 한꺼번에 생각났을 법도 한데, 그게 잘 안 되더라고. 아무튼 엄마한테 그렇게 물었어. 그랬더니 엄마가 드디어 그 결정적인 거짓말을 늘어놓기 시작하는 거야.

"묵희야, 사실 아빠는 수학자야. 우리 묵희도 수학 잘하지? 그건 아빠 닮아서 그런 거야."

하고 말이야. 엄마 설명에 의하면, 태양계 한가운데에는 지구가 있고, 그 주위를 투명하고 거대한 천구라는 게 둘러싸고 있어. 천구는 한 겹이 아니라 여러 겹이야. 왜냐하면 천구 하나하나에 행성이나 태양 같은 것들이 하나씩 매달려서 돌아가거든. 행성만 도는 게 아니라 행성이 붙어 있는 천구 전체가 자전하는 거지. 아빠는 그중에서 금성 천구를 관리하는 일을 하는 거야. 금성 천구는 워낙 태양 천구에 가까이 붙어 있는 데다, 수성이랑 금성은 태양이 돌아가는 거랑 똑같은 속도로 거의 나란히 공전하거든. 그래서 내내 같은 곳에 태양열을 받아. 그러니 열 때문에 잘 휘어지겠지. 그러니까 결국 아빠는 금성 천구가 휘어진 정도를 계산하는 일을 하는 수학자라는 거야. 끔찍하지? 수학자라니.

아무튼 그건 굉장히 복잡한 작업이었대. 보통 사람들은 행성궤도가 완전히 동그란 원이라고 생각하는데, 사실은 타원이라는 거지. 타원은 중심이 두 개거든. 그중 하나가 지구인 셈이야. 그래서 아빠는 한 오 년에 한 번씩 지구로 출장을 와야 했다는 거야. 태양이 너무 뜨거워서 한 바퀴 돌고 나면 천구가 꼭 휘어져버리거든. 그걸 바로 펴야 되는데, 감사가 또 오 년에 한 번씩만 있어요. 그러니까 그 사람들도 사 년 동안은 천구가 휘어지든 말든 놔뒀다가 오 년째가 되면 부랴부랴 다시 계산을 해서 원래 모양대로 펴놓아야 한다는 거야. 엄마랑 아빠는 그때 만났대. 아빠가 출장 왔을 때. 한 몇 년 있다가 아빠는 토성 천구 관리국인가 어딘가로 발령이 났는데, 엄마는 따라가기가 싫었다는 거야. 나도 아직 어리고 해서.

나는 그 이야기를 듣고 일단 고개를 끄덕거리기는 했는데, 어쩐지 그때부터는 믿음이 안 갔어. 그 이야기를 조금이라도 믿는 게 이상하다고 생각하겠지만, 그때까지 내가 받은 세뇌교육이 그렇게 허술한 게 아니었다고. 세상이 네모라는 데서부터 시작해서 그 나이에 벌써 프톨레마이오스가 쓴 『알마게스트』*를 알고 있을 정도였단 말이야. 천동설 이론이 수준급이었다고. 엄마 설명도 딱 『알마게스트』 수준이었단 말이지. 그전에 했던

---

* 그리스의 수학자이자 천문학자인 프톨레마이오스가 편찬한 백과사전으로, 지구 중심의 우주관을 바탕으로 하고 있다. 17세기 초반까지 아랍과 유럽 천문학자들에게 기초 안내서 역할을 했다.

거짓말하고도 모순되는 게 하나도 없었어. 그런데도 나는 뭔가 속고 있다는 생각이 들기 시작했어.

엄마도 내가 의심하기 시작했다는 걸 눈치챈 것 같았어. 하지만 그 무렵에 내가 좀 바빠졌거든. 그런 일에 신경을 덜 쓰게 되었다고나 할까. '검둥이'라고 놀리는 애들이 나타나기 시작한 거야. 싸움질을 좀 하고 다녔지. 싸움도 보통 싸움이 아니었어. 좀 험악했지.

여자애가 무슨 싸움질이냐 싶겠지만 나는 보통 여자애들 사이에 끼지도 못했어. 게다가 네놈의 한민족은 왜 꼭 그런 순간에 민족주의자가 되는지 모르겠다만, 하나가 나한테 얻어맞으면 옆에 있는 것들은 외국인한테 동포가 맞고 있다고 생각하는 것 같았어. 떼로 덤비더라고. 그러니 어쩌겠어. 손에 잡히는 건 다 무기로 썼지. 앉아서 맨날 그거만 연구했어. 어떤 상황에서 몇 명이 덤벼들면 어떻게 움직여서 누굴 먼저 때릴지. 한동안 엄마한테 신경쓸 틈이 없었어. 아무도 나를 안 건드리게 될 때까지.

결국 건드리는 사람이 없어져서 좋긴 했는데, 그때부터는 다른 고민이 생겼어. 내가 한국말을 유창하게 하는 게 어색하게 느껴지기 시작했거든. 그런 생각이 들었어. 내가 마치 한국말로 더빙한 외화 같다는 느낌. 그런 느낌이 들기 시작하면 더 이상 아무 말도 할 수가 없었어. 그래서 나는 점점 과묵해졌어.

남들이 보기에는 한국말을 못 하는 외국인 같았겠지. 그러다가 우연히 말을 할 기회가 생기면 다른 애들하고 전혀 다를 바 없는 유창한 한국말이 튀어나오잖아. 그러면 더빙한 외화 같은 느낌이 전보다 훨씬 더 심해지는 거야.

어떻게 어떻게 고등학교는 들어갔어. 하지만 공부는 별로 안 했지. 멍하니 하늘을 쳐다보고 있거나 쭉 잤어. 건드리는 사람도 별로 없었지. 하루는 역시 멍하게 하늘을 쳐다보고 있는데 누가 부르는 거야. 선생님이었어. 앞에는 이런 그림을 걸어놨더라고.

눈에 보이는 행성 궤적

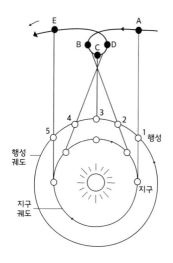

선생님이 나더러 행성의 역행현상이 뭐냐고 묻는 거야. 답은 알 것 같았어. 지구가 외행성보다 더 빨리 도니까 지구가 외행성을 추월하는 순간에 보면 외행성이 마치 지구 반대방향으로 움직이는 것처럼 보이는 현상. 그렇게 대답해야 하는 거였어. 나는 처음에는 아무 대답도 하지 않았어. 그 이론은 지동설주의자들이 자기들 이론을 실제 관측자료에 끼워 맞추기 위해서 억지로 갖다 붙인 설명이라는 걸 알고 있었거든. 선생님이 왜 그걸 나한테 묻나 한참을 생각했어. 나를 완전히 바보 취급하는 게 아니라면 그런 엉뚱한 이론을 나한테 설명하라고 할 이유가 없잖아. 그래서 어떻게 대답해야 할지 망설이고 있는데 선생님이 나보고 뒤에 나가서 서 있으라는 거야.

"설명할 수 있는데요."

나는 그렇게 말했어. 그랬더니 선생님이 설명을 해보라는데, 나는 앞에 나가서 해도 되느냐고 물었어. 나도 그림이 필요했거든. 선생님은 얘가 무슨 짓을 하려고 그러나 하는 표정이었지만, 하고 싶은 대로 하라고 했어. 나는 앞으로 나가서 내가 알고 있는 대로 그림을 그렸어.

행성은 주전원(周轉圓)이라는 원을 따라 도는데, 주전원의 중심은 지구를 둘러싸고 있는 이심원을 따라 돈다. 그래서 지구에서 보면 저렇게 꼬불꼬불한 모양으로 움직인다. 저 꼬불꼬불한 궤도의 안쪽 곡선이 바로 역행현상이 일어나는 지점이다.

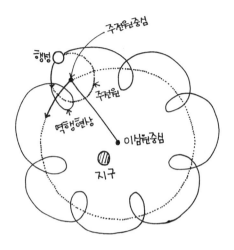

그렇게 말했어. 『알마게스트』에서 배운 대로였어. 그랬더니 선생님이 이렇게 말하는 거야.

"니네 나라에서는 그렇게 가르치냐?"

그건 내가 학생이었을 때 일어난 일이지 1633년에 일어난 일이 아니었다고. 그런데도 나는 다른 사람들이 전부 지구가 태양 주위를 돈다고 알고 있다는 걸 그날 처음 알게 된 거야. 그래서 깜짝 놀랐어. 나만 빼고 다들 그렇게 알고 있다니. 내가 얼마나 놀랐겠어.

너무 화가 나는 거 있지. 딴사람도 아니고 엄마가 나를 바보로 만들다니. 자기는 천문학자면서. 아무것도 모르는 나를 입양해놓고 엄마가 거짓말할 때마다 바보처럼 고개를 끄덕끄덕

하고 믿어버리는 게 그렇게 재미있었던 걸까. 그리고 그때 깨달았어. 예전의 그 남자는 절대 우리 아빠가 아니라는 사실을 말이야. 아니, 훨씬 더 많은 걸 깨달았던 것 같아. 내가 알고 있는 내 존재의 어디까지가 진짜고 어디까지가 가짜인지 알 수 없게 된 거잖아.

나는 집에 가서 정색을 하고 엄마한테 따져 물었어.

"엄마. 우리 엄마 맞아?"

"그럼."

"친엄마 아니잖아."

엄마는 드디어 올 것이 왔구나 하고 생각하는 것 같았어. 엄마 차례였지만 다시 내가 말했어.

"말레이시아로 돌아갈 거야."

"왜?"

"우리 엄마 찾으러 갈 거야."

엄마는 적잖이 충격을 받은 것 같았어. 생모를 찾으러 간다는 말 때문이 아니라 말레이시아로 간다는 말 때문에. 엄마가 그렇게 당황하는 건 그때 처음 봤어. 목소리가 가늘게 떨리기까지 했으니까. 엄마가 물었어.

"누가 너더러 말레이시아 애래?"

"다들 그래."

엄마는 말문이 막혀버렸어. 내가 별로 내색을 안 했기 때문에 엄마는 내가 피부색 때문에 놀림당하는 걸 몰랐던 것 같아. 게다가 나는 말레이시아계가 아니라 인도계였거든. 그때는 몰랐어. 내가 인도에서 왔는지 어디에서 왔는지. 아무튼 나도 그 순간 눈물이 핑 도는 거야. 서러웠어. 그래서 내 방으로 들어가 방문을 걸어잠갔어. 그리고 결심을 했지. 가출하겠다고.

열흘쯤 지난 뒤였어. 그날따라 엄마는 늦도록 집에 돌아오지 않았어. 나는 짐을 다 싸놓고 불을 끄고 누워 있었어. 새벽 네 시가 되면 집을 나갈 생각이었거든. 알람도 안 맞췄어. 그 소리 듣고 엄마가 깨기라도 하면 계획이 다 엉망이 되잖아. 그때까지 그냥 깨어 있을 생각이었어. 쪽지도 이미 써둔 상태였고.

쪽지는 일부러 길게 안 썼어.

'그동안 키워주셔서 고맙습니다. 어렸을 때는 묵희라는 이름 촌스러워서 싫었는데, 지금은 마음에 들어. 다음에 다시 만나게 되더라도 서로 미안하다고 하기 없기. 잘 지내요. 나도 잘 살 거니까.'

그렇게만 썼어. 깜깜한 방 안에서 이불을 뒤집어쓰고 이 생각 저 생각이 꼬리를 물고 이어지는 걸 가만히 들여다보고 있다가 낮에 쓴 쪽지가 생각나서 혼자 엉엉 울었어. 울다가 잠이 들었는지, 아침에 일어나니까 엄마가 내 침대 옆에 앉아서 말없이 나를 내려다보고 있더라고. 가방하고 쪽지를 본 모양이었어. 엄마도 내가 집을 나갈 생각이었다는 걸 안 거지. 내가 눈뜨는 걸 보고 엄마가 말했어.

"묵희야. 진짜 아빠 보러 갈까?"

2

이 주 뒤에 우리는 뉴델리로 가는 비행기를 탔어. 엄마는 그냥 즐거워 보이려고 애쓰는 것 같았어. 나 같은 애를 기르기로 결심했을 때부터 엄마는 이미 알고 있었을 거야. 언젠가 한번은 꼭 해야 하는 일이라는 걸 말이야. 그래도 진짜 번거로운 일이잖아. 딸의 친엄마를 찾아주는 거. 즐거울 리가 없었겠지.

비행기를 타고 가는데 승무원들이 나한테 자꾸 영어나 힌디어로 말을 거는 거야. 나는 당황해서 엄마를 쳐다봤어. 그러면 엄마가 대신 그 사람들을 상대해주는 식이었지. 그런 생각이 드는 거야. 막상 내 뿌리를 찾겠다고 나섰는데, 별거 없으면 어쩌나. 아무래도 그렇지 않겠어? 나 같은 애야 뭐, 뉴델리 어디에 있는 보육시설에 버려졌거나, 그것도 아니면 이름도 발음하기 힘든 시골에 살고 있었거나. 그걸 알아내는 건 엄마 몫이었어. 친부모는 안 만나는 게 좋을지도 모른다는 생각이 들었어. 뭐 하는 사람들일지 어떻게 알아? 돈 몇 푼 받고 나를 팔아버린 것일 수도 있잖아. 어쩌면 엄마도 그런 날이 영영 오지 않기를,

끝까지 얼렁뚱땅 넘어갈 수 있게 되기를 내심 바랐을지도 몰라. 나를 위해서 말이야.

하지만 그냥 그렇게 넘어가기에는 내 인생이 너무 처량하잖아. 그 예쁜 나이에 파이터로 자라다니. 대책은 없지만 일단 부딪치고 나면 뭔가 해결이 되겠지 하는 생각밖에 없었어. 그런 생각을 하면서 한참을 날아갔어. 잘 가고 있는데, 엄마가 골똘히 생각에 잠겨 있더니 문득 이런 말을 꺼내는 거야.

"묵희야. 엄마 말 잘 들어. 그동안 엄마가 가르쳐준 거 잘 기억하고 있지? 나중에 해주려고 했던 이야기들인데, 지금 해줄게. 잘 들어야 돼. 엄마 말 믿지?"

나는 엄마를 빤히 쳐다봤어. 그러고는 고개를 설레설레 저었어. 그러고도 엄마 말을 믿어? 하지만 엄마가 도대체 무슨 이야기를 하려고 저렇게 심각하게 분위기를 잡는지 궁금해서 일단 잠자코 듣고만 있었어. 엄마가 말했어.

"1633년에도 교황청은 최선을 다했단다. 다했는데, 결국 그놈을 못 죽인 게 화근이었어. 갈릴레오 갈릴레이 말이야. 가택연금시키는 게 고작이었어. 그나마 나중에는 풀어줘야 했고."

엄마 입에서 그런 험한 이야기가 나오는 거야. 나는 침을 꼴깍 삼키면서 들었어.

"교황청은 이제 예전 같지가 않았으니까. 1648년에 유럽에서 삼십년전쟁이 끝나기 훨씬 전부터, 교세가 예전 같지 않았거든. 권력이 세속 군주들한테 넘어가고 있었다는 뜻이야. 세속 군주 알지? 왕들 말이야. 그때까지 교황의 세속 권력 역할을 한 게 신성로마제국이었는데, 이제 제국은 서서히 실권을 잃어 갔어. 그렇게 안 좋은 때였는데도 가톨릭은 진리를 지키기 위해서 최선을 다했단다."

딱 거기까지 듣고 나는 엄마가 또 뭔가 지어내기 시작했구나 하고 직감했어. 엄마는 계속 이야기를 이어갔어.

"갈릴레오 사태 이전에, 신성로마제국의 튀코 브라헤라는 제국 수학자가 독살당한 뒤부터 벌써 천문학자들은 용기 있게 진실을 말하기가 어려워졌어. 케플러 같은 자들이 법칙이라는 이름을 붙여가면서 말도 안 되는 이론을 가지고 튀코 브라헤가 평생 모아놓은 정교한 관측자료들을 짜맞췄는데, 천문학자들은 그걸 뻔히 보고도 침묵했지. 제국이 이름뿐인 제국으로 처참하게 무너져버리는 바람에 천문학자들은 바람막이를 잃었거든. 뉴턴이 만유인력의 법칙이라는 걸 내놓고 나서는 완전히 침묵해버렸어, 완전히. 세상 천문대라는 천문대는 다 지동설 주의자들이 감시하는 상황이 돼버렸는데, 그래도 교황청은 끝까지 진리를 포기하지 않았어. 1633년에 갈릴레오 갈릴레이를 굴복시킨 게 잘못이 아니라는 입장을 끝까지 고수했다는 뜻이란다. 아무래도 교황 정도 되면 아무나 건드릴 수가 없었으니까. 그런데 1992년 10월 31일에 그 사건이 일어난 거야. 영원히 굴복하지 않을 것 같던 교황도 결국은 굴복하더라. 그날 요한 바오로 2세가, 가톨릭이 1633년에 갈릴레오를 굴복시킨 일에 대해 사죄를 했어. 그래서 니 엄마는, 1995년 12월에 투쟁을 시작했어. 우리는 둘 다 천문학자였어. 나랑 니 엄마. 아빠는 수학자였고."

"엄마?"

"응, 엄마. 찬드라무키. 진짜 예쁘게 생긴 인도 애였어. 우리 묵희 이름도 엄마 이름을 따서 지었고. 미국에서 유학하고 있을 때 만났어. 그때가 너 낳은 지 이 년쯤 됐을 땐데, 이 무책임한 친구가 어느 날 너를 나한테 맡기고는 자기는 떠나야겠다고 그러는 거야. 얼마나 황당했겠니. 하지만 그해 여름부터 세계 곳곳에서 천문학자들이 이상한 사고로 죽어나가고 있다는 걸 알았기 때문에 이해할 수밖에 없었어. 하지만 니 아빠는 천문학자가 아니었거든. 왜 하필 니 엄마가 싸워야 되는지 납득을 못 했어. 그래서 거의 헤어지다시피 엄마를 떠나보냈는데, 반년이 지나서 그 소식이 전해진 거야. 찬드라무키가 죽었다고. 그것도 사고로. 그 이야기를 듣고 결국 니 아빠도 가버리더라. 그럴 줄 알았어. 찬드라무키의 시신을 확인하던 날, 그런 느낌이 들었어. 아빠가 곧 떠나버릴 것만 같았어. 너만 남겨놓고. 또 나만 남겨놓고."

나는 그 순간 엄마 눈에 눈물이 그렁그렁하는 걸 본 것 같았어. 처음이었어, 그런 모습은. 하지만 엄마는 곧 표정을 가다듬고 이야기를 이어갔어.

"그 친구들의 계획은 로켓을 쏘아 올리는 거였어. 달 친구까지 날아갈 수 있는 로켓. 달 친구에 부딪혀서 친구가 거기에 있다는 사실을 다른 사람들에게도 보여주자는 거였거든. 아직 구체적인 증거는 없지만, 친구는 투명하고 복원력이 있는 액체 아니면 밀도 높은 가스층으로 알려져 있어. 그래서 혜성이나 소행성은 통과시키는 거지. 그러니까 천구에 구멍을 뚫지 않고 화학적인 방식으로 천구 안쪽 표면을 따라 넓게 퍼지는 가스 탄두를 쏴 보내야 천구가 거기 있다는 걸 보여줄 수 있는 거야. 그건 원래는 독일 제3제국에서 세운 계획이었어. 히틀러 말이야. 당시 독일에 베르너 폰 브라운이라는 기술자가 있었는데, 그 사람은 그냥 놔두면 곧 달까지 날아가는 로켓을 만들 것 같은 기세였어. 지동설주의자들이 미국을 부추겨서 전쟁에 개입하게 한 것도 당연했지. 전황이 안 좋아지니까 히틀러는 개발 단계에 있는 로켓을 V2 미사일로 만들어서 런던을 폭격하는 데 썼는데, 안 그러는 편이 나았을 거야. 지동설주의자들을 잔뜩 긴장시키는 꼴이 됐으니까. 전쟁이 끝나고 나서 미국이 당장 독일에서 뭘 가져갔겠니? 베르너 폰 브라운이었지. 미국은 그 사람을 데려다가 엉뚱하게 달에다 우주선을 쏘아 올렸어요. 그 우주선은 원래 천구로 가야 되는 거였는데, 관심을 완전히 엉뚱한 데로 돌린 거야. 지동설주의자들 짓이었지."

거기까지 듣고 나서 나는 다시 고개를 설레설레 저었어. 너무 그럴듯한 이야기잖아. 세상이라는 게 그렇지가 않은데. 어째 좀 허술하다 싶은 게 진리에 가깝지 않아? 엄마가 내 얼굴을 빤히 들여다보고는 살짝 미소를 짓는데, 나는 그게 무슨 의미인지 모르겠더라고.

내가 엄마한테 물었어.

"그래서, 엄마는 우리 아빠 좋아했어?"

"찬드라무키가? 그럼. 둘이 어찌나 붙어다녔는지."

"아니, 말고. 엄마가 좋아했느냐고."

"나?"

엄마는 아무 대답도 안 해줬어. 표정으로 대신했지. 내 눈에 그건 진심으로 보였어. 나는 엄마가 대답할 때까지 기다리지 않고 다음 질문을 던졌어. 왠지 그래야 할 것 같았거든.

"아빠도 죽었어?"

이 질문은 일종의 함정이었어. 죽었다고 말하면 안 되는 거잖아. 적어도 내가 중학교 1학년이었을 때까지는 살아 있었다는 대답이 나와야 말이 되는 거지. 엄마는 함정에 걸려들지 않았어.

"죽은 줄 알았지. 다들 그렇게 알고 있었으니까. 그런데 어느 날 갑자기 나타나더라. 그러더니 또 갑자기 사라져버리던걸."

"왜? 왜 사라졌는데?"

"위험하니까."

"뭐가?"

"니가. 그리고 내가."

나는 잠깐 생각을 정리해야 했어. 이야기가 어떻게 흘러가고 있는 건지, 내가 또 엄마 거짓말에 말려들어가고 있는 건 아닌지 하고 말이야. 내가 혼란스러워하는 걸 눈치챘는지 엄마는 그 타이밍을 놓치지 않고 끼어들었어.

"인도에 천문대가 하나 있어. 지동설주의자들의 감시를 받지 않는 곳이야. 양심 있는 천문학자들이 몰래 만들었거든. 장비는 좋지 않지만 진실에는 제일 가까운 곳이야. 아빠는 사고로 죽은 것처럼 위장하고 거기에서 일했어. 지동설주의자들도, 니 아빠처럼 실종됐지만 시신이 발견되지 않은 천동설주의자들이 꽤 많다는 사실을 알고 있는 것 같아. 걔들은 사라진 천동설주의자들이 로켓을 만들고 있는 게 틀림없다고 생각하나 봐. 그러니까 다시 한번 미국을 부추겨서 초고고도 미사일 요격체계라는 걸 개발하려고 애쓰는 거겠지. 하지만 아마 숨어 있는 천동설주의자들은 이제 그런 거 안 만들걸."

"왜?"

"더 좋은 망원경을 만드는 게 우선이라고 생각하니까. 내가 듣기로는 그걸로 결국 천구를 보는 데 성공했다는데."

"천구를?"

"응. 정확하게 말하면 천구에 희미하게 반사된 별자리를 관측했겠지."

"근데 지동설주의자들은 왜 그렇게까지 심하게 하는 건데? 지구가 안 움직인다는 게 알려지면 안 돼?"

"그럴걸. 우리도 잘은 몰라. 그래도 짐작가는 게 있긴 해. 증거는 아직 없지만 말이야. 걔들, 배후가 있는 거야."

"그게 누군데?"

"지구가 우주의 중심이라는 사실이 밝혀지면 손해 보는 사람들. 어쩌면 천구의 바깥쪽에서 온 사람들일지도 모르고. 증거는 하나도 없어. 그냥 천동설주의자들끼리 그렇게 생각하는 것뿐이야. 아무튼 묵희야. 그러고 나서 니 아빠는 딱 두 번 내 앞에 나타났어. 한 번은 너도 전에 봤지? 두 번째 나타난 게 그때였고, 또 한 번은 네가 아주 어릴 때였어. 그때 아빠는 연락도 없이 갑자기 나타나서는 이렇게 말했어. 묵희 니가 나중에 위험해지거나 감시당할지도 몰라서 내내 불안했다고. 그래서 안전하게 해뒀으니까 그렇게 알고 있으라고."

"어떻게 안전하게 했는데?"

"니가 자기 딸이라는 걸 감춘 거야. 공식적으로는 내가 너를 입양한 것처럼 인도에 서류를 다 꾸며놨나 봐. 심지어 나중에 누가 물어보면 니 친부모라고 주장해줄 사람들도 만들어놨대."

나는 다시 한참 동안 엄마 이야기를 정리해보다가 엄마에게 물었어.

"그럼 지금 내가 만나러 가는 건 누구야? 진짜 아빠야, 가짜 아빠야?"

"가짜."

"그 사람을 왜 만나러 가?"

"사실은, 니가 학교에서 주전원을 그리는 바람에 지동설주의 자들의 관심을 끌었거든."

"뭐, 내가 학교에서 지동설이 틀렸다고 그랬던 거 때문에?"

"응. 그것 때문에 특별관리대상이 됐을 거야. 계속 파고들어 가다 보면 니 아빠 이야기를 알게 될지도 모르고."

"말도 안 돼. 그래서?"

"그러니까 비행기에서 내리면 내일쯤 보육시설에 들러 이것 저것 물어보는 척 좀 하다가 다음주쯤 가짜 아빠 찾아가서 좀 울다가 집으로 돌아가면 돼."

나는 또 머릿속이 복잡해졌어.

3

공항에 내려서 밖으로 나오는데 더운 기운이 확 느껴졌어.

공항인데도 기웃거리는 사람들이 많았어. 난간에 쭉 매달려서 공항 안쪽을 들여다보고 있는 사람들이 왜 그렇게 많은지. 지금 생각해보면 다들 누군가를 마중나와 있는 거였겠지만 그때는 기웃거리려고 몰려들었다는 생각밖에 안 들었어. 편견이었지. 거리에는 나 같은 사람들로 넘쳐났어. 나 같은 피부색에 체형도 인상도 나와 비슷한 사람들 말이야. 하지만 나는 그 사람들이 반갑지가 않았어. 사실 좀 무서웠어. 그런 기분 이해가 될까? 이십 년이 다 돼가도록 나만 남들과 달라서 외롭다고 생각하고 살았는데, 어느 날 갑자기 나처럼 생긴 사람들이 수도 없이 돌아다니는 광경을 보는 기분. 나만 괴물인 줄 알았는데 나 같은 사람이 그렇게 많은 걸 보게 되니까 오히려 무섭다는 느낌이 들었어.

다음날부터 엄마는 나를 데리고 다니기 시작했어. 보육시설은 생각보다 훨씬 더 외진 데 있었어. 찾아가기가 쉽지 않았지. 나는 거기 있는 내내 음식이 입에 맞지 않아서 고생스러웠던 데다 먼지까지 잔뜩 들이마셔서 몸이 좋지가 않았거든. 사람들이 엄마하고 영어로 이야기하다가 대화가 막히면 나한테 막 자기네 말로 말을 걸어오는 것도 무서웠고.

결국 도착한 장소는, 애들을 맡아 기르는 데라고 하기에는 좀 심하게 낡은 곳이었어. 벽 한구석이 시커멓게 변해 있는 게 아무래도 인상이 안 좋았지. 영 실망스러운 데였지만, 엄마 말대로 거기에 내 기록이 있었어. 누가 미행하는 것 같지는 않았는데, 엄마는 자연스럽게 행동하라는 말을 한 시간에 세 번쯤 반복했어. 그게 더 부자연스러웠지.

보육시설에서 알려준 대로 우리는 내 친부모 역할을 하기로 되어 있는 사람들을 찾아갔어. 그 집은, 주변의 다른 집들과 비교했을 때 더 심하다고 할 것은 없었지만, 사실 우리 눈으로 봤을 때는 집이 아니었어. 움막이든 천막이든 아무튼 '막' 자를 붙이고 싶은 곳이었지. 애들은 당장 눈에 보이는 것만 해도 다섯이었어. 나이 많은 아이들은 어디 다른 데 가서 돈을 벌고 있었는지도 몰라.

가짜 부모들과는 영어가 통하지 않았어. 그러니까 그 사람들이 자꾸 나한테 직접 말을 걸려고 했는데, 나는 그게 무서웠어. 엄마가 마을을 한참 뒤져 어느 식당에서 영어를 할 줄 아는 아저씨를 찾아와서 통역을 시켰어. 그랬더니 가짜 부모들이 내 부모 역할을 충실하게 수행하기 시작하더라. 눈물을 흘리고, 끌어안고, 기도를 하고, 무슨 붉은 빛깔 나는 것을 이마에 칠해주고.

나는 별로 재미가 없었어. 엄마 말고는 내가 알아들을 수 있는 말을 하는 사람이 아무도 없었으니까. 까딱 잘못했으면 거기서 하룻밤을 묵을 뻔한 거 있지. 분위기가 그렇게 흘러가는 걸 엄마가 간신히 말렸던 것 같아. 이제는 엄마가 따로 상기시

키지 않아도 최대한 자연스럽게 연기하려고 애쓰고 있었지만, 아무튼 속으로는 그 집에 묵지 않게 돼서 정말 다행이라고 생각했어. 화장실은커녕 손 씻을 데도 제대로 없는 그런 곳에서 더 오래 머물고 싶은 생각은 전혀 없었거든.

아빠가 돈을 얼마나 쥐여줬는지 몰라도 그 사람들, 자기들 역할에 정말 충실했어. 아니면 사람들이 순박한 건지. 눈물을 그칠 줄 모르는 아줌마를 겨우겨우 떼어놓고 호텔로 돌아가서 씻고 잠을 잤어. 다음날은 에어컨이 제대로 나오는 쇼핑몰에서 쇼핑을 하고 나서 잠깐 관광을 했던 것 같아. 그렇게 사흘인가 더 있다가 다시 비행기를 타고 집으로 돌아왔어. 돌아오는 길에 엄마가 물었어.

"가출할 거니?"

"아니."

"이제 괜찮아?"

"바람 쐬고 왔더니 좋아."

"재밌었어?"

"쪼금. 근데 나는 그런 데서는 진짜 못 살겠더라."

나는 아주 치를 떨었어. 엄마는 그런 나를 보고 그냥 살짝 웃었던 것 같아.

4

엄마는 그로부터 삼 개월 뒤에 외국에 세미나를 갔다가 비행기 착륙사고로 돌아가셨어. 나는 드디어 올 것이 왔나 싶었어. 지동설주의자들의 음모 말이야. 얼마나 무서웠는지, 한 달 동안 집 안에 숨어 있었어. 그렇게 한 달이 지나도록 아무 일도 일어나지 않은 걸 확인한 뒤에야 나는 다시 집 밖으로 나올 수 있었지.

공부를 다시 시작했어. 남들보다 오래 걸렸지만, 공대에 가서 로켓공학을 배웠어. 나는 뜻을 못 펴고 죽은 부모가 세 사람이나 돼서, 해야 할 일이 많았거든. 그런데 웬걸, 어느 날 텔레비전에 그 아저씨가 나오는 거야. 내 친아빠라는 수학자 아저씨 말이야. 그 아저씨, 텔레비전에 나온 이름으로 찾아보니까 수학자가 아니라 천문학자고, 미국에서 그냥 멀쩡하게 잘 살던 사람이더라고. 심지어 엄마랑 바람나서 나한테 걸렸을 시점에는 애가 둘이나 있었어. 그때 깨달았지. 아, 엄마한테 완전히 속았구나. 나는 천동설이야말로 내 남은 생애를 모두 바쳐야 할 유일한 진리라고 생각하고 있었어. 그런데 그게 아니었던 거지. 로켓공학이고 뭐고 다 허탈해지고 말았어.

서른 살 때, 엄마 돌아가신 후 처음으로 이사를 갔어. 중국에 화성 탐사 프로젝트 자리가 있어서 돈을 많이 받고 들어갔거든. 짐을 싸다 보니까 옛날 스케치북이 나왔어. 유치원 때나 초등학교 저학년 때쯤 됐을 거야. 집을 그린 그림이 있었는데, 집 모양이 좀 특이했어. 내가 워낙 그림을 못 그려서 그런 것도 있겠지만, 그 집은 아무리 봐도 집이라기보다는 움막이든 천막이든 '막' 자를 붙여서 불러야 할 것 같은 거야. 나는 인도에 갔을 때 찾아갔던 그 집 식구들 사진을 꺼내서 그 사람들 얼굴을 자세히 들여다봤어. 처음 그 사람들을 봤을 때는 왜 몰랐을까. 그 사진은 완전히 가족사진이었어. 내가 끼어 있는데도 말이야.

가족. 그때 그 가족을 받아들일 수 있었을까? 그때의 나라면 어쩌면 그 사람들을 증오했을지도 몰라. 지독하게 못사는 데다 나를 버리기까지 했으니까. 하지만 그때 그 사람들한테 욕을 퍼부었다면 나는 미안한 마음이 들어서든 아니면 여전히 그 사람들을 혐오하고 있어서든 거기를 다시 찾아갈 수 없었을지도 몰라.

나는 힌디어를 배우고 다시 마음의 준비를 한 뒤에 친부모를 찾아갔어. 그때 나는 그 사람들을 내 가족으로 맞이할 준비가 돼 있었어. 친아빠는 벌써 돌아가시고 엄마만 살아 계셨어. 엄마는 아직도 내 얼굴을 기억하고 계셨어. 꽤 멀리서부터 나를 발견하고는 내 이름을 부르면서, 걸음도 불편할 것 같은 다리로 절뚝거리며 달려오시는 거야.

"짠드라무키! 짠드라무키!"

엄마의 설명력 덕분에, 나는 내 가족과 진심으로 화해할 수 있었어.

5

그 뒤로는 대체로 행복했어. 그렇게 잘 지내다가 2023년 가을 어느 날 뉴스 속보를 봤어. 인도, 중앙아시아, 호주 등 세계 곳곳에서 대륙 간 탄도 미사일급 로켓 302개가 약 이십 분 사이에 동시 발사됐다는 뉴스였어. 미국제 미사일 요격체계가 작동해서 그중 반 이상을 떨어뜨렸지만 나머지는 모두 대기권 밖에까지 날아갔대. 모두가 그 미사일들이 어디를 향할지 가슴 졸이면서 지켜보고 있었어. 거기에 실려 있는 탄두들이 핵무기나 생화학무기가 아니기를 바라면서. 그 뒤에 미국이 50개쯤을 더 요격했는데, 그래도 100개가 넘는 미사일들이 마지막 방어선을 동시에 뚫는 데 성공했어. 정말 긴장되는 순간이었지. 다행히 미사일들은 갑자기 힘을 잃고 지상으로 떨어지고 말았어. 게다가 모두 탄두가 없는 것들이었지.

그런데 그게 끝이 아니었어. 로켓 하나가 우주를 향해 더 힘차게 치고 나갔거든. 사람들은 대부분 그 모든 사태가, 특히 그 한 개의 로켓이 무엇을 의미하는지를 몰랐어. 물론 나도 몰랐지. 그런데 갑자기 뭔가 머릿속에 떠오르는 거야. 로켓은 며칠을 더 날아갔어. 사람들이 사상 최악의 테러 위협에서 벗어난데 대해 안도하는 동안에도 로켓은 쉬지 않았어.

나는 인도 엄마한테 전화해서 물었어.

"엄마도 참. 도대체 그때 우리 아빠한테 얼마를 받았기에 그렇게 열심히 친엄마 연기를 해준 거유?"

엄마는 그런 일은 없다고 강하게 부인했지만, 결국은 다 털어놓고 말았어. 이십만 루피였대. 그 당시 우리 돈으로 한 오백만 원쯤. 그 이십만 루피를 경마로 다 날려버리고 죽은 인도인 아빠도, 텔레비전에서 본 미국인 아저씨도 모두 내 친아빠가 아니었지만, 나는 아빠 없는 아이가 아니었어. 진짜 아빠는 어딘가에서 302개 로켓 중 한 개를 쏘고 있었을지도 몰라. 나는 그제야 깨달았어.

'아! 이번에야말로 엄마한테 진짜 완전히 속았구나!'

물론 여기에서 엄마는 나를 키워준 한국 엄마 말이야.

며칠 뒤에 로켓이 달 공전궤도쯤에 이르렀을 때, 갑자기 로켓이 폭발하면서 무언가 가스 같은 게 사방으로 확 퍼져나갔어. 그러더니 천구 안쪽에서부터 화학반응이 일어나기 시작하는 거야. 그날 우리는 드디어 천구의 모습을 실제로 볼 수 있었어.

크레인
크레인

一

어느 날 저녁, 보통 때보다 일찍 잠자리에 누웠다가 문득 누군가를 사랑하고 있다는 사실을 깨달았다. 나는 자리에서 벌떡 일어나 방 안을 시계 방향으로 세 바퀴 돌았다. 옆에는 아내가 곤히 잠들어 있었다.

은경이는 비행학교 같은 반에 다니는 여자였다. 그런데 언제부터였을까? 기억을 더듬었다. 어쩌면 석 달 전 비행학교 입교식 날부터였을지도 모른다. 나는 부자도 아니고, 꼭 조종을 배워야 할 이유도 없었다. 꽤 큰돈을 내고 사설 비행학교에 등록하기는 했지만 막상 거기까지 가서 보니 어쩐지 내가 있을 만한 곳이 아니라는 생각까지 들었다. 낯설고 어색했다. 나만 외톨이가 된 느낌이었다. 기억을 더듬어보니 은경이는 그날부터 벌써 내 옆자리에 앉아 있었다. 그다지 특별한 사건은 없었다. 다만 은경이도 나처럼 하늘을 날고 싶다는 막연한 꿈 때문에 몇 번 몰아보지도 못할 비행기 조종을 배우겠다고 무모하게 달려들었다는 사실을 알아냈을 뿐. 특별히 은경이가 예쁘다고 생각한 적도 없고, 이야기가 잘 통한다고 느껴본 적도 없었다. 하지만 침대에 누워 아무것도 없는 천장을 올려다보며 비행학교에 관련된 일들을 이것저것 떠올리다 보니, 글쎄 그 모든 장면에 은경이가 등장하는 것이 아닌가. 지난 주말에 교관이,

"여러분들 착륙하려고 활주로에 접근할 때, 자꾸 노루바위 상공에서 선회해야 활주로에 안전하게 접근할 수 있다고 공식처럼 외우는 분들이 있는데요, 조종사가 활주로 보고 진입해야지 주변 지형지물 보고 진입하면 안 되거든요. 노루바위 없으면 어떻게 착륙하시게요? 노루바위가 비행장마다 있는 게 아니잖아요."

하고 십 분 넘게 잔소리를 하자 은경이가 옆에서 작은 목소리로,

"근데 있잖아요. 노루바위 없으면 우리 착륙 못 하는 거 맞잖아요. 그냥 나라에서 비행장마다 노루바위를 하나씩 심었으면 좋겠어요."

하고 속삭이는 바람에 교관 몰래 둘이서 한참을 낄낄거리던

일이 떠올랐다. 하지만 맹세컨대 그게 다였다. 특별한 감정 없이도 충분히 할 수 있는 대화였다. 그런데 그런 아무렇지도 않은 장면들이 수십 개씩이나 연달아 떠오르는 것이 문제였다. 그러면서 가슴을 저미는 애틋함이 마음 한구석에서부터 서서히 퍼져나가는 게 문제였다.

사랑하는 사람이 생기다니! 잠이 오지 않았다. 사랑이 두 개로 분할될 수 있다니! 아내에 대한 내 마음은 단순하고 온전한 하나였다. 나는 어떤 유혹에도 흔들린 적이 없었다. 그날 저녁에도 아내는 행복하다고 말했다. 내가 특별히 해준 게 있어서 하는 말이 아니었다. 오 년을 한결같이 쌓아온 날들, 그렇게 차곡차곡 쌓인 탄탄한 행복이 마음에서 진심으로 우러났기 때문에 한 말이었다. 그렇게 단순한 사랑도 두 개일 수 있다니.

날이 밝았다. 은경이가 보고 싶었다. 하지만 주말이 되려면 아직 사흘을 더 기다려야 했다. 그런데 그날 저녁에 은경이가 먼저 나에게 전화를 걸더니 이런 말을 했다.

"저기, 짐 싸다가 전화했어요. 늦은 시간인 건 아는데, 오빠한테는 이야기해야 될 것 같아서요. 저 이제 비행학교 안 나가요. 저 중국 가요."

"중국에? 왜? 여행 가?"

"아니요. 살러 가요. 언니가 거기 있어요. 언니가 건강이 나빠져서, 언니 일을 대신 해야 돼요."

이게 무슨 일인가. 가슴이 덜컥 내려앉았다.

"언니 일? 그게 뭔데?"

"가업 같은 건데요, 그런 게 있어요. 갑자기 연락받고 서둘러서 짐을 싸는데, 이것저것 정리하다 보니까 어쩐지 오빠한테는 말해줘야 할 것 같아서요. 저 이상하죠? 해야 되나 말아야 되나 고민하다가 한밤중이 다 됐네요. 지금 연락 안 하면 안 될 것 같아서 전화했어요. 미안해요. 왜 그런 생각이 들었는지 잘 모르겠어요."

하지만 나는 은경이가 왜 그런 생각을 했는지 알 것 같았다. 알 것 같았지만 내 입으로 그 말을 꺼낼 수는 없었다.

"언제 돌아와?"

"안 와요."

"안 와? 그럼 못 보는 거야?"

"언니랑 한번 놀러 오세요. 그 동네, 관광지거든요. 외국인들은 잘 몰라요. 여행사 같은 데서도 잘 모르고. 근데 꽤 좋아요."

"그래."

이제 막 깨달았는데 떠나간다는 사랑. 하고 싶은 말은 많았지만 할 수 있는 말은 별로 없었다. 나는 그 많은 말들을 억지로 꿀꺽 삼켜버렸다. 그러자 은경이가 말했다.

"가서 결혼해야 할지도 몰라요. 동네도 그렇고, 그 가업이라는 게 좀 구닥다리여서 정혼자 비슷한 게 있대요. 저는 말도 안 된다고 생각하지만, 제 마음대로 안 될지도 몰라요."

전화를 끊고 자리에 누워 있자니 숨을 깊게 들이쉴 수가 없었다. 호흡이 깊은 곳에 닿지 못하고, 폐 가장자리만 훑고 도로 빠져나가는 느낌이었다.

'가업이라. 요즘도 그런 게 있나?'

나는 은경이가 불러준 주소와 연락처를 뚫어져라 쳐다보면서 생각했다. 문화대혁명도 비켜간 시골이라 휴대폰이나 인터넷 같은 건 없다고 했다. 하지만 이제 전기는 하루종일 들어온다고 했다. 하필 그런 데로 가나? 어이가 없었지만, 다른 한편으로는 잘됐다는 생각이 들었다. 훌훌 떠나버리면 이제 다시는 생각나지 않겠지.

하지만 은경이는 좀처럼 지워지지가 않았다. 하루도 빠짐없이 생각이 났다. 몇 주를 곰곰이 생각해봤지만 은경이네 언니가 한국도 아닌 중국에서 가업을 잇고 있다는 말이 이해가 안 갔다. 은경이가 중국 사람이었나? 그럴지도 모른다. 하지만 그것 말고도 이해 안 가는 부분이 너무 많았다.

반년이 지났다. 그래도 은경이는 지워지지 않았다. 분할된 두 개의 마음은 시간이 갈수록 점점 더 확고하게 내 안에 자리를 잡아갔다. 지워야지, 지워야지.

하지만 결국 나는 아내에게 거짓말을 하고 말았다.

"출장 가. 중국인데, 오지야."

그리고 은경이에게 편지를 보냈다. 은경이가 곧 답장을 보내
왔다.

저야 당연히 환영이죠. 근데 호텔 같은 건 추천해줄 수가
없어요. 여긴 그런 거 없거든요. 그 대신 우리 집에 빈 방이
있어요. 누추하지만 방은 커요. 언니랑 같이 써도 충분할 거
예요. 예의상 하는 말이 아니고 진짜로 누추하기는 한데 그
래도 어쩔 수 없어요. 대신 맛난 거 많이 해줄게요.

아내는 일이 있어서 나 혼자 가게 됐다고 답장을 썼다. 휴가
를 내고 짐을 꾸려서 공항으로 갔다. 직항로가 없어서 중간에
한 번 비행기를 갈아타야 했다. 기다리는 동안 내내 마음이 착
잡했다. 나는 은경이가 보낸 편지를 몇 번이나 꺼내 읽었다.
　은경이 엄마는 중국 사람이었다. 일종의 무당이었는데, 그
일이 죽어도 싫었다고 한다. 그래서 어떻게든 동네를 벗어나고
싶었지만 방법이 없었다. 남편이 병으로 세상을 떠나자 사는
형편이 한층 더 딱해졌는데, 그 무렵 사촌 하나가 일본 사업가
를 만나 결혼하면서 외국으로 떠났다. 이거다 싶었다. 은경이
네 엄마는 한국 사람과 결혼했다. 아이가 있다는 사실은 숨겼
다. 그 아이가 바로 은경이네 언니였다. 은경이는 스무 살이 넘
어서야 언니를 만났다. 엄마가 가버린 날부터 내내 엄마 대신

무당 노릇을 해야 했다는 언니. 그 기구한 운명을 대하자 은경이는 자꾸만 눈물이 났다고 한다. 언니는 그냥 환하게 웃었다. 만나는 사람마다, '이 애가 내 메이메이(妹妹, 여동생)'라고 자랑을 했다.

"언니는 내가 그렇게 좋아?"

"뚜에이(对, 응)!"

한국어로 물었는데 언니는 중국어로 답했다.

"치, 뭐라고 물은 건지도 모르면서."

나는 그 편지를 읽고 또 읽었다.

'언니 대신 무당이 됐다고?'

二

공항에서 내려 은경이가 가르쳐준 대로 택시를 타고 버스 정류장으로 갔다. 그리고 두 시간쯤 기다린 다음 버스를 탔다. 구불구불한 길을 따라 언덕을 올라가는데 멀미가 났다. 전파도 닿지 않을 산골이었다. 계단식으로 정리된 밭도 드문드문 보였지만 그보다는 깎아지른 듯 가파른 절벽이 더 자주 눈에 띄었다.

저요, 여기서는 완전 무녀예요. 글자 모양[巫]대로 하늘과 땅을 이어주는 사람이요.

은경이가 편지에 쓴 말 그대로, 뭐라도 하늘과 땅 사이를 잇기는 이어야 될 것 같은 풍경이었다. 나는 중국 무당을 상상했다. 본 기억이 없었다. 생각해보면 이 나라 정부가 무당 따위를 남겨놓았을 리가 없다. 그런데도 무당이 남아 있는 마을이라니. 게다가 은경이가 그 일을 하다니.

아스팔트 도로가 끝나고 비포장도로가 나타나자 멀미가 한층 심해졌다. 차를 세우고 뛰어내리고 싶을 정도였다. 도로 주위에 사람의 흔적이라고는 아무것도 없었다. 햇빛의 흔적, 바람의 흔적, 대자연의 흔적뿐이었다.

겨우 눈을 붙였다가 잠에서 깨어나니 버스가 막다른 길에 멈춰 서 있었다. 문득 무서운 생각이 들었다. 납치당하는 건 아닐까. 그러나 주위를 둘러보니 납치당한 것치고는 너무나 평안한 얼굴로 담배를 피우거나 꾸벅꾸벅 조는 사람들뿐이었다. 앞쪽을 보니 버스기사가 차에서 내려 위를 올려다보고 있었다. 나는 무슨 일인가 싶어 창밖으로 고개를 내밀고 밖을 살폈다. 뭔가 잘못된 게 틀림없었다. 높이 100미터쯤 돼 보이는 거대한 절벽이 버스를 가로막고 서 있었다. 마치 버스가 절벽에 충돌할 듯이 달려들다가 가까스로 멈춰 선 것만 같았다.

'버스를 제대로 타기나 한 걸까.'

그때 버스기사가 차에 올라타더니 문을 닫고 사람들에게 뭐라고 소리쳤다. 물론 나는 한 마디도 알아들을 수 없었지만, 그 말이 떨어지자 다른 승객들은 모두 성가시다는 얼굴로 버스 안 구석구석으로 고르게 퍼져 앉는 게 아닌가. 잠시 뒤에 버스 위쪽에서 쿵 소리가 났다. 나는 황급히 가방을 감싸안으며 앞좌석 등받이에 붙어 있는 손잡이를 움켜쥐었다. 순간 이상한 일이 일어났다. 버스가 공중으로 둥실 떠올랐던 것이다.

깜짝 놀라 옆을 돌아보니 노인 두 사람이 내 쪽을 보고 낄낄거리고 있었다. 나는 어찌할 바를 몰라 애써 표정을 가다듬으며 창밖을 내다보았다. 버스는 계속해서 위로 올라갔다. 버스가 흔들리자 몇몇 승객들이 동요하며 손잡이를 꽉 움켜쥐었지만, 크게 걱정하는 표정은 아니었다.

차가 옆으로 살짝 돌았다. 그러자 놀라운 광경이 눈앞에 펼쳐졌다. 버스는 울창한 숲을 발아래 남겨두고 점점 더 높은 곳으로 올라가고 있었다. 그 모습이 아찔하기도 하고 아름답기도 했다. 나는 질끈 눈을 감았다.

'도대체 무슨 일이람?'

이윽고 버스가 절벽 위쪽에 안전하게 내려앉는 것이 느껴졌다. 차가 시동을 걸고 앞으로 조금 나아가자 몇 시간 만에 처음으로 버스 정류장이 나타났다. 사람들이 반쯤 차에서 내렸다. 나는 그 자리에 그대로 앉아 있었다. 두 번째 정류장에서 내리라고 들었기 때문이다. 뒤를 돌아봤지만 특별한 장치는 안 보였다.

잠시 후, 버스가 또다시 절벽 앞에 멈춰 섰다. 나는 창밖으로 고개를 내밀어 위를 올려다보았다. 나는 그제야 비로소 그 이상한 버스노선의 정체를 파악했다. 까마득하게 높은 곳에서 굵은 줄 몇 가닥이 버스를 향해 뻗어 내려와 있었는데, 그 높은 곳에는 거대한 크레인이 우뚝 버티고 서 있었다.

사람들이 또다시 버스 구석구석 고르게 퍼져 앉았다. 잠시 후 버스가 하늘로 둥실 떠올랐다. 그러자 발아래 그림 같은 촌락이 한눈에 들어왔다.

"저런!"

감탄이 절로 나왔다. 지붕이 낮은 하얀 벽돌집들이 같은 듯 저마다 다른 모양으로 올망졸망 모여 있고, 그 아래로는 아득한 절벽이 절경을 이루고 있었다. 하지만 더 놀라운 것은 두 번째 절벽 위에 있는 마을이었다. 기와집이 서른 채가량이나 모여 있었는데, 하늘을 향해 자연스럽게 뻗어 올라간 처마가 우아했다. 이층 삼층 기와집 사이에는 벽돌로 포장된 골목길이 있었다. 골목을 따라 마을 맨 안쪽에는 다른 집보다 훨씬 커 보이는 기와지붕 대문이 고개를 내밀고 서 있었고, 그 너머로 끝이 뾰족하고 날렵한 탑이 보였다. 사원인 듯했다.

나는 짐을 챙겨 버스에서 내렸다. 이천 년쯤 시간을 거슬러 올라간 듯한 정류장이었다. 버스기사가 버스 지붕으로 올라가 버스에 매달린 커다란 갈고리를 벗겨냈다. 카메라를 꺼내 사진을 몇 장 찍고 나니 주위에 사람이 아무도 없었다. 나는 골목을 따라 마을 쪽으로 걸어갔다. 마침 노인 한 명이 골목을 나오는 것을 보고 은경이네 집 주소가 적힌 편지봉투를 내밀었다. 노인은 해맑게 웃더니 손을 휘휘 저으며 뭐라고 말했다. 전혀 알아들을 수 없었다. 글자를 못 읽는다는 뜻인 것 같았다. 노인이 소리치자 누군가가 문을 열고 골목으로 나왔다. 역시 글을 모르는 노인이었다. 다섯 명이 더 불려 나온 뒤에야 중학생쯤 돼 보이는 아이 하나가 나이에 안 맞게 호탕한 웃음을 지으며 손으로 어딘가를 가리켰다. 분명 '우포(巫婆, 무당, 무녀)'라고 말하는 것 같았다. 발음은 약간 달랐지만 분명 그 비슷한 말이었다.

아이가 따라오라고 손짓하고는 앞장을 섰다. 그러자 노인들이 우르르 그 뒤를 따랐다. 나도 따라갔다. 아이는 벼랑 끝쪽으로 갔다. 절벽 너머로 조금 전에 버스를 끌어 올린 거대한 타워크레인이 머리를 내밀고 있었다. 아마도 아랫마을 어딘가에 뿌리를 박고 있는 모양이었다.

크레인은 높이가 적어도 200미터는 돼 보였다. 두 번째 절벽은 첫 번째 절벽보다 훨씬 높았으니까 적어도 150미터는 되는 게 분명했다. 그러니까 절벽 위로 저만큼 높이 솟아오르려면 최소한 200미터는 돼야 했다. 지상에서부터 재면 300미터가 넘는 높이였다. 큰 키가 위태로워 보이지 않을 만큼 뼈대도 두 꺼웠다. 그렇게 웅장한 크레인은 처음이었다.

아이는 벼랑 끝으로 몇 발짝 다가가더니 크레인 쪽을 올려다 보며 뭐라고 소리를 질러댔다. 곧 옆에 있던 노인들도 아이를 거들었다. 잠시 후에 크레인 조종석 창문으로 누군가가 고개를 내밀었다. 긴 머리였다. 아이가 손으로 나를 가리키며 위쪽을 향해 소리를 질렀다. 그러자 크레인 쪽에서 낯익은 목소리가 들렸다.

"오빠!"

은경이였다.

"너 거기서 뭐 하니?"

三

일이 끝나려면 좀더 기다려야 하는 모양이었다. 마지막 버스 가 아직 안 들어왔다고 했다. 나는 그 자리에 주저앉아 카메라 를 꺼내들었다. 사진을 스무 장쯤 찍다가 잠이 들었다. 한숨 자 고 일어났더니 날이 어둑어둑했다. 무슨 소리가 나는 것 같아서 위를 올려다보았다. 크레인에서 나는 소리였다. 타워 크레인의 거대한 팔이 천천히 아래로 내려오더니 마침내 지상에 닿았다. 원래 그렇게 하도록 되어 있는 듯 크레인 위로는 계단이 나 있었고 지상에는 선착장처럼 그 계단이 닿기에 딱 알맞은 곳이 있었다. 은경이는 그 위를 걸어 내려왔다. 당황스러웠다. 무당이 된다더니. 위태로워 보였다. 물론 은경이는 한 발 한 발 무사히 지상으로 걸어 내려왔지만 저 일을 매일 몇 번씩 반복하다 보면 자칫 발을 헛디디거나 넘어질 수도 있겠다는 생각이 들었다. 그나저나 크레인 기사라니. 다른 사람도 아니고 은경이가.

은경이네 집은 윗마을이었다. 윗마을은 아랫마을보다 조금 더 조용하고 조금 더 품위가 있었다. 시장이나 우체국은 모두 아랫마을에 있었다.

"동네, 웃기죠?"

은경이가 말했다.

"응, 웃겨."

"이 집, 삼백 년도 더 된 집이에요. 동네가 다 그래요."

"그래? 건축자재는 어디서 가져왔대?"

"산 저쪽으로 길이 있긴 있어요. 하루종일 걸려서 그렇지."

은경이는 저녁밥을 했다. 나물 몇 가지에 돼지고기볶음이었는데, 특별할 것 없는 가정식 요리였지만 담백하고 맛깔스러웠다.

"근데 너 결혼은 한 거야?"

내가 물었다.

"아니요."

"정혼자가 있다며."

"언니가 저 밑으로 내려가버렸거든요. 이 아랫마을 말고 저 밑에, 큰 병원 있는 데로. 그래서 미뤄졌어요."

"그럼 쭉 혼자였어?"

"네, 두 달 됐어요."

"저런, 심심했겠다. 언니는 언제 돌아와?"

"영영 안 돌아올지도 몰라요. 언니는, 높은 데를 무서워했대요. 엄마 닮아서 그렇대요. 높은 데를 그렇게 싫어하는 사람이 220미터 위에서 평생을 보내려고 했대요."

은경이는 담담하게 말했다. 나는 은경이를 물끄러미 바라보았다. 그렇다면 은경이가 언니 대신 평생을 그 위에서 지내야 한단 말인가? 왜? 뭘 지키려고? 묻고 싶은 게 한두 가지가 아니었다. 하지만 은경이는 아무것도 묻지 말라고 했다. 오랜만에 만났으니까 일단은 푹 쉬고 복잡한 이야기는 날이 밝은 뒤에 하자고 했다. 나도 그러기로 했다.

집은 통풍이 잘돼서 좋았다. 편지에서는 누추한 집이라고 잔뜩 겁을 줬지만, 막상 와보니 정성을 들인 흔적이 여기저기 남아서 아늑했다. 산골이라 마을 사람들은 일찍 잠이 들었다. 멀리서 아기 우는 소리, 우는 아기 달래는 소리가 들렸다. 그 소리가 그치자 금세 온 동네가 고요해졌다. 한 시간쯤 잠을 설쳤다. 아내가 떠올랐다. 못난 출장이었다.

날이 밝자 은경이는 이웃집에서 무전기를 빌려왔다.

"여기 배터리. 배터리가 오래 안 가거든요. 하나 쓰면서 하나 충전하고 그래야 돼요."

"너는?"

"저 위에 다 있어요."

은경이가 출근하고 나서, 나는 혼자 동네를 어슬렁거리다가 은경이네 작업장 쪽으로 갔다. 노인 몇 명이 아침부터 나와서 크레인이 움직이는 모습을 구경하고 있었다. 크레인은 압도적으로 거대하고 탄탄했다. 동네 사람이 아니라 누구라도 와서 구경하고 갈 만큼 웅장한 광경이었다. 나는 외딴곳에 혼자 앉아 무전기로 은경이를 불렀다.

"근데 저 사람들은 아침부터 나와서 너 구경하는 거야?"

"응. 기도하는 거예요. 외지 나간 자식들 잘되게 해달라고. 아침마다 나와요."

"누구한테 기도하는 건데? 너한테?"

"네."

"그럼 너는 그 기도를 받아서 어떻게 해?"

"기도해요."

"누구한테?"

"글쎄요. 하느님한테?"

은경이는 조종석 아래에 나 있는 유리창으로 사람들을 내려다보면서 성호를 그었다.

오전에 아랫마을 소 부자가 이목 나간 소떼를 마을로 거둬들이느라, 버스가 벼랑을 못 오르고 한참을 기다렸다. 소들은 열 마리씩 한 무리를 지어 커다란 철제 우리에 올랐다. 소들이 몸을 비틀지 못하도록 몸을 꽉 조이는 우리였는데, 머리가 모두 안쪽을 향하도록 둥그렇게 생긴 도구였다. 은경이가 크레인으로 우리를 들어올리자 소들이 부우우 소리를 냈다. 버스 승객들은 차에서 내려 한가하게 그 모습을 구경했다. 빨리 올려달라고 다그치는 사람은 아무도 없었다.

"우리 언니는요, 어렸을 때 엄마 말을 진짜 안 들었대요. 여기 사람들이 좀 엄하거든요. 어느 날 엄마가 머리끝까지 화가 나서 언니를 크레인에 거꾸로 매달았대요. 심했죠? 그래서 언니는 평생 높은 데를 무서워하는데요, 근데 이상한 게, 그 죽어버릴 것 같은 짜릿한 느낌을 평생 못 잊는대요. 한참을 달아나다 정신을 차려보면 어느새 벼랑 끝 언저리에 서 있대요. 저도 맨날 하루에 몇 시간씩 저 아래를 내려다보고 있으면 기분이 묘해져요. 하늘을 나는 것 같기도 하고, 추락하는 것 같기도 하고. 우리한테는 그게 신내림이래요."

"그게 신내림이야? 내가 보기에는 그냥……"

"중장비 기사죠?"

"응. 면허는 언제 땄나 싶기도 하고."

"아, 면허는 없어요. 언니가 하나하나 가르쳐줬어요. 저도 이게 왜 무당 일인지 처음에는 잘 몰랐는데요, 이제 좀 알 것 같아요."

"그래?"

"음, 일단, 착한 일인가 봐요. 그래서 사람들이 돈을 진짜 조금밖에 안 줘요. 그리고, 어떻게 보일지 몰라도, 하늘과 땅을 이어주는 일이잖아요. 이거 없으면 이 사람들 다 고립돼요."

"근데 그걸 꼭 니가 해야 돼? 그냥 크레인 기사 하나 데려다가 하면 안 돼?"

"안 되죠. 저는 무녀잖아요. 생각해보세요. 하루에 네 번씩 사람 스무 명 탄 버스를 들었다 났다 하는 일인데 저 사람들이 저를 못 믿으면 목숨을 내맡기겠어요? 애들 학교 갈 때도, 시장 갈 때도. 일이 꽤 많아요. 위험한 일이고, 그래서 아무나 못 시키는 거래요. 우리 집안 가업이에요. 외할머니, 우리 엄마, 언니, 그리고 나. 또 내 딸. 언니는 애를 못 낳는 여자였어요. 대가 끊기면 안 된다는데. 그게 또 아무하고나 결혼도 못 한대요. 그래서 동네 사람들이 정혼자랍시고 어디서 남자를 하나 데리고 왔는데, 어휴. 이건 뭐, 앞뒤 꽉 막힌 데다 마초인 거 있죠. 그래서 죽어도 그 결혼은 못 하겠다고 했어요. 자꾸 우기면 그냥 가버릴 거라고."

"그랬구나. 다행이다."

"네, 천만다행이죠. 오빠, 잠깐만요. 버스 내려갈 때 됐네요."

은경이가 일하는 사이, 동네 아이들 몇 명이 내 쪽으로 다가와 주위를 맴돌았다. 아이들이 떠나고 한참 뒤에 은경이가 무전기로 나를 불렀다.

"오후에 저랑 동네 구경해요. 사람들한테 이야기했어요. 오후에 일 안 한다고. 그러니까 버스도 오전에만 나가라고 했어요."

"그래도 돼?"

"메이파쯔(沒法子, 별수 없죠). 어쩌겠어요? 무녀님이 싫다는데."

곧 무전기가 끊겼다. 나는 말없이 움직이는 크레인을 바라보았다. 크레인은 정말로 기도하는 동작으로 느릿느릿 움직였고, 누구보다도 하늘에 더 가까이 있었다.

四

집에서 같이 점심을 먹은 다음 오후 내내 동네를 쏘다녔다. 만나는 사람마다 공손하게 두 손을 모아 은경이에게 인사했다.

그들은 은경이를 소중하게 대했다. 옆에 있는 나에게도 마찬가지였다. 은경이는 동네 구석구석을 돌며 눈에 띄는 집마다 그집에 사는 사람들에 관한 이야기며 집안 내력 같은 것들을 들려주었다. 우리말을 오랜만에 해서 신이 났는지 쉴새없이 떠들어댔다. 사원에 들러 나무 그늘 아래 앉아 차를 마시고, 샘물흐르는 곳으로 가서 찬물로 세수를 했다. 그러고 나서 다시 두눈을 마주보고 나란히 걸었다. 그때도 은경이는 끝없이 재잘거렸다. 엄마 이야기, 언니 이야기, 아랫마을에 내려갔다가 크레인 엘리베이터가 고장 나서 조종석까지 사다리를 타고 한참을올라간 이야기.

"열라 힘들었어요. 진짜 죽는 줄 알았다니까요."

낄낄낄 웃음이 났다. 해 질 무렵이 다 돼서 우리는 집으로 향했다.

"동네, 참 살기 좋아 보인다."

"네, 살기 좋아요."

나는 발걸음을 멈췄다. 뭔가 이야기를 꺼내야만 했다.

"저기 있잖아, 은경아. 계속 여기 살 거야?"

은경이는 그 자리에 멈춰 서서 평안한 얼굴로 나를 돌아보더니 말없이 고개를 끄덕였다. 사랑스러웠다. 두 번 다시 헤어지고 싶지 않을 만큼.

"평생?"

"네, 평생."

"그렇구나. 나도 이런 데서 평생 살면 좋겠다."

물론 은경이가 받아준다면. 은경이는 대답 대신 대문을 열고 집 안으로 들어가버렸다.

저녁을 먹고 설거지를 끝낸 후 골목길에 의자와 탁자를 가지고 나가 보름달을 바라보며 차를 마셨다.

"오빠는 이해 못 해요. 이 일은요……"

"이해해."

납득하기는 어려웠지만 이해할 수는 있었다. 언니 대신. 엄마가 내팽개치고 외국으로 도망가는 바람에 220미터 상공에서 반평생을 살아야 했던 언니를 대신하기로 한 일. 은경이는 동생을 대신 앉혀놓고 정작 자기는 멀리 도망쳐버린 야속한 언니를 단 한 번도 원망하지 않았다. 오히려 그게 당연하다고 생각하는 것 같았다.

"아니요, 이해 못 해요. 하늘에서 갈고리를 내밀어줘야 살 수 있는 사람들을 우리 같은 사람들이 어떻게 이해해요?"

"그 갈고리가 그 사람들을 진짜로 하늘로 들어 올려주는 건 아니잖아. 아무 데도 못 가게 묶어놓는 족쇄지."

"그럴지도 모르지만. 아, 이 동네에 창세설화 있는 거 아세요?"

"창세설화?"

은경이는 의자에 반쯤 누운 자세로 앉아 달을 바라보며 이렇게 속삭였다.

"네. 요 쪼그만 동네에 별거 다 있다니까요. 태초에 있잖아요, 태초에 크레인 신이 있었대요. 이름이 무려 치쭝션(起重神)이에요, 기중신. 기중신께서 지상에 내려오셨을 때 땅은 아직 없고 바다만 있었대요. 크레인 신께서 몸소 갈고리를 뻗어 바닷속에 잠겨 있던 땅을 건져 올리셨는데 그게 바로 세상의 시작이었어요. 그런데 땅이 너무 무거워서 한 갈고리에 걸어 올릴 수가 없었대요. 그래서 여러 군데를 걸어 올리셨는데, 그곳만 삐죽하게 튀어나와서 산이 되고 산맥이 됐대요."

그 말에 우리는 한참을 낄낄거렸다.

"근데 이 사람들이 크레인 구경한 지 몇 년이나 됐다고 창세 설화에 크레인이 나와? 잘 모르는 사람이 봐도 저 정도 크레인이면 낡은 장비는 절대 아닌데."

"몰라요. 삼천 년 된 책에서 기중신 기록을 봤다는 이야기가 적힌 책 소개가 천오백 년 전에 쓰인 책에 있다는 기록이 있었대요. 전쟁 때 폭격 맞아서 소실됐지만. 워낙 산골이라 공산당 영향은 전혀 안 받았지만, 아무튼 공산당이 통일할 무렵에 동네에 안 좋은 일도 많고 사는 게 영 흉흉했대요. 그래서 저 사원 도사님들이 기중신을 복원해서 하늘과 땅을 이어야 된다고 했대요. 그러고 한 이십 년이나 있다가 저 타워 크레인이 생겼대요. 그 당시에 누가 어떻게 돈을 모아서 저걸 사들였는지는 모르겠어요. 근데 동네 사람들한테는 저게 신령님이에요. 크레인 밑에 가서 무병장수하게 해달라고 막 빌고 그래요. 애 못 낳는 여자는 애 들어서게 해달라고 빌고, 가족을 멀리 떠나보낸 사람은 그 식구 무사하게 해달라고 빌고 그러거든요. 사람들이 모여서 빌면 그게 산신령이죠 뭐. 사람들이 신성하다 그러면 그게 무녀고."

은경이는 마지막 말에 힘을 실었다.

"그래서 너는 별로 좋지도 않으면서 희생하기로 한 거야? 동네 사람들이나 언니 때문에?"

"무슨 말씀을! 제가 좋아서 하는 일이에요. 딱 보면 행복한 사람 같지 않아요?"

"설마."

나는 기중기로 윗마을과 아랫마을을 오가던 사람들이 바닥에 닿을 듯 허리를 굽혀 은경이에게 절하던 모습을 떠올렸다. 그럴 때면 은경이는 한없이 성스러워 보였다. 진짜로 선택받은 무녀 같았다.

"공기도 좋고. 사람들도 착하고. 진짜 행복은 이런 게 아닌가 싶어요."

하지만 사람들이 은경이를 성스럽게 떠받드는 건 결국 은경이를 옭아매려고 하는 일 아닌가. 그게 다 강요된 희생을 정당하게 포장하는 관습일 텐데. 자신들은 그저 어리석고 선량한 사람들일 뿐이고, 그래서 진짜로 무녀가 신성하다고 믿었을 뿐 그 누구도 다른 누군가의 희생을 강요한 적은 없었다고 하는 말들.

"은경아."

"네?"

은경이는 내 눈을 피하지 않았다. 떠나기 전부터, 이미 오래 전부터 그랬다.

"나랑 집으로 돌아가자."

내가 말했다. 그러자 은경이는 부드럽게 웃으며 크레인처럼 천천히 고개를 저었다.

"거봐요. 하나도 이해 못 하지."

"그런가? 그런가 보다. 근데, 그러면 있잖아……"

이런 말을 해도 되나? 나도 모르게 목소리가 떨렸다.

"내가 여기에 눌러앉을까?"

은경이는 웃음을 멈추고 나를 바라보았다. 얼굴에 수많은 표정이 스쳐지나갔다. 농담인가? 진담인가? 외롭고, 고맙고, 슬프고, 궁금하고. 왜 이제 와서 이런 소리를 하는지 야속하고 또 야속하고. 은경이는 이내 두 눈에 눈물이 잔뜩 고였다. 그러고는 내게 물었다.

"왜요? 오빠가 왜?"

"네가 안 돌아간다니까."

"아니, 근데 오빠는 가족도 있고, 직장도 있고, 그런 게 한국에 다 있잖아요."

"있지. 있는데, 그런 게 다 무슨 소용이야?"

"왜요? 왜 소용이 없어요? 기다리는 사람이 있잖아요."

은경이는 고개를 옆으로 돌렸다. 표정을 숨기기 위해서였다.

'하지만 그 사람이 네가 아니니까.'

나는 그 말을 입 밖으로 내지 못했다. 그래도 은경이는 알아들었다.

"언니는 어쩌구요?"

은경이가 그 말을 꺼냈을 때, 나는 할 말을 잃어버렸다.

五.

잠자리에 들었지만 잠이 오지 않았다. 멍하니 천장을 바라보았다. 아무것도 없었다. 집으로 돌아갈 일이 까마득했다. 은경이는 잠들었을까? 매일 일찍 일어나다 보니 자연스레 일찍 잠이 든다고 했다. 어차피 밤에는 할 일도 없고. 천장에 은경이가 떠올랐다.

"착륙 전용 조종사가 있으면 좋잖아요. 모두가 착륙을 할 줄 알아야 된다는 건 엄청난 인력 손실이에요. 아니면 일회용 비행기를 만들면 어떨까요?"

"너 착륙하기 싫어서 낙하산 메고 뛰어내리려고 그러지?"

그런 기억들이 자꾸만 떠올랐다. 새벽부터 나와서 기도하는 사람들이 은경이를 잡다가 기중신에게 제물로 바치는 장면이 머릿속에 그려졌다. 은경이가 발버둥치며 무전기에 대고 말했다.

"제물은 어리고 예쁜 것들부터 잡아다 바쳐야죠. 저 나이 많거든요, 이 답답한 영감탱이들아!"

꿈이었다. 겨우 열두 시였다. 220미터짜리 거대한 타워 크레인이 눈앞에 아른거렸다. 없애버릴까? 하지만 무슨 수로? 방법이 없었다. 남편도 연인도 아니고 크레인이라니. 평생 한 번도 깊이 생각해본 적이 없는 주제였다. 도대체 어떻게 생겨먹은 기계지? 움직이는 데 돈이 많이 들 텐데? 나라에서 대주나? 낮에 본 소 부자가 후원하나?

하지만 무엇보다 궁금한 것은, 도대체 어떻게 차도 안 다니는 산골 오지에 그렇게 커다란 물건이 버티고 서 있나 하는 것이었다. 에펠탑 같은 건가? 현장에서 만든 건가? 한국에서 보던 크레인들도 다 그렇게 만드나? 그럼 아파트 공사가 끝나고 나면 전부 해체해버리는 건가? 일회용 비행기처럼 저렴한 건가? 일회용 비행기가 저렴하기는 할까? 쓰레기 문제는? 역시 물에 녹는 비행기를 만들어서 바다에 빠뜨리는 방법밖에 없다.

내륙에는 착륙용 호수를 만들어야겠군. 아예 곳곳에 운하를 만드는 건 어떨까?

또 꿈이었다. 새벽 두 시였다. 자리에 일어나 앉았다. 잠이 완전히 달아났다. 꿈속에서 한참을 고민하던 문제가 생생하게 떠올랐다. 재료를 따로따로 운반해서 조립한다 쳐도, 어떻게 크레인 없이 저 거대한 크레인을 100미터 절벽 위로 실어 올렸을까?

마당에 나가서 바람을 쐤다. 산속 마을이라 밤바람이 차가웠다. 먼 데서 삐걱거리는 소리가 들렸다. 그래도 워낙 아늑한 마을이어서 귀신이 나올 것 같지는 않았다. 집 안에서 인기척이 들렸다. 은경이가 뒤척이는 소리 같았다. 잠시 후 방문 열리는 소리가 나더니 은경이가 마당에 나왔다.

"잠 안 와요?"

"응. 나 때문에 깼지? 미안."

"괜찮아요."

은경이는 도로 자러 들어갔다. 그러자 다시 적막한 바람이 지나갔다.

방으로 들어가려는데 은경이가 다시 밖으로 나왔다.

"은경아. 저 크레인 말이야, 도대체 어떻게 저기에 설치한 거야? 이해가 안 가. 절벽 위에서 밧줄로 끌어 올린 건가? 인구는 적어도 소는 많으니까……"

하지만 말을 끝마칠 수가 없었다. 은경이가 다가왔기 때문이다. 은경이는 두 팔로 내 목을 끌어안고 눈을 마주보았다. 숨이 막혔다. 심장이 요동쳤다. 나는 완전히 무방비상태였다. 뻔뻔스럽게 아내를 속이고 은경이를 찾아왔다는 사실을 감출 길이 없었다. 물러나 숨을 수 없으니 한 걸음 더 다가갈 수밖에. 입술이 맞닿았다.

눈을 감았다. 그리움이 맞닿았다. 맞대놓고 보니 둘이 별로 다르지가 않았다. 낯선 곳, 낯선 밤으로부터 나에게로 이어진 단 하나의 연결고리. 은경이가 나를 허공으로 들어 올렸다. 이성은 길을 잃고 공중을 맴돌았다. 말로 표현할 수 없는 아쉬움. 말로는 물을 수 없고 말로는 대답할 수도 없는, 우리가 만났기 때문에 시작된 이 모든 일. 그게 다 은경이었다.

우리는 화롯불처럼 조그맣게 달아올랐고, 바람을 피해 안으로 들어갔다. 옷을 곱게 벗어놓고 침대 위에 얼굴을 마주보고 앉았다. 은경이는 아름다웠지만 행복해 보이지 않았다. 은경이 뒤에 버티고 선 크레인이 너무 무거워 보였다.

'저건 도대체 어떻게 이런 데까지 올라와서 서 있는 걸까?'

은경이가 내 쪽으로 몸을 기울였다. 긴장했지만 망설임 없는 동작이었다. 은경이는 비행도 그렇게 했다. 입으로는 무서워 죽겠다면서 늘 예쁜 곡선을 그렸다. 입술이 닿기 전에, 나는 무릎을 꿇고 상체를 앞으로 기울인 은경이의 몸에서 예쁜 곡선을 세 개나 찾아냈다. 상체를 지탱하기 위해 손으로 바닥을 짚는 순간 뾰족하게 위로 솟은 왼쪽 어깨선. 몸을 앞으로 내밀면서 오른쪽 다리를 뒤로 뻗을 때 옆구리를 타고 발끝까지 길게 뻗어내린 매끈한 옆선. 그리고 숨 쉴 때마다 조금씩 떨리듯이 흔들리는 가슴 아래 숨은 선.

결혼하기 전에 은경이를 먼저 만났더라면. 전화 한 통으로 멋없이 작별하고 훌쩍 떠나버려도 마음 한번 내비치지 못하는 부끄러운 인연이 아니었다면. 특별하지 않아도 좋으니 아무에게도 미안하지 않은 평범한 사랑이었다면. 나는 앞으로 다가가 은경이를 꼭 끌어안았다. 그러자 은경이는 왼손을 뒤로 뻗어 상체를 지탱하면서 서서히 뒤로 쓰러졌다. 달빛에 그을린 매끈한 속살 위에 내 몸을 포갰다. 행복하지 않았다. 서글프고 애가 탔다. 그냥 의식에 불과했다. 언젠가 그렇게 될 줄 미리 알고 있었던 것처럼. 은경이가 내는 숨소리가 귀를 자극했다.

정말로 크레인 신의 신내림 때문에 어쩔 수 없이 온 거야? 아니면 나를 피해서 도망쳐온 거야? 몸으로 물었다. 나는 몸을 약하게 떨고 있는 은경이의 팔다리로부터 수직으로 이어진 가는 끈을 본 것 같았다. 끈은 한없이 위로 뻗어 올라가 마침내 기중신의 수평 팔까지 이어졌다. 인형극처럼, 끈이 팽팽하게 당겨지면 은경이는 온몸에 전율을 일으키며 내 몸을 점점 더 깊이 조여들었다.

물론 그런 끈은 아무 데도 없었다. 은경이 스스로 선택한 일이다. 그러나 그 순간 나는 문득 은경이가 무슨 생각을 하고 있는지, 우리 둘 사이에 어떤 일이 일어나고 있는지를 깨달았다. 지긋지긋한 운명. 신내림을 이어가는 집안. 무녀 집안의 계보. 엄마, 언니, 은경이, 그리고 은경이네 딸.

'은경이는 내가 아니라 딸이 필요한 거였구나. 돌아갈 생각, 처음부터 없었구나!'

온몸이 뻣뻣하게 굳었다. 움직임이 멈추자 상처가 폐를 파고들었다. 숨을 쉴 수가 없었다. 그게 네 방식이었구나. 크레인의 뜻이 아니라 네 뜻이었구나. 사람들이 어떻게 여기든, 너는 결국 그런 식으로 진짜로 성스러운 사람이 돼가고 있구나. 내가 함부로 범접할 수 없도록 은경이는 온전히 하나가 되어갔다. 은경이가 완전해지는 것이 나에게는 상처였다. 나는 아직도 불완전했으니까. 누군가 나와 함께 불완전하게 남아주었으면.

울컥 눈물을 쏟아냈다. 은경이가 깜짝 놀라 움직임을 멈췄다. 무슨 일이에요? 무슨 일이에요? 은경이가 몸으로 말했다. 상처 입은 몸을 쓰다듬으려고 했다. 아니야, 아무것도. 상처를 숨기고 다시 몸을 움직였다. 정말 괜찮아요? 아무 일 없어요? 은경이가 몸으로 물었다. 괜찮아. 괜찮아. 그러자 은경이가 다시 몸을 약하게 떨기 시작했다. 다리를 꼬기 시작했다. 두 팔이 비틀렸다. 상처가 심장까지 깊게 침투해왔다.

六

이틀간 큰비가 내려 버스가 다니지 않았다. 그렇게 위험한 날에는 은경이도 크레인에 오르지 않았다. 그동안 은경이와 나는 밤낮을 가리지 않고 몸 여기저기에 외상이 생길 만큼 집요하게 쾌락에 매달렸다. 쾌락이 영혼마저 침범할 만큼 위태롭던 날, 비가 그쳤다.

七

아침에 짐을 꾸려 길을 나섰다. 서먹서먹했다. 은경이는 나를 바래다줄 수가 없었다. 크레인에 남아 버스를 내려야 했기 때문이다.

구름이 잔뜩 낀 아침이었다. 영원히 안녕, 작별인사를 하고 버스에 올랐다. 버스는 아직 갈고리를 걸기 전이었다. 나는 창밖으로 고개를 내밀어 은경이의 타워 크레인을 올려다보았다. 너무 높아서 은경이가 눈에 잘 안 들어왔다.

'사진이나 몇 장 찍어둘걸.'

증거를 남기게 될까 봐 은경이 사진은 한 장도 안 찍었다. 형체도 없이 온몸 구석구석에 맨살과 맨살이 맞닿은 감각으로만 남은 은경이. 시야 안으로 타워 크레인 갈고리가 내려오더니 흔들흔들 손 흔들듯 좌우로 흔들렸다. 은경이가 크레인으로 말했다. 안녕. 잘 가요. 나는 속으로 대답하고는 원래대로 돌아앉았다. 그래, 안녕.

그런데 그럴 수가 없었다. 나는 도로 짐을 챙겨 버스에서 내렸다. 구름이 앞을 가려 은경이가 보이지 않았다. 은경이 쪽에서는 내가 안 보이는 게 분명했다.

버스기사가 버스에 갈고리를 연결한 다음 무전기로 은경이에게 신호를 보냈다. 기도문 같은 말투였다. 그러자 크레인이 버스를 살짝 들어 올린 다음 절벽 아래로 내려보냈다. 버스는 이내 안개 속으로 사라졌다. 희뿌연 안개 저 너머에서 크레인 소리가 들려왔다. 촉촉하고 고요한 아침. 가방을 내려놓고 손으로 가슴을 눌렀다. 습기를 잔뜩 머금은 공기 때문에 폐가 무거웠다. 더 이상은 공기를 받아들이지 못할 만큼 축축했다.

저 아래에서 버스가 시동을 걸고 축축한 산길을 달리는 소리가 났다. 크레인이 갈고리를 거둬들였다. 구름 사이로 크레인의 수평 팔이 돌아가는 모습이 보였다. 수평 팔이 서서히 아래로 내려오더니 절벽 위에 설치된 플랫폼에 닿았다. 은경이가 마을로 내려오려는 모양이었다.

'숨어야 되는데. 은경이가 오기 전에.'

아내가 볼까 봐 은경이 얼굴이 담긴 사진 한 장 남기지 못한 것과 똑같은 이유로, 은경이에게 내 모습을 숨겨야 했다. 이제 그곳에 나는 없어야 했다. 하지만 어떻게 해야 하나, 어디로 가야 하나. 숨을 곳이 없었다. 달아날 곳이 없었다. 나 몰라라 홀쩍 떠나지도 못한 주제에.

마음이 갈라진 건 아내에게만 미안한 일인 줄 알았다. 그런데 사실은 두 사람 모두에게 미안한 일이었다. 얼굴이 화끈 달아올랐다. 처음부터 나에게는 두 사람에게 돌아갈 만큼 풍족한 사랑이 허락된 적이 없었다. 그리고 두 사람에게 동시에 미안해해도 될 만큼 얼굴이 두껍지도 않았다. 둘 중 하나만으로도 고개를 들 수 없을 만큼 부끄러웠다. 숨을 쉴 수 없을 만큼 민망했다. 어느 쪽으로도 갈 수가 없었다. 나는 작아졌고, 또 무거워졌다. 그러자 크레인 신의 위태위태한 갈고리가 나에게도 뻗어왔다. 나는 절벽 아래로 눈을 돌렸다.

여기는 떨어져도 별로 안 아플 거야. 평화로운 세상. 구름이 절벽 아래 넓게 깔려 있었다. 안개가 걷히면 배낭을 멘 외국인 행색이 드러나고 말 거야. 굵은 빗방울이 떨어지기 시작했다. 버스를 탔어야지. 눈물이 났다. 영원히 안녕, 떠났어야지. 나는 안개 사이로 겨우 모서리만 날카롭게 드러낸 벼랑 끝을 향해 걸음을 뗐다. 내 머리 위로 신의 크레인이 뻗은 굵은 줄이 이어져 있었다. 내 의지로 하는 일이 아니야. 신의 갈고리 때문이야. 나는 절벽을 향해 뛰어갔다.

바람이 구름을 휘감아 은경이의 크레인이 잠깐 모습을 드러냈다. 조종석에서 은경이가 웅크리고 앉아 있다가 깜짝 놀라 자리에서 일어났다.

"왜!"

왜냐고? 날카로운 비명소리가 귀를 찢었다. 왜냐고? 폐가 시원하게 찢겨나갔다. 왜냐면, 나도 몰라. 나는 비행기 없이 하늘을 날았다. 영원히 안녕, 그런 게 있다면.

八

태초에 거대한 크레인이 있었는데 사람들은 이를 가리켜 기중신이라 불렀다. 기중신이 바다 깊은 곳에서 대지를 끌어 올리시고 신성한 갈고리로 산과 산맥을 걸어 올리시니 대지가 비로소 하늘에 가까워졌다. 큰 바위를 들어 올려 기둥과 지붕을 쌓아 피난처를 만드시니 그 아래에서 생명이 움텄다. 생명이 자라나 기중신이 뿌리박은 대지 주위에 몰려드니 위에서 내려다보시기에 아름답고 또 아름다웠다.

때가 이르러 하늘로 돌아가실 날이 되자 기중신께서 친히 자신을 닮은 기중기 셋을 지상에 내려주시니, 사람들로 하여금 이들을 본받아 하늘과 땅에 골고루 번성하라는 가르침이었다.

하늘로 돌아가신 뒤에도 종종 아래를 내려다보시며 가히 사랑할 만하다 하셨는데, 그중 상하양촌(上下兩村)으로 된 마을 하나가 특별히 더 아름답다 하셨다. 기중신이 내린 세 기중기가 모두 닳아 없어지자 마을 형편이 나날이 궁핍해졌는데, 기중신이 직접 딱한 사정을 굽어살피시고 새 기중기를 내리셨더니, 마을 사람들이 스스로 착한 신녀를 가려뽑아 대대로 기중기를 다스리게 했다.

어느 날 여린 신녀 하나가 몸과 마음이 상하여 기중신이 직접 먼 나라에서 새 신녀를 뽑아 갈고리에 꿰어 마을에 내려주셨는데, 이상하게도 신녀는 기중신의 마음을 읽지 못했다. 기중신께서 괴이하다 여겨 다시 사자(使者)를 뽑아 갈고리에 걸어 신녀에게 보내시며 신녀에게 크레인 신의 참뜻을 전하라 하셨는데, 사자 또한 기중신의 뜻을 헤아리지 못했다. 임무를 망각했을 뿐만 아니라 오히려 그 하는 짓이 진실로 궁상맞고 망측하여 크레인 신의 위신이 크게 상하였다. 이에 크레인께서 크게 웃으시며 말씀하시길, 황당하고 또 황당하다 하셨다.

九

추락한다. 아래에는 아무것도 보이지 않는다. 추락하는 내 옆으로 갈고리 하나가 같이 추락했다. 말도 안 돼. 내가 얼마나 빠른 속도로 떨어지고 있는데. 옆에서 추락하던 갈고리가 비틀비틀 흔들리더니 발목에 걸렸다. 나는 떨어지기를 멈추고 거꾸로 매달렸다.

은경이가 한 일은 아닌 것 같았다. 은경이는 어떻게 된 일인지 알 수 없다는 표정으로 아래를 내려다보고 있었다. 마치 크레인이 저절로 움직이기라도 한 것 같았다.

그때 타워 크레인이 요란한 소리를 내며 흔들리는 것이 느껴졌다. 무서운 진동이었다. 갈고리가 따라서 흔들렸다. 나는 팔을 아래로 늘어뜨리고 거꾸로 매달린 채 위를 내려다보았다. 은경이의 조종석이 보였다. 크레인은 한없이 멀어 보였다. 그리고 위태롭게 흔들리고 있었다. 무슨 일이 있어도 절대 흔들리지 않을 것 같았는데, 착각이었다.

'저러다 쓰러지겠는데. 은경이는 어쩌지!'

무서운 생각이 들었다.

은경이도 비슷한 생각을 했는지 서둘러 나를 안전한 바닥에 내려놓으려고 갈고리를 위로 들어 올렸다. 그러나 그것도 여의치 않았다. 며칠 동안 비가 내려서 지반이 약해진 탓이었다. 무리하게 팔을 움직이려다 보니 크레인 뿌리가 좌우로 심하게 흔들렸다. 그러더니 곧 크레인 전체가 옆으로 크게 기울었다.

은경이는 이제 틀렸다고 생각한 모양이었다. 조종석 밖으로 얼굴을 내밀고는 이렇게 외쳤다.

"미안해요!"

미안하다니, 뭐가? 하지만 나는 은경이가 무슨 말을 하려는지 알 것 같았다. 당연한 일이었다. 다른 사람이 아니라 은경이가 하는 말이니까.

그리고 그 순간, 크레인이 아까와는 반대쪽으로 크게 휘청하더니 뿌리가 완전히 뽑혀버렸다. 눈을 질끈 감았다. 뭔가가 뜯겨져나가는 소리가 들렸다. 끝이었다.

그러나 크레인은 옆으로 쓰러지지 않았다. 그 대신 누군가가 우리를 허공으로 들어 올렸다. 그 육중한 타워 크레인이 서서히 공중으로 들려 올라갔다. 나도 크레인에 거꾸로 매달린 채 하늘로 올라갔다. 눈앞에 펼쳐져 있던 막막한 대지가 서서히 먼 곳으로 밀려가면서 너무나 현실적이었던 나의 죽음이 풍경처럼 점점 더 멀게만 느껴졌다.

크레인은 점점 더 빠른 속도로 상승했다. 곧 구름이 걷히고 산들이 머리 아래 펼쳐졌다. 나는 은경이의 타워 크레인 위에 커다란 갈고리가 걸려 있는 것을 보았다. 거기에는 굵은 끈이 매달려 있는데 아무리 봐도 끝이 보이지 않았다.

한참을 올라가자 대형 여객기 한 대가 머리 아래로 지나가는 모습이 보였는데, 얼마 지나지 않아 그마저도 점점 더 작아져갔다. 대지는 이미 거대한 평면이 되어 거꾸로 매달린 내 머리 위에 펼쳐져 있었다. 그리고 점점 더 빠른 속도로 눈에서 멀어져갔다. 평면은 곧 곡면이 되고, 곧게만 보이던 지평선도 완만한 굴곡을 드러냈다. 태초부터 영원히, 언제까지나 한결같이 단단할 것만 같았던 대지가 실은 원주율의 지배를 받는 구부러진 언덕에 불과했다는 사실이 너무나 적나라하게 눈에 들어왔다. 멀어지면 멀어질수록 더 둥글게만 보이는 땅. 내가 발디디고 살아온 세계.

마침내 인공위성이 눈높이에 떠 있을 만큼 높이 올라왔을 때, 나는 발 위에서 거대한 크레인 본체가 태양빛을 받아 반짝이는 것을 보았다. 얼마나 먼 거리일까. 도무지 거리를 가늠할 수가 없었지만 그렇게 빠른 속도로 날아가도 좀처럼 거리가 좁혀지지 않는 것을 보면 가까이 있는 것은 아닌 게 분명했다.

나는 그 거대한 몸체가 뻗어 있는 모양을 눈으로 더듬었다. 그 크레인은 지상 어딘가에 뿌리를 내리고 서 있었는데, 아래쪽은 구름에 가려 더 자세히 볼 수가 없었다. 굵고 탄탄한 몸체였으나 지구 자전 속도를 견디지 못하고 서쪽 방향으로 크게 활처럼 휜 모습이 가느다란 낚싯대처럼 위태로워 보였다. 그리고 그 거대한 수직기둥의 맨 꼭대기에서부터 어마어마한 길이의 팔이 우리 바로 위에까지 뻗어 나와 있었다. 꼭 달빛처럼 멀끔하고 창백한 색이었다.

나는 숨을 죽이고 은경이를 바라보았다. 은경이는 나를 보더니 자기도 무슨 영문인지 모르겠다는 듯 고개를 절레절레 흔들었다.

이윽고 은경이의 타워 크레인을 매단 갈고리가 그 거대한 타워 크레인의 정상에 이르렀을 때, 또 한 번 이상한 일이 일어났다. 누군가가 우리를 통째로 들어 올린 것이다. 나와, 은경이의 크레인과, 그 크레인을 들어 올린 거대한 크레인은, 어디에 뿌리를 박고 있는지 알 수 없는 거대한 크레인에 이끌려 또다시 위로 올라갔다. 빨려 들어가듯 아찔한 느낌이었다.

저 아래에는 이제 아예 우주가 펼쳐져 있었는데, 지구 중력을 벗어난 다음에도 아래는 늘 아래였다. 계속해서 한쪽으로 끌려가고 있었기 때문이다. 머리 위에는, 그러니까 우리가 떠나온 저 아래에는 은경이의 크레인을 끌어 올린 크레인만큼 거대한 크레인들이 더 큰 달빛 크레인에 매달려 어디론가 내려가는 모습이 보였다. 며칠 동안 품었던 의문에 대한 해답이었다. 마을 크레인은 저런 식으로 산 위로 운반된 것이다. 은경이도 조종석 아래쪽으로 뚫린 유리창을 통해 그 모습을 지켜보았다.

이윽고 크레인들의 크레인이 더 큰 크레인의 정상에 이르렀을 때, 또다시 누군가가 우리를 통째로 들어 올렸다. 우리는 다시 한번 어마어마한 속도로 우주를 날아갔다. 거대한 블랙홀이나 은하 주위를 지날 때면 감당하지 못할 만큼 거대한 중력에 이끌려 온몸이 잠시 휘청거리기도 했지만 우리에게 연결된 거대한 크레인은 조금도 망설이지 않고 강력한 힘으로 우리를 끌어당겼다.

시간이 얼마나 흘렀는지 모른다. 아마 시간마저도 같이 끌려왔을 것이다. 드디어 그 거대한 크레인 꼭대기에 이르렀을 때, 나는 다시 한번 누군가가 우리를 들어 올리는 것을 느꼈다. 그런데 이번에는 느낌이 달랐다. 인간의 감각으로는 감지하지 못할 만큼 거대한 속도였다. 나는 내 몸이 끌어당겨졌다는 사실조차 망각한 채 크레인에 발목이 묶여 내 작은 두뇌로는 도무지 담아내지도 못할 만큼 광활한 우주 공간을 날았다.

나는 그게 바로 태초의 크레인, 기중신의 도르래라는 사실을 직감했다. 그 부드럽고 강인하며 재빠른 움직임에 내 폐는 곧 희열로 가득 찼다. 머나먼 여행이었다. 하지만 한 순간에 일어난 일이었다. 우주가 시간을 건너뛰면서 기괴한 모양으로 뒤틀렸다. 보이지는 않았지만 느낄 수 있었다. 그것은 초월이고 해방이었다. 우리는 먼지처럼 작은 존재들이었지만 우주의 중심, 처음도 없고 끝도 없는 영원한 신의 안식처를 향해 정확하게 날아가고 있었다. 그것은 여행이 아니었다. 원래부터 우리는 빛의 속도로 퍼져나간 우주의 파편들이었고, 그 순간 우리가 도달하고자 하는 곳은 원래부터 우리가 머물던 곳이었다.

환희에 찬 여행 끝에, 태초의 크레인이 드디어 도르래를 멈추셨다. 감속이 시작되자 엘리베이터가 목적지 근처에서 서서히 속도를 늦출 때와 비슷한 느낌이 들었다. 물론 그 엘리베이터는 우주를 통째로 들여놓은 듯 거대한 엘리베이터여서 마치 우주가 통째로 감속하는 것 같은 착각이 들었다.

우주가 멈춰 서자 태초의 크레인께서는 우리를 서서히 눈앞으로 끌어당겼다. 우리는 이제 크레인 신의 거대한 팔을 따라 수평 방향으로 정신없이 날아가야 했다.

신의 본체는 너무나 넓은 시공간에 걸쳐 있어서 한쪽 끝과 반대쪽 끝이 전혀 다른 시간대에 존재한다고 믿을 수밖에 없었다. 팔이 너무나 긴 나머지 손끝에서 일어난 일이 신경을 따라 머리까지 전달되는 데 걸리는 시간만 해도 몇십만 년 혹은 몇백만 년이나 걸리는 무한한 존재. 한쪽 끝에서 반대쪽 끝까지 모든 곳에서 동시에 발생하고 동시에 반응해야만 비로소 동일한 자아로 남을 수 있는 초월적인 신경계.

우리는 수많은 우주를 가로질러 드디어 신의 조종석 앞에 이르렀다. 앞이라고 해봐야 태양에서 은하계 중심만큼이나 먼 거리였다. 신이 너무나 거대했기 때문에 더 가까이 다가가면 신의 얼굴을 알아볼 수가 없었다.

신께서는 우리를 보시고 조용히 말씀의 갈고리를 내려보내셨다. 말씀의 갈고리가 가까이 다가오자 우리는 비로소 신의 말을 알아들을 수 있었다. 거대한 크레인 신께서는 조종석 가득 인자한 미소를 지으시더니 이렇게 말씀하셨다.

"내가 묶어놓은 두 사람의 매듭이 그렇게 벅차고 무겁더냐?"

나는 고개를 끄덕였다.

＋

기중신께서 다시 물으셨다.

"그럼 없었던 일로 하고 모두 처음으로 되돌렸으면 좋겠느냐?"

이번에는 은경이가 먼저 고개를 저었다. 아니요, 이대로가 좋아요. 나도 고개를 가로저었다. 그러자 크레인 신께서 우주에서 가장 큰 소리로 웃으시고는 이렇게 말씀하셨다.

"그대들의 뜻대로 내가 다시 한번 그대들을 하나의 갈고리에 단단히 엮을 텐데, 그다음 일은 그대들이 스스로 해나가야 한다. 지금부터는 나도 그대들을 지켜봐주지 않을 거거든. 다른 사람들을 두고 그대들에게만 일방적으로 축복을 내려줄 수는 없으니까. 그러니 지금부터는 그대들 스스로의 힘으로, 단 한 치의 양보도 없이 부디 행복하고 또 행복하기를."

신께서는 당신의 거대한 갈고리에 우리 두 사람을 엮으시고, 다른 크레인들을 거치지 않은 채 직접 우리를 지상으로 내려보내주셨다. 그리고 선물로 새 크레인 한 그루를 우리가 떠나온

곳, 은경이의 크레인이 있던 아랫마을 절벽 위에 심어주셨다. 그러자 일그러진 시간들이 다시 제자리를 찾았고, 우리는 하늘로 들려 올라가던 모습 그대로 땅으로 내려왔다. 마을 사람들이 엎드려 머리를 조아렸다.

이듬해 봄에 은경이가 딸을 낳았다. 신께서는 약속대로 나와 당신의 무녀에게 쏟아지는 세상과 내 아내의 저주를 막아주지 않으셨다. 삶은 궁핍했다. 나는 시간을 속이지 못하고 늙고 지치고 병이 들었다. 하지만 영원히 은경이의 곁을 떠나지 않았다.

매
뉴
얼

1

미성이의 육아방법에 관해서라면 나는 언니의 생각에 완전히 반대였다. 가끔씩 언니네 집에 놀러 갈 때마다 집 안에서 혼자 장난감을 가지고 놀고 있는 미성이를 보고 나면 나는 이 아이가 이 시간에 이렇게 집구석에서 노닥거리고 있어도 되는 건가 하는 생각이 들었다. 그 생각은 그냥 단순히 생각에서 그치는 것이 아니라 곧 걱정으로 이어졌다.

"언니, 얘는 누구랑 놀아? 동네에 친구들 많아?"

"혼자 그러고 놀아. 토요일이나 일요일에는 애 아빠가 놀아주고."

"애들은 애들끼리 놀아야 되는데."

"아파트 사는 게 다 그래. 애들이라고 별 수 있겠니. 어느 집에 누가 사는지 서로 잘 몰라."

"유치원에 보내. 요즘은 미성이 나이 되면 다 다니잖아."

"맞벌이 부부들이나 그렇지. 애들 맡겨놓고 돈 벌려고. 나는 집에 있으니까 괜찮아. 애도 그런 거 싫어하고."

"그렇다고 언니가 집에서 애하고 잘 놀아주기나 하냐. 애가 오죽했으면 내가 집에 놀러 오는 걸 이렇게 좋아해. 애도 사람이 그리운 거야. 어디 미술학원이라도 보내. 그래야 친구도 생기고 그러지. 요즘은 콩알만 한 것들도 다 스케줄이 복잡해서 놀이터 같은 데는 잘 나오지도 않는다던데. 애 백수야, 애 백수. 집에서 뒹굴거리고 동네 어슬렁거리는 거."

"너 모르는구나. 내가 얼마나 자상한 엄마인지. 니가 뭐 알겠냐. 아직도 애면서. 나중에 결혼해서 애 낳아봐."

"그래도 남들 하는 건 대충 흉내라도 좀 내라. 안 불안하냐? 남들은 애들 조기교육 시킨다고 책이니 뭐니 세트로 샀다가 가정불화 생기고 그런다더니만. 내가 영어 그림책 같은 거 사다줄까?"

"아서라. 그게 얼마나 비싼데. 너 그거 사주고 몇 주 굶을 일 있니? 그리고 미성이 동화책 읽지도 못해."

그런 소리를 태연하게 해대는 언니를 보고 있노라면 내가 극성인 건가 하고 의아해질 지경이었다. 하지만 아무리 생각해도 내 문제는 아니다. 요즘 세상에 어떤 엄마가 저렇게 태연하게 자기 애 이야기를 남의 자식 이야기하듯 할 수 있단 말인가. 나는 갑자기 화가 치밀어 올랐다. 여섯 살이나 된 애가 아직도 한글도 못 깨쳤다니. 부모 없는 자식도 아니고 친척이 없는 것도 아닌데. 나는 버럭 소리를 질렀다.

"그럼 읽어주기라도 해! 그림책이라도 갖다놓고 보든 안 보든 갖고 놀게 하든가!"

그 소리에 언니뿐만 아니라 미성이까지도 하던 일을 멈추고 내 쪽으로 고개를 돌렸다. 그러나 두 사람은 이내 흥미를 잃은 듯 다시 고개를 돌리고는 원래 하던 일로 되돌아갔다. 내 말은 순식간에 기억 저편으로 사라져버렸다. 무안했다. 저래서 모녀 간인가 싶었다. 그 무안함을 느꼈는지 언니가 대꾸해주었다.

"쟤는 어떻게 된 애가, 내 배 아파 낳은 애가 닮기는 널 닮았는지, 책만 펴놓으면 온몸을 배배 꼬면서 하품하고 졸고 난리도 아니야. 역시 애들은 놀아야 돼. 저렇게 놀면서 배우는 거야."

언니는 그렇게 말하면서 마우스를 까딱까딱했다. 또 무슨 온라인게임 같은 데 열중하고 있는 게 분명했다.

미성이는 종이컵을 가지고 놀고 있었다. 부모의 무관심과 한심한 교육열에도 불구하고 다행히 아이에게서는 지능이 떨어지는 흔적 따위는 찾아볼 수 없었다. 그런 걸로 뭘 하고 놀 수 있는 건지는 잘 모르겠지만 저 또래의 아이들은 그런 사소한 놀이에도 놀라운 집중력을 보일 때가 있다. 게다가 어찌나 말을 잘하는지. 계속 뭐라고 중얼거리면서 노는 모습을 보고 있으면 시간 가는 줄 모른다. 언니는 미성이 노는 것을 뚫어져라 바라보며 흐뭇해하는 나를 보고는,

"그렇게 좋아?"

하고 묻곤 한다. 좋다. 정말 좋다. 나는 이 아이가 정말 좋아서, 애가 나 닮아서 공부하기를 싫어한다는 언니의 험담을 들을 때조차도 기분이 좋았다. 형부는, 그 사람은, 내가 먼저 발견했는데 결국에는 언니와 결혼해버린 그 사람은, 내 속내 같은 것은 생각도 안 해보고 이런 소리를 한다.

"우리 미성이는 이모 딸이지?"

정말로 생각 없는 사람이다. 그런 생각 없는 양친 아래서 미성이는 잘 자란다. 그 생각 없는 가족을 남겨두고 언니 집을 나설 때쯤, 제 엄마가 모니터를 뚫어져라 바라보며 내지르는 욕 같기도 하고 비명 같기도 한 안타까운 탄식에 고 이쁜 것이 이렇게 묻는다.

"엄마, 또 샀어?"

나는 알 수 없는 외로움이 가슴 한편에 자리 잡는 것을 느끼며 집을 나섰다. 내가 뭐가 답답해서 그 한심한 광경이 부러웠는지 모르겠다. 잘나가는 스물일곱에, 직장도 있고 미래도 밝다. 남보다 많이 가지지는 못했어도 남들을 부러워할 이유도

별로 없었다. 일찍 결혼해서 애부터 낳는 바람에 자기 일은 접고 그저 평범한 주부로 살아가는 언니의 소소한 행복이 부러웠던 걸까. 그건 아니다. 전혀 그렇지가 않다. 나를 혼란스럽게 하는 것은 내 조카다.

그런 면에서 보면 역시 언니가 현명한 것인지도 모른다. 아이를 대하는 그 무던함. 나라면 벌써 한글에 영어까지 가르치고 어쩌면 구구단까지 외우게 해놓고는 이 아이야말로 천재가 아닐까 하고 조급해하고 있었을지도 모른다. 그런데 언니는 그러지 않았다. 그렇다고 해서 언니가 특별히 사려 깊은 사람이었다고 말하고 싶은 것은 아니다. 그랬을 리가 없다. 그냥 하다 보니 어쩌다 그렇게 된 것일 뿐이다.

한 달 뒤 어느 주말에 다시 언니네를 찾았다. 그 일이 시작된 것도 바로 그 무렵이었다.

저녁 먹은 것을 치우고 언니가 과일을 깎는 동안, 나는 문득 미성이가 뭘 하고 노는지가 궁금해져서 아이 방으로 들어갔다. 아이는 자기 방구석에 엎드려 앉아서 무언가를 소리내어 읽고 있었다.

"미성아, 뭐 하니? 언니! 얘 책 보는 거야?"

미성이는 무언가를 열심히 읽고 있는 것 같았다. 드디어 이 아이의 숨겨진 천재성이 언니의 특이한 양육방법을 맞아 꽃을 피우는 것인가 하고 성질 급하게 넘겨짚는 순간, 언니가 그 특유의 무덤덤한 목소리로 대답했다.

"책 읽는 흉내 내는 건데. 아무 말이나 막 지어서 하는 거야."

언니가 말한 그대로였다. 아이가 하는 말을 자세히 들어보면 이야기 중간중간에 도무지 알아들을 수 없는 소리들이 섞여 있었는데 심지어 어떤 것들은 우리말도 아닌 듯했다.

"히쇼탐다 스죠홈난."

내가 물었다.

"그게 뭔 말이야?"

아이는 아무 대답도 하지 않았다. 나는 잠자코 미성이의 이야기를 들어주었다. 말도 안 되는 이야기를 지어내건 말건 그 아이의 책 읽는 소리가 어찌나 또박또박 바르게 보이던지 나도 모르게 그만 미소가 지어졌다.

"재미있는 책 읽고 있니? 이모한테도 읽어줘야지."

"그래, 이모. 여기 옆에 앉아. 미성이가 책 읽어줄게."

미성이는 나를 옆에다 앉혀놓고는 다시 책 읽기에 열중했다. 어느 나라 말인지 알아들을 수 없는 말도 있고, 우리말인 듯한 말도 섞여 있었지만 아무튼 말은 안 되는 소리였다. 아이의 얼굴을 들여다보고 있다가 문득 아이가 손에 든 것에 눈이 갔다. 그 순간 언니를 향해 저절로 잔소리가 튀어나갔다.

"언니. 나는 또 애 그림책이라도 사준 줄 알았네. 이게 뭐냐?

애 책 사줄 돈도 없어? 콩만 한 애한테 휴대폰 매뉴얼 던져주는 엄마는 살다 살다 처음 봤다. 가만 보면 우리 엄마보다 더해요. 형부! 어떻게 좀 해봐요. 이게 제대로 된 집안 꼴이에요?"

"애가 좋아해. 그림도 많고 책도 쪼끄맣고 해서."

형부가 어딘가에서 그렇게 대꾸했다.

아무려면 어떨까. 책 읽는 흉내를 내기 시작했다는 게 중요하지. 저러다 보면 언젠가 그 안에 씌어 있는 게 무슨 뜻인지 알고 싶어지겠지. 그러다 한 자 한 자 배우게 되고, 다른 큰 애들이 하는 것처럼 학교도 다니고 싶어지겠지. 그러면 내가 가끔씩 와서 구구단도 좀 가르치고 영어도 기본적인 것만이라도 가르쳐야지. 에이 귀찮은데, 어쩔 수 없지 뭐, 하고 생각하다가 스스로 흠칫 놀랐다.

그만해야지. 학부모 같은 생각을 멈추고 나는 아이가 노는 모습을 물끄러미 바라보았다. 아이가 책 읽는 흉내를 내는 소리가 또박또박 기분 좋게 이어졌다.

마로하가 악마에게 물었습니다.

"세상을 파멸시키는 문은 언제 열리나요?"

악마가 말했습니다.

"벌써 열렸어. 너의 뒤에서 다가오고 있단다."

다섯 개의 이름을 가진 악마는 그렇게 말하면서 마로하에게 달려들었습니다.

옆에서 듣고 있던 나는 미성이의 놀라운 창작능력에 감탄했다. 요즘 만화들은 애들 보는 것치고는 지나치게 심오하고 어렵다. 다섯 개의 이름을 가진 악마도 그렇고, 세상의 종말 같은 것도 그렇고, 그런 어려운 개념들이 너무 많이 나온다.

"미성이는 책도 잘 읽네. 누가 가르쳐줬어? 엄마가 가르쳐줬어? 아빠가?"

아이 대신 언니가 대답했다.

"요 밑의 집에 사는 애들이랑 친해졌거든. 걔들이 맨날 그림책 보는 거 보고 따라 하는 거야. 걔들하고 있을 때는 별로 재미도 없는 척해놓고 집에 와서 혼자 저러고 있는 것 좀 봐. 애들이라고 다 애가 아니라니까."

"거봐. 애들은 애들끼리 놀아야 공부도 저절로 재미 붙이지."

나는 그렇게 대답하고는 다시 미성이를 바라보았다. 그런 나를 보고는 언니가 말했다.

"어이구, 그렇게 좋아? 너 미성이 데려가서 같이 살아라. 니가 엄마 하고, 내가 이모 하자."

그 말에 나는 언니를 바라보았다. 내 표정이 너무 진지했던지, 언니는 이해할 수 없다는 표정을 떠올렸다. 나도 기분이 이상해졌다.

그러던 어느 날 언니는 형부와 둘이서만 동해안으로 놀러 가겠다며 뻔뻔스럽게도 아이를 맡기러 우리 집을 찾아왔다. 나는 여섯 살 난 애를 두고 가는 여행이 얼마나 마음 편하고 낭만적이겠냐고 따져 물었다. 우리 엄마도 당신의 철없는 첫째 딸을 나무랐다.

"아이고, 인간아, 인간아."

하지만 언니의 대답은 언제나 이런 식이었다.

"애가 가기 싫어해."

틀린 말은 아니었다. 원래 미성이는 멀미가 심해서 여행을 그다지 좋아하지 않았다. 아무튼 며칠 동안 아이는 내 차지가 되었다. 미성이는 낮잠을 자고 TV를 보고 간식을 먹고 집 안을 여기저기 어지럽히면서 시간을 보냈다. 낮에는 외할머니와 놀고 밤에는 이모와 노는 생활이 철없는 부모와의 여행보다 안락하리라고 생각했던지, 아이는 별로 울지도 않았다.

하루종일 옆집 고양이와 놀다가 돌아온 아이의 손을 씻기고 팔에 난 작은 상처에 연고를 발라주었다. 그렇게 놀다가 가끔씩 아이는 소중하게 챙겨온 책을 노란 가방에서 꺼내어 읽었다.

마로하가 외팔이 마다에게 말했습니다.

"파멸의 신전이 열려 있대요. 우리가 사는 별이 태양을 한 바퀴 돌아서 파멸의 신전 입속으로 들어가고 있대요."

외팔이 마다가 물었습니다.

"완전히 삼켜지는 게 언제죠?"

"이 별이 태양을 한 바퀴 돌 때까지. 일 년 뒤래요."

외팔이 마다가 다시 묻습니다.

"그러면 이제 우리는 어떻게 해야 하나요?"

"이 세상이 파멸의 신전 속으로 다 빨려 들어가기 전 내가 신전의 문을 지나 우주 반대편 저쪽 세상으로 넘어가겠어요."

"가서 어쩌시려구요?"

마로하가 외팔이 마다의 물음에 대답했습니다.

"그 세상을 먼저 멸망시켜야죠."

아이가 들려준 이야기였다. 아이의 두 손에는 휴대폰 매뉴얼의 '문자 메시지 보내는 법'이 펴져 있었다. 나는 유창하게 이야기를 지어내고 있는 아이의 얼굴을 가만히 들여다보았다. TV를 보고 있을 때처럼 한껏 집중해 있는 얼굴이 보기 좋았다.

아이가 무엇인가에 집중하는 경우는 많지 않았다. 그러나 날이 갈수록 무언가에 집중하는 시간이 점점 더 많아지는 듯했다. 그 시간 동안 아이들은 무엇인가를 배우고 깨우친다. 그런 시간이 충분히 쌓이면 아이는 어느새 어른이 된다.

나는 그런 생각을 하면서 아이의 손에 들려 있는 것을 다시 한번 들여다보았다. '답장 보내기'. 상대로부터 먼저 문자 메시지를 받은 다음에 '메뉴'를 눌러서 답장을 보내는 방법이 나와 있었다. 순간적으로 무슨 생각인가가 머릿속을 스치고 지나갔지만 정확히 무슨 생각이었는지는 이내 잊어버렸다. 아마도 일단 받은 다음에 되돌려준다는 말이 '마로하'라는 사람이 하던 말과 어딘가 비슷하다는 느낌이었을 것이다.

그런데 마로하가 누구였더라. 그전에는 들어본 적이 없는데. 만화 주인공인가. 무슨 동화에 나온 적이 있던가. 만화에 나왔겠지. 미성이가 알고 있는 이름이라면 책에서 보지는 않았겠지.

아이는 다른 책을 가지고는 책 읽기 놀이를 하지 않았다. 미성이는 예쁜 그림이 있는 동화책에도, 종이 질이 훨씬 좋은 잡지에도 전혀 흥미를 보이지 않았다. 그래서 놀이를 통해 슬그머니 글자를 가르쳐보려던 나의 계획은, 여섯 살밖에 안 된 불량학생의 노골적인 하품 앞에 여지없이 무너지고 말았다. 엄마는 그 광경을 보고는 재미있어하면서 혼자 한참을 웃어댔다.

"어쩜 그렇게 똑같냐. 너 저만할 때 엄마가 공부시키려고 하면 딱 저랬어. 공부하자 이야기만 꺼내면 아프다면서 콜록콜록 기침하는 흉내 내고. 에휴, 참 나. 어쩜 저렇냐. 쟤도 커서 뭐 되려고 저러는지."

나는 별다른 대꾸 없이 그저 미성이를 바라보면서 피식 웃었다.

"그래, 말자. 원래 천재는 누가 시키면 더 안 하는 거지. 그
지? 이쁜 우리 딸."

그러자 아이가 환하게 웃으면서 품에 안겼다. 이해할 수 있
다. 저 안도감. 저 포옹의 의미. 나도 해봐서 안다. 저 애교의
본질은 그저 패배자에게 내미는 화해의 제스처에 불과하다. 엄
마가 그 모습을 보더니 웃음을 터뜨렸다. 웃음소리가 한참 동
안이나 멈추지 않았다.

그 웃음이 그렇게 오랫동안 기억에서 사라지지 않았던 것
은 그날 이후 한참 동안 엄마가 그렇게 웃는 모습을 볼 수가
없었기 때문이다. 그날은 언니가 여행에서 돌아오기로 한 날
이었고, 결국 돌아오지 못하게 된 날이기도 했다. 다음날 우
리는 두 사람이 영영 미성이 곁으로 돌아올 수 없게 되었다는
사실을 알았다.

나는 아이에게 그 사실을 어떻게 설명해야 할지 알 수가 없
었다. 사실 나나 우리 부모님에게도 그 일을 받아들이는 일은
쉽지가 않았다. 아이는 왜 엄마가 데리러 오지 않느냐고 물었
다. 아마도 집 안을 떠도는 이상한 기운을 감지한 모양이었다.

한참 동안 웃음소리를 듣기가 힘들었다. 다만 아이만이 정확
히 무슨 일이 일어났는지 모르는 채 가끔씩 신나게 떠들고 웃
었다. 상중에는 아이를 다른 곳으로 빼돌려놓기까지 했다. 그
러나 언제까지 그럴 수는 없었다.

"엄마는 왜 안 와?"

미성이의 질문은 점점 잦아졌다. 그러더니 결국은 하루종일 그 이야기밖에 하지 않게 되었다. 마침내 아이를 불러다놓고 언니와 형부의 죽음에 대해 이야기해주었을 때, 아이는 마치 살 만큼 살아본 사람처럼 짧은 한숨을 내쉬었다. 그 뒤로는 그 일에 대해 더 자세히 묻지 않았다. 나는 그런 아이의 태도를 이해할 수가 없었다.

아이의 양육문제에 관한 형부네 가족의 생각은 평소에 언니가 자주 하던 말과 크게 다르지 않았다.

"애가 싫어하니까요."

미성이가 친할머니네로 가기를 싫어했기 때문에 다행히 아이는 우리가 데리고 있게 되었다. 그 결정에 대한 내 남자친구의 반응은 우리 부모님의 걱정과 일맥상통했다. 그는 아이를 귀여워했고 누구보다 자상하게 아이를 대했지만, 언제까지나 자기 생각을 그저 마음속에만 묻어둘 사람은 아니었다.

"다 이해하는데, 그럼 이제 니가 저 애 엄마가 될 생각이야?"

나는 잠시 멍한 얼굴로 그의 시선을 마주했다. 사실 그럴 생각이었다. 아니, 생각 이전의 그 무언가였다. 다른 식으로는 그 어떤 그림도 그려본 적이 없었다. 갑자기 내가 아주 오래전부터 미성이를 탐내고 있었던 건 아닐까 하는 생각이 들었다. 그런 바람이 저주가 되어 아이의 엄마에게 불행을 가져다준 것이 아니냐고 누군가 말도 안 되는 시비를 걸어온다면, 자신 있게 아니라고 말할 수 있을 것 같지가 않았다.

하지만 좋아, 괜찮아. 내가 나쁜 마음을 먹었던 게 사실이라고 해도.

그러나 엄마 말처럼 세상 모든 일이 내 마음대로 되는 것은 아니었다.

"니 남자친구는 미성이 아빠가 돼준다니?"

모르겠다. 사실 그런 생각은 별로 해본 적도 없다. 아마도 그 사람은 미성이 아빠가 될 생각까지는 없을 것이다. 그는 그런 사람이다. 보통의 생각을 가진 사람. 그래서 엄마는 내가 미성이에게 이모 이상 자격으로 다가가지 못하도록 눈에 보이지 않는 보호막을 치고 이런저런 배려들을 해주었다.

하지만 어른들이 그런 어른스러운 생각을 하고 있는 사이에 아이는 아이대로 부모를 잃은 충격을 받아들여야만 했다. 나는 미안하고 안타까운 마음으로 아이의 등을 토닥거렸다. 그래도 그 생각 없는 부모들이 너를 떼놓고 놀러 가서 참 다행이다 싶었다. 정말 다행이다. 너는 따라가지 않아서.

아이는 여전히 휴대폰 매뉴얼을 가지고 책 읽기 놀이를 하곤 했다. 그날도 마찬가지였다. 미성이는 그 조그만 책을 펴놓고 무언가 알 수 없는 이야기들을 중얼거리고 있었다. 나는 아이에게 다가가서 책을 앞에 두고 나란히 엎드렸다.

"우리 미성이 공부도 열심히 하네."

"응."

"어디, 얼마나 열심히 하는지 볼까? 자, 여기에 뭐라고 적혀 있니? 이모한테 읽어줄래?"

나는 손으로 휴대폰 취급 주의사항이 적혀 있는 페이지를 가리켰다.

비행기 탑승시에는 휴대폰을 끄세요.

-휴대폰의 전자파가 비행기의 전자운항기기에 영향을 주어 위험을 초래할 수 있습니다.

미성이는 그 문구 앞에 그려진 비행기 표시를 손가락으로 가리키면서 물었다.

"이거 읽어줄까? 이거?"

"그래. 그거 읽어줘."

그러자 아이가 그 부분을 소리내어 읽기 시작했다.

어린이는 바닷가에 가지 마세요. 바닷가에 여행을 가면 위험하니까 절대 부모님을 따라가지 마세요.

아이가 갑자기 울음을 터뜨렸다. 그 순간 나는 무슨 생각이 이어져야 정상적인 사고과정이라고 할 수 있을지 전혀 알 수 없는 상태가 되어버렸다.

그 뒤로 내 귀에는 아이가 글읽기 놀이를 하는 소리가 더 잘 들어왔다. 물론 미성이가 예전보다 휴대폰 매뉴얼을 더 많이 가지고 노는 것은 아니었다. 아주 가끔씩 있는 기회였지만, 그때마다 나는 아이의 입으로 전해지는 이야기에 온 신경을 쏟았다. 듣다 보면 미성이의 이야기는 꽤 일관성이 있었다. 그중에서도 내 귀에 가장 자주 걸리는 것은 '마로하'라는 이름이었다.

이백 마리의 늑대가 마로하를 둘러쌌습니다. 위대한 늑대 츄이학이 마로하에게 달려들었지만 마로하는 츄이학을 물리쳤습니다. 족장인 워 츄 키슈가 명령을 내리자 이백 마리의 늑대들이 한꺼번에 마로하를 공격했습니다. 그러자 마로하가 마법의 마디들을 구부렸습니다. 갑자기 새하얀 눈밭 위로 절대 파멸의 표지가 어두운 그림자를 드리우더니 늑대들을 모두 다 삼켜버렸습니다.

그런 식이었다. 아마도 마로하라는 사람은 무슨 마법사쯤 되는 캐릭터 같았다. 나는 미성이가 어느 부분을 보고 그렇게 읽었는지를 잘 보아두었다가 나중에 그 페이지를 다시 펴보았다. 그 페이지의 내용은 이랬다.

……전체 용량 확인 → 각 프로그램에 저장된 내역을 상세히 보려면 항목 선택 후 "확인" 누름 → "종료" 누름

다운받은 항목 삭제하기
프로그램 관리자 실행 → 해당 프로그램 선택 후 "확인" 누름 → 삭제하려는 항목 선택 후 "메뉴" 누름 → "삭제" 또는 "전체 삭제" 선택 → "예" 선택 후 "확인" 누름 → "종료" 누름

이것 역시 매뉴얼의 내용과 미성이의 이야기 사이에 유사성이 있었다. 물론 미성이가 그 부분을 먼저 읽은 후에 일부러 비슷한 이야기를 지어내는 것이 아니었다. 매뉴얼에 나오는 낱말들을 다른 데다 적어서 읽어보라고 하면, 아이는 그저 내가 공부를 시키려는 줄로만 알고 빠져나갈 궁리를 시작했다. 미성이는 어쩌면 자기가 이야기하는 '마로하 이야기'의 내용조차 잘 이해하지 못하는 것 같았다. 도대체 어디서 그런 이야기를 주워들었을까. '절대 파멸'이니, '마법의 마디'니 하는 어려운 말들을. 나는 아이에게 물었다.
"마로하가 누구야? 만화에 나오는 애니?"
그렇지는 않은 모양이었다. 인터넷을 검색해봐도 그런 이름의 마법사가 등장하는 만화는 없었다. 다만 내가 발견한 것은 무슨 우리말 어원사전에 있는 단어 설명이었다.

'마로하'는 '마로 + 하'의 구성. '마로'는 '頭'의 '마리'의 합성어기 '마라'의
전운. '하'는 '님'이란 존칭사.

'마루'는 '꼭대기', '높은 사람'을 뜻하는 말이다. '거츨마로', '이사마로' 같
은 신라시대 인명처럼 지체 높은 이들의 이름 뒤에 붙는 존칭으로도 많
이 쓰였다.

'-하'는 존칭호격조사로, '선열하', '달하'에서 보듯 '-이시여'라는 뜻을 지
닌 말이다……

마로하라는 사람이 누구인지는 더더욱 알 수 없게 되어버렸
다. 미성이는 도대체 어디서 그런 이야기들을 갖다 쓰는 것일
까. 아이는 아무리 들여다봐도 평범하고 어리기만 했다. 그리
고 이야기 속의 마로하가 누구인지 알아낼 방법은 어디에도 없
었다.

아이가 일곱 살이 되자 나는 아이를 유치원에 보냈다. 물론
유치원 생활은 걱정스럽기 그지없었다. 'ABC'고 '가나다'고 거
의 들여다본 적도 없는 열등생은 우리 아이밖에 없었다. 심지
어 어떤 녀석들은 한자까지도 조금씩은 읽고 쓰는 모양이었다.
그렇다고 내가 무슨 명문 사립유치원을 고른 것도 아니었는데

말이다. 아이에게 과외교습이 필요한 시점이었다. 이제부터 시작될 기나긴 여정을 체계적으로 이끌어줄 일종의 경영자 마인드를 가진 엄마가 필요했다. 그것도 역시 언니가 있었더라면 부리지 않았을 욕심일까. 아무튼 나는 그 역할을 맡을 수가 없었다. 내 삶의 무게도 감당할 수 없었기 때문이다.

우려와 달리 아이는 유치원 생활에 잘 적응했다. 생각 없이 아이를 키우려 했던 부모의 영향인지, 아이도 생각 없이 새 생활을 즐기는 것 같았다. 엄마 아빠가 없다는 걸 시빗거리로 생각하는 아이들이 있기는 있는 모양이었지만, 그래도 아이는 대체로 무난하고 밝은 성격을 지녔고, 그 성격 그대로 크게 상처받을 일 없이 잘 커가고 있었다. 어깨너머로 한글도 조금씩 배워가는 듯했다.

그 이야기를 듣고는, 역시 이 아이의 천재적 재능은 언어적인 데 있는 게 아닐까 하는 생각이 고개를 들었다. 그게 아니라면 그 놀라운 이야기 창작력을 어떻게 설명한단 말인가. 괴테가 프랑스어로 소네트를 지어서 프랑스어 선생님을 놀라게 한 것도 바로 저때쯤이 아니었던가.

그리고 얼마 지나지 않아 아이의 유치원 선생님도 곧 휴대폰 매뉴얼에 대해서 알게 된 것 같았다. 아무렇게나 막 읽는 시늉을 하는 것뿐이라는 사실도, 그러면서 스스로 이야기를 창작하고 있다는 것도 모두. 그런데 그런 아이의 재능에 가장 열광한 것은 어른들이 아니라 또래 아이들이었다.

"미성이 이야기가 제일 재미있어요."

심지어 아이들 사이에서는 휴대폰 매뉴얼을 가지고 다니는 게 유행 비슷하게 될 정도였다. 다행히 선생님은 제멋대로 이야기를 지어내는 아이의 재능을 '교정'하려 들지 않았다. 그래서 미성이는 글자를 어느 정도 읽을 줄 알게 된 뒤에도 계속해서 누구나 따라야 하는 규칙을 완전히 무시하고 자기 마음대로 글 읽는 일을 멈추지 않았다.

나는 기회가 될 때마다 미성이에게 이야기를 들려달라고 청했다. 거절당한 적은 없었다.

이야기의 흐름은 대강 이랬다. 마로하는 서른이 좀 안 되는 여자였고, 부족의 무당이나 예언자 혹은 마법사쯤 되는 모양이었다. 마로하는 다섯 개의 이름을 가진 악마를 만나서 파멸의 신전이 언제 열리는지를 묻는다. 파멸의 신전은 세상과 다른 세상을 연결하는 통로라고 한다. 악마는 파멸의 신전이 이미 열려 있고, 곧 세상을 덮칠 것이라고 대답한다. 아마도 세상의 종말을 의미하는 모양이었다. 그 이야기를 듣고 난 마로하의 계획은, 파멸의 신전이 세상을 덮치는 순간 그 파멸의 신전을 지나 반대편 세상으로 넘어가서 그 세상을 먼저 멸망시켜버리겠다는 것이었다. 마로하는 그렇게 하면 자기 세상을 구할 수 있을 거라고 믿었다.

그런데 그 반대편 세상에도 예언자가 살고 있어서, 마로하의 계획을 미리 알고 그 일을 막으려고 한다. 이것은 또 다른 역설을 낳는다. 마로하는 바로 그 '예언자'의 흔적을 따라가야만 이 넓은 우주에서 반대편 세상이 정확히 어디에 있는지 알아낼 수 있다.

미성이는 휴대폰 매뉴얼 중 GPS 기능이 설명되어 있는 부분을 그런 식으로 읽었다. 그 이야기를 들으면서 이런 생각이 들었다. 그거야말로 사랑의 본질 아닌가. 우주의 반대편에서도 서로의 존재를 느낄 수 있는 주제에, 그들이 만나는 이유는 결국 상대의 세계를 없애버리기 위해서라니.

유치원 선생님은 나를 미성이 엄마로 알고 이렇게 말하곤 했다.

"미성이는 엄마를 쏙 빼닮은 것 같아요."

"네? 네. 그런데 혹시 애가 그런 이야기를 전혀 안 하던가요? 애들끼리는 알던데. 애 엄마는 사고로 작년에 죽었고, 저는 미성이 이모예요. 죄송합니다."

그런데 그렇게 말하고 나니까 정말로 미안해지기 시작했다. 미성이 엄마가 아니라서 미안합니다. 미성이 이모라서 미안합니다. 애 엄마인 것처럼 찾아와서 미안합니다. 아직 그만한 애를 두기에는 너무 어린 나이라서 미안합니다. 그다지 또렷하지는 않아도 지난 스물 몇 해 동안 꿈꿔온 미래가 저 나름대로는 하도 간절하고 구구절절해서 미련 없이 탁 접어버리지 못했어요. 우주 반대편이 아니라 집 근처 유치원에만 가 있어도 금세 아이가 있었다는 걸 잊어버리고 내가 하고 싶은 일들이 끝없이 떠올라서 너무나 너무나 죄송합니다.

혹시 그렇더라도 제가 아이의 보호자가 되면 안 될까요? 그건 정말로 그렇게나 말도 안 되는 소리일까요? 용서받을 수 없을까요? 허락받을 수 없을까요? 누구에게 미안해해야 되나요? 누구에게 말해보면 될까요?

나는 내가 도대체 무슨 생각을 하고 있는지 갈피를 잡지 못했다.

2

메모 확인하기

전자 다이어리 → 메모장 실행 → 확인할 메모 선택 후 "확인" 누름 → 작성된 메모가 열리면 확인 → 수정하거나 삭제하려면 "메뉴" 눌러 연결 메뉴 실행 후

"1" 누름: 수정 상태로 전환

"2" 누름: 선택한 메모 삭제됨

→ "종료" 누름

("옛날 사람들이 알고 있던 예언이 다시 발견되지만 사람들은 그것을 대수롭지 않게 생각합니다.")

비행기로 타슈켄트에 도착하고 나서도 페르가나주까지는 꽤 먼 거리였다. UES 문헌조사관 최신지는 길가에서 마주치는 사람들의 얼굴을 유심히 살폈다. 마르길리온은 페르가나주에 있는 작은 도시였다. 타슈켄트가 대표적인 경우겠지만 이 지역 도시들은 저마다 어딘가 한구석에 동서교역로로서 번영을 구가했던 역사의 흔적들을 지니고 있었다. 그 흔적은 사람들의 얼굴에서 드러나는 경우가 많았다. 그저 주관적인 느낌일 뿐이겠지만, 아무튼 최신지의 눈에는 마르길리온에서 만난 사람들의 얼굴이 딱 그래 보였다.

그가 마르길리온까지 날아온 것은 얼마 전에 그곳에서 채집된 이야기 때문이었다. 마로하와 관련된 구전설화.

이야기는 오래된 양가죽 두루마리에서 시작되었다. 언제부터 전해 내려온 것인지 알 수는 없지만, 이 작은 도시에는 어느 나라인가의 문자로 된 두루마리가 전해 내려오고 있었다. 아무리 학식이 뛰어난 학자도 아무리 견문이 넓은 상인도 그 문자만은 끝내 읽어낼 수가 없었다. 그러나 단 한 사람, 곧은 영혼을 가진 단 하나의 존귀한 예언자만이 그 두루마리의 내용을 읽을 수가 있었다고 한다. 물론 그 예언자도 그 문자가 어디에서 쓰는 글자인지는 알 수 없었고, 다만 두루마리를 펴놓고 한참을 들여다보고 있노라면 알 수 없는 이유로 그 텍스트의 내용이 머릿속에 자연스럽게 떠오르더라는 것이었다. 사람들은 그게 곧 성령이라고 믿었고, 그래서 그 두루마리를 소중하게 보관하기로 했다.

두루마리를 읽을 수 있는 예언자가 언제나 끊이지 않고 존재했던 것은 아니었다. 한 예언자가 죽고 다음 사람이 나타나기까지 백 년이 걸리기도 하고 그보다 더 오랜 시간이 걸리기도 했다. 현재는 예언자가 없는 시기지만 그곳 사람들은 언젠가 반드시 그 문서를 읽어내는 사람이 다시 나타나리라고 믿는 모양이었다.

문제는 예언자들이 읽어냈다는 그 텍스트의 내용이었다. 예언자들이 읽어냈다는 텍스트의 내용에 관한 구전기록들을 UES가 모두 조사한 후 내린 결론은, 각 예언자들이 해독해냈다는 두루마리의 내용들이 같은 텍스트에서 나온 것이라고 하기 어려울 만큼 서로 너무나 달랐다는 것이었다. 말하자면 그 예언자들의 리스트에는 읽는 흉내만 내고는 자신이 아무렇게나 지어낸 이야기로 다른 사람들을 현혹시킨 사기꾼들이 상당수 포함되어 있다는 뜻이다. 그것도 진짜 내용이 뭔지 도저히 가려낼 수 없을 만큼 많은 사기꾼들이.

그런데 중요한 것은 가장 최근인 삼십 년 전의 예언자가 해독했다는 내용 중에 마로하라는 이름이 등장한다는 것이었다. 단순히 등장하는 데서 그치는 게 아니었다. 선발대가 작성한 보고서에 따르면, 종말의 날에 마로하가 세상에 나타난다는 내용이라는 것이었다. 그러니 UES로서는 문헌조사관을 파견하지 않을 수 없었다. 아무리 의심스러운 문건이라고 해도 그 정도로 비슷한 해석이 나왔다면 단지 우연의 일치로만 치부할 수는 없었다.

UES는 그 마로하의 위협으로부터 세상을 구하기 위해 활동하는 조직이었고, 어느 불안정한 예언자의 예언 한마디로부터 시작된 조직이었다. 물론 처음에는 아무도 그의 말을 믿지 않았지만, 그의 예언이 너무나 정확하게 맞아 들어가는 과정들을 목격하면서 예언자가 사기꾼이라는 사실을 증명하기 위해 만들어진 검증기구가 통째로 예언자를 보좌하는 기구로 바뀌고 말았다. 예언의 끝은 종말이었고, 종말을 막기 위해서는 예언자가 절실했다. 그런데 그 불안정한 예언자는 끝내 종말을 막는 방법을 알려주지 않은 채 세상을 떠나고 말았다. 이제 조직은 예언자 없이 그 일을 완수해야 했다. 그러니 일단은 온 세상을 뒤지는 수밖에 없었다. 또다른 예언자가 나타나주기를. 물론 정말로 그런 사람이 다시 나타나리라고 믿는 사람은 별로 많지 않은 모양이지만.

최신지가 현장에 도착하자 현장을 통제하고 있던 UES 직원

하나가 신분을 물었다. 최신지는 영어로 짧게 대답했다.

"UES 문헌조사관입니다."

듣던 대로 두루마리는 적어도 몇백 년은 되어 보였다. 사람들에 둘러싸여 있는 데다가 글씨가 희미해져 있어서 텍스트 자체는 잘 알아볼 수가 없었다. 고고학자 한 명이 연대 측정 결과를 내밀었다.

"다시 확인했는데요, 대략 천오백 년 전에 만든 문건입니다."

예상보다 더 오래된 물건이었다. 호기심이 강하게 일었다. 그러나 최신지는 직접 나서지 않고 구경하듯 멀리서 조사과정을 지켜보았다. 그러다가 갑자기 무슨 생각이 떠올랐는지, 조금 전에 연대 측정 결과를 알려주었던 연구원을 돌아보며 이렇게 물었다.

"천오백 년 전의 것이라면, 조작 가능성은 없다는 건가요? 조작을 했어도 적어도 천오백 년은 최소한 넘었다는 이야기죠?"

"예. 정확하게 말하자면 이 두루마리의 재료가 된 양이 살았던 게 천오백 년 전이고, 그 위에 글자가 쓰인 게 언제였는지는 뭐라 말할 수 없겠죠."

이해할 만했다. 가끔은 아무것도 기록되지 않은 수백 년 넘은 두루마리나 동물 가죽 같은 것들이 놀라운 가격에 거래되는 일이 있었다. 물론 그 뒤에 수백 년 묵은 것처럼 보이도록 글씨를 입히는 일은 또다른 전문가를 필요로 하는 일이었다.

그러니 진위 여부를 확실하게 가리려면 내용 하나하나를 검증하는 수밖에 없다. 예를 들어 당시에는 있지도 않았던 개념이나 용어가 등장한다면 그 문헌은 사실이 아닐 가능성이 높다는 식으로.

그런데 이번 경우는 내용을 파악하는 일 자체가 쉽지 않은 모양이었다. 그녀는 연구팀들이 다른 데 관심을 가지느라 두루마리 주변이 한산해진 틈을 타서 문제의 물건 가까이로 다가섰다. 옆에 서 있던 누군가가, 아직은 어느 시대 어느 문화권의 언어인지 밝혀지지 않았지만 몇 군데 짐작가는 곳은 있다고 말해주었다. 최신지는 그의 말을 귀담아듣지 않았다. 그러자 그는 이내 조용해졌다.

최신지는 흐릿하게 보이는 그 글자들을 좀더 자세히 보기 위해 허리를 숙였다. 그러고는 잠시 뒤에 입을 열었다.

"알 수 있을 것 같은데요."

그 말에 사람들이 모여들었다. 궁금해하는 사람들의 시선을 한 몸에 받으며, 최신지는 텍스트의 내용을 천천히 소리내어 읽어내려갔다. 물론 그 말을 알아듣는 사람은 아무도 없었다. 연구원들 중에는 전설의 예언자가 다시 나타났다는 사실에, 그것도 다름아닌 자신들의 조직에 속한 문헌조사관이었다는 사실에 놀라 웅성거리는 사람들도 있었다.

"아니에요. 내가 예언자라서 읽을 수 있는 게 아니라."

그녀는 하던 말을 끊고 텍스트에 좀더 바짝 다가가서 오랫동안 자세히 그 문건을 들여다보았다. 그녀는 입술을 조금씩 움직여가며 사람들이 기다리든 말든 천천히 두루마리를 훑어보더니 마침내 다시 말을 이었다.

"내가 특별해서 읽을 수 있는 게 아니라 나라면 당연히 읽을 수 있는 글인데요. 내 모국어로 되어 있으니까. 한국어를 아는 사람이 여기에는 나밖에 없으니까요. 그런데 이 글씨를 쓰는 데 사용한 잉크도 따로 연대 측정을 했나요? 아까 이 가죽은 천오백 년 됐다고 들었는데. 그런데 여기에 들어 있는 내용은요, 확실히 뭐랄까, 마로하나 종말에 관한 것이라기보다는……"

최신지는 물론 선발대가 왜 한국어를, 그중에서도 특별히 한글을 염두에 두지 않았는지를 잘 알았다. 천오백 년 전에는 그런 게 아예 세상에 존재하지도 않았기 때문이다.

최신지는 고개를 들었다. 그리고 생각보다 훨씬 더 많은 사람들이 자신을 뚫어져라 쳐다보고 있다는 사실을 깨달았다. 그래서 아까보다 더 조심스럽게 말을 이었다.

"어떻게 들리실지 모르겠지만, 이건 분명히 휴대전화 매뉴얼이군요."

3

알람 사용하기

특정 시각에 알람(최대 2개)이 울리게 설정할 수 있습니다.

알람 시각이 되면 약 3분 정도 울립니다. 정지시키려면 △/▽를 누르거나 덮개를 열고 아무 버튼을 누르세요.

("종말의 때가 되어 마로하가 나타나기 전에 징후들이 나타납니다. 누구나 알 수 있는 징후가 두 번 나타나지만 아무도 알아채지 못합니다.")

"너 미쳤어. 나는 너 절대 이해 못 해."

남자친구의 말이었다.

"안 돼. 절대 안 돼."

엄마도 딱 잘라 말했다. 모든 사람이 반대하리라는 것은 이미 예상하고 있었다. 그래도 나는 미성이를 돌보고 싶었다. 아니 키우고 싶었다. 미쳤다는 말이 딱 맞는지도 모르겠다. 나도 알고 있었다. 그게 평범한 생각은 아니라는 것을. 그 일로 인해 남자친구와는 남남처럼 멀어졌다. 그 사람도 알고 나도 아는 사실이었지만, 아이를 맡겠다는 것은 그 사람과는 헤어질 수도 있다는 것을 내 쪽에서 먼저 선언하는 것이나 다름없었다.

그 결정의 파장은 결코 잔잔하지가 않았다. 결국 엄마는 미성이를 아이의 친할머니네로 보내버렸다. 그쯤 되자 나도 항복하지 않을 수 없었다. 남자친구와의 관계도 서서히 수습이 되어갔다. 물론 시간이 가도 아이에 대한 생각은 달라지지 않았다. 고민이 길어졌다. 쉬운 결정이 아니었다. 남자친구가 너무나 대단한 인물이라서가 아니었다. 그보다는 내 인생이 어디로 흘러가야 하는가가 중요했기 때문이다.

나는 마침내 결론에 이르렀다. 미성이의 엄마가 되는 것. 그것만이 내 인생을 의미 있는 것으로 만드는 유일한 방법이었다. 이유는 물을 필요도 없었다. 이유를 대기 이전에, 아니 모든 고민이 시작되기 훨씬 전부터 그렇게 되도록 정해져 있었기 때문이다.

"우리 미성이, 이모 딸 할래?"

하고 물었을 때, 아이는 그저 나를 물끄러미 바라만 보고 있었다. 곧 울음을 터뜨릴 것만 같았다. 바라지 않는다는 뜻이었다.

아이를 두고 집으로 돌아오는데 쓸쓸한 생각에 마음이 우울했다. 미성이 할머니네 집은 아이가 자라기에 나쁘지 않은 환경이다. 큰아버지 내외에다 나보다 조금 어린 고모도 같이 사는 떠들썩한 분위기에, 미성이 나이 또래의 사촌이 둘이나 있었다. 우리 집보다 못할 것은 전혀 없었다. 사람들도 모두 좋은 분들이었고.

그래서 든 생각이었다. 내가 느끼는 애절함은 어쩌면 그저 철없는 욕심일 뿐일지도 모른다. 내가 낳지도 않은 아이에 대한 엇나간 욕심. 언니라면 절대 부리지 않았을 욕심. 어쩌면 그 욕심은 아이를 망치게 될지도 모른다.

울음을 터뜨릴 것만 같았던 아이의 얼굴이 떠올랐다. 싫다는 뜻이겠지. 아니면 그냥 무서워서 지은 표정인가. 이 집 저 집 옮겨다니는 게 쉽지는 않았겠지.

하지만 싫다는 표정이든 무서운 표정이든 결국 그게 그거라는 생각이 들었다. 미성이는 어른이 아니었다. 울어버릴 만큼 두렵다는 것은 곧 싫다는 말과 똑같은 의미다. 물론 그 두려움은 나에 대한 두려움이 아니라, 엄마가 없어졌다는 사실을 받아들이고 새로운 가정에서 새 삶을 꾸리는 것에 대한 두려움일 것이다. 그래도 달라질 것은 없었다. 결국 나는 언니가 늘 말하던 것과 똑같은 결론에 이르렀다.

"애가 싫어하니까요. 저는 이쯤에서 포기해야겠죠."

집으로 돌아오는 지하철 안에서 나는 그 말을 서른 번쯤 오물거렸다. 열차가 강을 건너기 위해 땅 위로 나왔다. 차창을 지나온 햇빛이 어깨에 올라와 앉았다. 고개를 돌리자 강물이 흘러가는 모습이 보였다.

열차가 다시 땅속으로 들어가면서 앞사람 등 뒤에 있는 유리창에 내 얼굴이 비쳤다. 눈물이 글썽이기 시작했다. 언니가 죽기 전에는 울 일도 없었다. 마지막으로 눈물을 흘려본 게 얼마

만인지 알 수도 없었다. 그래서 어른이 되어가는 동안에는 어른스럽게 우는 법을 연습할 기회가 전혀 없었다. 나는 그냥 아무렇게나 울었다. 유리창에 비친 내 모습이 참 보기 싫었다.

그때 갑자기 전등이 꺼지면서 잘 달리던 열차가 서서히 속도를 늦추더니 결국 땅속 어딘가에 우뚝 멈춰 섰다. 정확하게 재지는 않았지만 대략 삼 분쯤 뒤, 눈가의 눈물이 흔적도 없이 사라질 무렵에 다시 전기가 들어오면서 열차가 나아가기 시작했다.

열차는 목적지에 도착하기 전에 다시 한번 멈춰 섰다. 그리고 또다시 삼 분 정도를 암흑 속에 갇혀 있었다. 그 묵직한 공기 때문인지 또다시 눈물이 났다. 이번에는 아무 소리도 내지 않았다.

아이가 머물다 간 집 안은 영 허전했다. 아이는 사라진 언니의 빈자리에 대신 채워놓은 존재이기도 했다. 그래서 남은 우리 세 식구에게는 두 사람의 빈자리가 한꺼번에 느껴졌다.

나는 일부러 바쁜 척을 했다. 친구를 만나고, 영화를 보고, 책을 사서 읽었다. 그러나 그것도 이내 시들해져버렸다. 차라리 계절이 시키는 대로 우울해하기로 마음먹었다. 그러자 오히려 편안한 기분이 들었다. 그러나 외출했다가 집으로 돌아가는 길만큼은 좀처럼 발걸음이 가벼워지지가 않았다.

그날따라 좁은 골목에 나가는 차와 들어가는 차가 앞뒤로 막혀서 마음이 한결 무겁고 우울했다. 갑자기 소리라도 지르고 싶은 생각이 들었다. 골목을 빠져나와 우리 집으로 가는 길모퉁이까지 은행잎이 제대로 노랗게 물들어 있었다. 더러는 떨어져서 길가에 날리고 더러는 공중에서 배회하고 있는 가을잎 사이에 멈춰 서서 차들이 빠져나가기를 기다렸다. 아직 매섭도록 차갑지는 않은 가을바람이 먼저 골목을 빠져나갔다. 뛰어다니다 엎어진 아이가 큰 소리로 울고, 오토바이가 성가시게 인도를 지나쳐갔다. 차 한 대가 새로 골목으로 접어들면서 빵빵거렸고, 조금 앞에서 걷던 남자가 내뿜은 담배 연기가 구름처럼 지나갔다.

전화벨이 울렸지만 받지 않았다. 길 맞은편에 선 사람들이 흘끗 쳐다보는 것 같았지만 그다지 신경이 쓰이지 않았다. 전신주에 붙어 있는 광고지들 사이에서 맞춤법이 심하게 틀린 글자 몇 개가 보였다. 그걸 보고 슬며시 웃었더니 괜히 맥이 빠지는 듯했다. 엎어진 아이는 관심을 더 가져달라는 듯 목소리 톤을 한껏 높여 울고, 동네 구멍가게 호빵기계가 따뜻한 김을 뿜어 올렸다. 야윈 몸매의 고양이 한 마리가 슬금슬금 눈치를 보다가 후다닥 도망쳤다.

집에 들어가자마자 소파에 털썩 주저앉았다. 현관에 벗어놓은 신발 모양조차 쓸쓸해 보였다. 엄마는 어디 외출이라도 하려는 것처럼 하고 있다가, 반쯤 널브러져 있는 나를 보더니 이렇게 말했다.

"언니가 너한테 고마워하겠다. 누가 누구 좋아하는 건 막아서 되는 게 아닌데. 나는 니가 어디서 후진 남자라도 하나 데리고 와야 내 입에서 이런 말이 나올 줄 알았다."

"뭐, 또?"

엄마가 물었다. 아이를 다시 데리러 가는 길인데 같이 갈 거냐고. 칠칠하지 못하게 또 눈물이 글썽거렸다. 그러면 안 되는 것 아니냐고 물으려고 했지만 말이 제대로 나오지가 않았다.

"사돈댁에서 전화 왔더라. 미성이가 이모 집에 가고 싶어서 운다고. 애가 너한테 전화했는데 안 받는다면서."

나는 전화기를 꺼내보았다. 정말로 그랬다.

4

종료하기

길게 누르면 꺼짐

("그날이 마지막날인 줄은 아무도 몰랐습니다.")

엄마와 둘이서 집을 나왔다. 토요일 오후의 바깥 풍경은 조

158

금 전에 느꼈던 것보다 훨씬 더 한가해져 있었다. 저 멀리서 횡단보도 신호가 바뀌는 것을 보고 다섯 걸음쯤 후다닥 뛰어나갔다가, 멀리서 뒤따라오는 엄마를 돌아보고는 우뚝 걸음을 멈췄다. 다음번 신호에 건너기로 마음을 먹고 느긋하게 횡단보도 앞에 서서 주위를 둘러보았다. 책가방을 메고 교복을 입은 아이들이 여유로운 표정으로 지나쳐갔다. 택시 한 대가 스르르 다가오더니 횡단보도 한쪽 끝자락에 걸치고 서서 손님을 기다렸다. 택시 기사가 무관심한 듯 주위를 한번 슥 훑어보더니 멀리서 손을 흔드는 사람을 발견하고는 스르르 미끄러져갔다.

"그렇게 좋아?"

"몰라."

"좋을 거 하나도 없어. 열심히 키워놔봐야 반항이나 하고 구닥다리라고 흉이나 보고 그래. 딸년들이라는 게 뭐 별거 있는 줄 아니."

"몰라. 그런 거."

나는 길게 대답을 할 수가 없었다. 신호를 기다리는 동안 내 마음속에는 조금만 흔들려도 갑자기 날아가버릴 것만 같은 작은 새 한 마리가 날아와 앉아 있었다. 내내 머리 위를 맴돌면서 은행잎 같은 것을 물어다 내 머리 위에 떨어뜨리며 약올리는 것처럼 굴던 그 새가 그 순간에는 나에게 내려와 앉아 있었다. 고개를 심하게 흔들거나, 혼란스러워하거나, 아니면 너무 기뻐

하거나 하면 금세 어디론가 날아가서 다시는 돌아오지 않을 것 처럼 살짝.

신호가 바뀌고 길을 건너는 동안 이미 머릿속이 텅 비어버린 듯했다. 버스에 올라 창 쪽 자리에 앉아 지나가는 사람들을 바라보았다. 바쁜 듯 여유로운 얼굴들. 토요일 오후가 분명했다. 몇 칸 앞자리에서는 회색 모자를 쓴 여자가 뒤를 보고 앉아 깔깔대며 수다를 떨었다. 고개를 완전히 젖혀서 웃는 모양이 조금은 가식적으로 보였다. 내 바로 앞자리에 탄 남자가 창문을 조금 열자 버스가 달릴 때마다 가을바람이 들어왔다. 네 살쯤 돼 보이는 여자아이가 내리는 문 앞에 있는 기둥을 두 손으로 꼭 붙들고 서 있었고, 아이 아빠가 위에서 가만히 내려다보고 있었다.

근사해 보이는 남자 하나가 버스에 오르면서 카드를 단말기에 댔다. 몇 번이나 단말기가 카드를 읽지 못하자 지갑에서 돈을 꺼내 요금통에 넣었다. 그 남자를 보면서 엄마에게 말했다.

"저런 근사한 남자도 애 딸린 여자한테 관심 있을까?"

엄마가 내 다리를 아플 정도로 세게 탁 쳤다. 엄마 얼굴은 안 보려고 했는데, 깜짝 놀라 무심코 고개를 돌렸다. 내가 뭘. 뭘 어쨌다고. 서글프고 미안하고 억울하고 또 반갑기도 하고, 복잡한 감정들이 한데 뒤섞였다.

"그럴 때는 말이야. 일단 저질러놓고 집에 데리고 와. 그다음은 엄마가 다 알아서 처리해줄게. 마음에 드는 놈으로 골라만와. 괜히 먼저 숙이고 들어가지 말고."

"뭘 저질러! 뭘 처리해준다는 거야!"

순간, 놀란 새가 날개를 들었다가 다시 편안하게 그 자리에 내려앉았다. 새의 무게가 순간적으로 가벼워졌다가 다시 무거워지는 스릴 때문에 그만 웃음이 새어나왔다. 그 근사한 남자가 내 쪽을 흘깃 쳐다보았다.

그리고 그때 사람들이 하나둘 창밖 하늘 쪽으로 고개를 돌렸다. 그러자 버스 안에 있던 거의 모든 사람들이 그쪽을 향해 고개를 돌렸다. 나도 무슨 영문인가 하고 창문 밖으로 고개를 내밀었다. 가을 하늘이 산산이 쪼개지고 있었다.

참고자료: 삼성 애니콜 SCH-X850 사용설명서

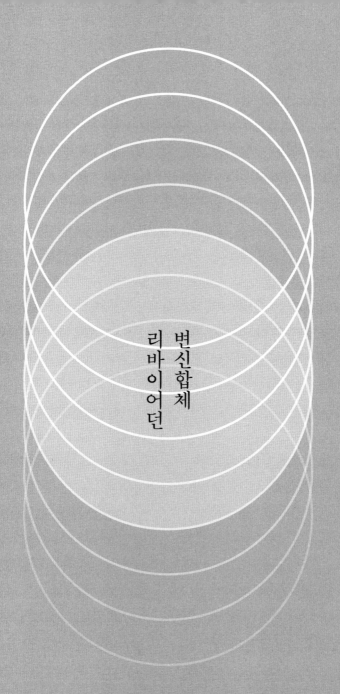

변신합체
리바이어던

(음성변조)

처음에는 그냥 호기심에서 시작한 일이었어요. 일이 이렇게까지 될 줄은 그 사람들도 몰랐을 거예요. 아시잖아요. 이쪽 엔지니어들이 예전부터 변신이나 합체 이런 거에 관심 많은 거. 왜 궤도연합군 소속 머신들이 변신을 하고 합체를 하기 시작했는지 묻는 사람들도 있는데, 솔직히 우리 같은 사람이 들으면 좀 어이없는 질문이거든요.

사실 그렇잖아요. 두 발로 걷는 로봇병기라는 거, 전술적으로나 기술적으로 아무 필요도 없는데 엔지니어들은 그거 못 만들어서 안달이었잖아요. 조종사들이요? 그쪽도 그래요. 똑같죠. 누가 먼저랄 것도 없어요. 엔지니어나 조종사나 그냥 원래부터 로봇은 두 발로 걸어야 된다고 생각하는 거지, 무슨 다른 이유가 있어서 두 발 달린 로봇만 좋아하는 건 아니거든요. 그걸 분석하고 연구하고 어쩌고 하는 사람들이 있는데, 현장에서는 그런 생각 안 해요. 그냥 좋으니까 좋은 거지.

그거랑 똑같은 것 같아요. 연합군 병기창 엔지니어들이 꼭 그렇게까지 변신 기능이 있는 머신을 출시하려고 애를 썼어야 했나 하는 건 현장에 있어본 사람이 아니면 함부로 말을 할 수 없는 문제 같아요.

잠깐만요. 그런데 이거 음성변조는 확실히 해주시는 거죠? 누가 알아보면 큰일 나는데. 허가 안 받고 이런 거 하는 줄 알면 위에서 난리가 나거든요.

아무튼, 변신하는 게 유행이던 시절이 지나고 나니까 병기창 엔지니어 쪽에서 합체 이야기가 슬슬 흘러 나왔거든요. 그런데 그게 바로 유행은 안 됐죠. 왜냐하면 그전에도 그런 소문이 퍼진 적이 몇 번 있었거든요. 그 사람들 입장에서도 합체하는 건 쉬운 게 아니라고 하더라고요.

왜냐고요? 그게, 맨날 똑같아요. 문제는 달라도 답은 똑같은 게, 신경공학이 따라주느냐 아니냐가 관건이거든요. 변신기술 유행할 때도 사람 모양 기체에 대응하게 돼 있는 신경조직을 변신한 다음 형태에 대응하게 재배열하는 게 제일 힘든 부분인데, 합체는 그것보다 더 어렵죠. 완전히 분리돼 있던 신경계인데 그걸 하나로 연결한다고 생각해보세요. 그건 거의 사랑이거든요. 하하하하하(깔깔거리는 웃음).

그래서 그게, 솔직히 쉬운 문제는 아니었는데, 그래도 이때부터 뭔가 쓸 만한 애들이 나오기는 했어요. 제일 유명한 게 JX라는 기계였는데, 이때부터 합체가 됐어요. J-알파랑 J-베타가 합체해서 한 개가 되는 식이었는데, 솔직히 그 두 개를 따로 놓고 보면 완전 웃겼거든요. 알파는 허리 위만 있고 베타는 허리 아래만 있었으니까요. 합체시키면 다른 것보다 딱 두 배쯤 큰 로봇이었는데 그 두 개를 따로 출격시켜놓으면 완전 바보였죠.

관제사들은 완전 어이가 없어서 막, 그건 때려죽여도 합체로봇이 아니라 분리로봇이라고 그랬거든요. 근데 엔지니어들은 또 지들 자존심 때문에, 지구가 두 쪽이 나도 그건 합체로봇이라고 우기는 거예요. 하지만 솔직히 관제사들 말이 맞잖아요. 그게 무슨 합체로봇이에요. 그냥 반으로 잘라도 안 죽는 로봇이지.

근데 더 웃기는 게 뭔지 아세요? 궤도연합군 사령부에서 그 어이없는 기체를 차세대 주력 기종으로 개발하는 계획을 승인했다는 거였어요. 저는 완전 사령관이 미친 줄 알았어요. 그때만 해도 우리 같은 후방기지에서는 바르다비르디 종족이나 마무나마루니 같은 대형 외계종족이 출현했다는 사실을 아는 사람이 아무도 없었거든요.

나중에 안 이야기지만, 전방 쪽에서 그런 큰 놈들이 출현하는 바람에 궤도연합군 쪽에서도 기체를 크게 만들 필요가 있었다고 하더라고요. 그래서 합체로봇 개발계획을 승인한 거죠. 아예 처음부터 큰 로봇을 만들지, 작은 걸 만들어서 굳이 합체를 시켜야 할 이유가 뭐냐고 묻는 사람도 있었는데, 그건 좀 아니었어요. 외계 지형이라는 게 워낙 방대하다 보니까 작은 기체가 필요할 때도 있고 큰 게 필요할 때도 있는데 작은 거랑 큰 걸 필요한 숫자만큼 다 만들어두려면 돈이 두 배로 들잖아요. 작아지기도 하고 커지기도 하는 걸 만들어두는 게 좀더 수지가 맞겠죠.

그래서 나온 게 JV였는데, 솔직히 한심하기는 마찬가지였어요. 어느 날 우리 중대장이 저한테 진지한 얼굴로 이걸 타라 그러는데, 아, 진짜 난감하더라고요. 저는 하반신 쪽을 조종했는데요, 생각해보세요. 하반신밖에 없는 로봇에 조종석이라는 게 들어갈 데라고는 딱 한군데밖에 없잖아요. 네, 딱 방광쯤이요. 그게 얼마나 싫던지. 갓 스물밖에 안 된 조종사가 남의 방광에 앉아 있고 싶었겠어요? 상반신에 태워달라고 했는데, 잘 안 됐어요. 그때 그 상반신 언니가 우리 중대장이 꽤 애지중지하던 사람이었거든요.

그래도 그 JV라는 물건이, 좀 답답해 보이기는 해도 실전에 들어가니까 웬만큼 무기 구실은 하더라고요. 사소한 결함이 있기는 했는데. 음, 사실은 싸우다가 가끔 허리가 부러지곤 했거든요.(웃음) 그러면 또 금방 붙어서 싸우고 그랬어요. 처음에는 싸우다가 허리가 분리되면 진짜 큰일이 벌어질 줄 알았는데 꼭 그렇지도 않더라고요. 우리 조종사들이야 좀 당황하면 그만이었지만 저쪽 외계인들한테는 그게 얼마나 황당했겠어요. 황당한 쪽보다는 당황한 쪽이 그래도 좀 나은지 전투 결과는 꽤 좋은 편이었어요. 현장 일이라는 게 필요한 만큼 다 갖추고 싸우는 게 아니니까 일단 결과가 좋으면 아무도 뭐라고 못 하는 분위기였거든요.

완전히 인간 형태를 갖춘 로봇 두 대가 합체해서 다시 인간 형태를 갖춘 대형 로봇 한 대로 변신하는 식의 기체는 한참 뒤에나 나왔어요. 그때는 몰랐는데 나중에 보니까 참 곤란했던 게, 이때부터 합체한 로봇은 조종석도 한군데로 모이게 됐거든요. 남들은 그게 뭐 어떠냐고 막 그러는데, 그거 때문에 조종사들이랑 변신합체 디자이너들이 참 많이도 싸웠어요.

쉽게 말해서 조종사들은, 합체한 뒤에도 각방을 달라는 거였거든요. 근데 디자이너들한테는 씨알도 안 먹혔죠. 그 사람들 입장에서는 비는 공간을 최대한 줄여야 변신 메커니즘을 디자인하기가 쉬워지잖아요. 어쩌겠어요. 명색이 군인인데 사령부에서 시키는 대로 해야죠. 그래서 다들 뜻하지 않게 룸메이트가 생겨버린 거예요.

솔직히 그 전술 자체는 효과가 있었어요. 분리해서 따로 작전을 수행하기도 하고 합체해서 화력을 집중적으로 활용할 수도 있어서 대형 외계인들도 쉽게 제압할 수 있었으니까. 매뉴얼대로만 하면 대충은 이길 수 있는 분위기인 데다가, 경력이 쌓일수록 임기응변 능력까지 다들 웬만한 수준 이상으로 향상되면서 전쟁 자체는 그다지 어려운 일이 아닌 게 됐어요.

게다가 그 사랑이라는 게요. 완전히 독립된 기체들의 신경계를 하나로 연결할 때 생기는 묘한 상승작용 때문에 기체 성능이 세 배 이상으로 향상되는 효과가 있었거든요. 직접 기체를 조종하는 조종사들은 그걸 사랑이라고 안 부르면 도대체 뭐라고 부르냐고들 했는데, 엔지니어들은 그렇게 안 불렀어요. '나치오 시너지(Natio Synergy)'라고, 그게 걔들이 붙인 이름이었는데, 조종사들은 그 뒤에도 쭉 그냥 사랑이라고 불렀어요. 어차피 엔지니어들도 그런 현상이 정확히 왜 생기는지 잘 이해를 못 했거든요. 그냥 1 더하기 1이 2보다 커진다는 뜻으로 시너지라고 부른 거죠.

그런데 전쟁이 쉬워지다 보니 슬슬 다른 문제가 생겨나는 거예요. 룸메이트 문제요.

기혼이세요? 그럼 아시겠네요. 다른 사람이랑 한 방 쓴다는 게, 진짜 사랑해서 결혼한 부부끼리도 엄청나게 신경쓰이는 일이잖아요. 그냥 보기에는 좋은 사람 같다가도 같은 방에서 살아보면 또다른 모습을 보게 되고 그런 건데. 그러니 조종사들이 얼마나 스트레스를 받았겠어요. 생각지도 않던 룸메이트가 생기다니.

지금이야 이렇게 웃으면서 말하지만 그때는 진짜 말도 아니었어요. 잘 지내는 사람들도 있었는데, 잘 안 맞는 사람끼리는 평생 원수로 남은 경우도 있었어요. 그러면 어떻게 되는지 아세요? 로봇을 합체시켜놔도, 왼쪽 반이랑 오른쪽 반이 다 따로 노는 거 있죠.

저요? 저라고 왜 안 그랬겠어요? 이게 또 참 난처한 게, 한번 정해진 룸메이트가 일 년이고 이 년이고 그대로 가는 것도 아니었거든요. 작전 상황에 따라서 어떤 파트너하고 합체해야 될지 알 수 없으니까, 참 별의별 사람을 다 만났죠. 어땠냐면, 작전 중에 담배 피우는 인간들도 있었는데요, 그런 기체랑 합치는 날에는 진짜 괴로웠죠. 조종석에 냄새가 잔뜩 배서 빠져나가지를 않는 거예요. 임무 마치고 기지로 돌아가면 머리카락에 냄새가 막 배서 사람들이 제가 담배 피운 걸로 오해하는 것 같은 느낌 있죠. 그렇다고 저쪽에서는 묻지도 않는데 제가 먼저 나서서 저 담배 안 피웠어요, 그럴 수는 없잖아요. 특히 남자 조종사들이랑 같이 임무를 해야 될 때는 곤란한 경우가 많았어요.

그래서인지 두 대씩 합체하는 방식은 사령부에서도 별로 안 좋아했어요. 얼마 안 가서 세 대씩 합체하는 방식으로 바뀠는데, 그러면 또 둘이서 하나를 왕따시키는 문제가 생기더라고요. 꼭 그래요. 사람들이 막, 본성이 꾸질꾸질해서 그런가, 셋을 갖다놓으면 꼭 하나가 바보가 돼요. 넷을 같이 몰아넣으면 둘씩 편 갈라서 싸우고. 그래서 결국 다섯 대가 합체하는 방식이 표준이 된 거예요.

나치오 시너지라는 게, 분명히 두 대가 합체한 것보다 세 대가 합체했을 때 더 효과가 크고 숫자가 많아질수록 더 나아졌으니까 사령부에서는 아마 일곱 대쯤 합체시키고 싶었을 텐데, 그러면 조종이 복잡해지거든요. 그렇다고 처음부터 큰 거 한 대를 만들 수도 없었던 게, 그래가지고는 나치오 시너지를 얻을 수 없었으니까요. 무조건 처음에는 독립돼 있던 신경체계들을 합치는 방식으로 가야 됐어요. 개체를 희생시키면 안 된다는 거였는데. 그래서 그냥 다섯 대 선에서 타협을 한 거죠.

하지만 일곱 명이 로봇 한 대를 조종할 수 있다는 생각을 하게 되다니, 책임 순위가 정해져 있다고는 해도 그게 참 쉬운 일이 아니잖아요. 조종은 한 명이 하고 나머지가 한 마디씩 거들기만 해도 그 로봇은 결국 자폭해버릴지도 몰라요. 그럼요. 저만 그런 게 아니라 다른 조종사들도 다 그렇게 생각했어요. 전장이라는 데가 좀 그랬어요. 사령부에서 생각하는 거랑은 전혀 다르죠.

그러니까 그때까지만 해도 그냥 호기심이었어요. 그냥 이 렇게도 해볼 수 있겠구나 하는 정도. 일이 이렇게 커질 줄은 아무도 몰랐겠죠. 엔지니어들도 모르고 사령부에서도 몰랐을 거예요.

조종사들이요? 당연히 모르죠. 엔지니어가 모르는 걸 조종사가 어떻게 알겠어요.(깔깔대는 웃음)

근데 진짜진짜 웃기는 게 뭔지 아세요? 처음 합체로봇이 나온 지 오 년도 안 돼서 진짜로 그게 등장한 거였어요. 로봇 일곱 대가 합체해서 만들어진 거대 로봇이요. 하긴 뭐, 선택의 여지가 없었어요. 상대가 먼저 싸움을 걸었으니까요.

기간토기구타라는 외계종족이었는데, 그때까지 전장에 출현한 적들 중에서 제일 큰 놈들이었어요. 숫자가 많지는 않았는데, 제압하기가 영 까다로웠죠. 다섯 대 합체하는 것 가지고는약간 버거울 정도로요. 그해 가을부터 그놈들이 전장에 쫙 퍼졌어요. 잘못하면 전선 전체가 뒤로 밀릴 판이었거든요. 그러니 선택의 여지가 별로 없었죠. 죽이 되든 밥이 되든 일단 합치고 볼 수밖에.

그 일곱 대짜리 로봇이, 이름도 '레인보 매드'라고, 아주 사람을 미치게 만드는 물건이었거든요. 합체하기 전에 합체에 적합한 부위로 변신을 해야 하는데 그때 기계장치 일부가 조종석 안쪽으로 쓱 밀고 들어오는 게 아주 기분이 나빴어요. 조종석 배치도 그래요, 주로 조종하는 애가 약간 앞에 앉고 나머지 여섯 명은 뒤쪽에 앉게 돼 있었는데 그러면 뒤에서 조종하는 애가 어떻게 하고 있는지가 다 보이는 거 있죠. 그래서 결국은 조종을 막내가 맡게 되는 시스템이었어요. 나머지는 그냥 뒤에서 잔소리나 하는 거죠.

그런 식이다 보니까 그나마 잘 돌아간다는 팀에서도 다 문제가 있었어요. 조종사가 일곱이나 되다 보니 최소한 두 명은 남게 되잖아요. 그런데 얘들이 막, 전투가 한창인데도 딴 데 정신이 팔려서 놀고 있는 경우가 있어요. 근데 이게 도저히 어떻게 해볼 수가 없는 거예요. 솔직히 상황이 아무리 급해도 조종사가 일곱 명까지 필요한 경우는 없었으니까요. 팔다리에 몸통까지 한 명씩 맡아서 조종해도 다섯이면 충분하잖아요. 그럴 일도 없었지만요.

그렇다고 남는 조종사들을 잘라버릴 수도 없는 게, 그래 봬도 우리 로봇들이 아주 섬세한 신경공학 장치로 조종하게 돼 있어서요. 적어도 분리되어 있을 때는 한 대에 하나씩 사람이 꼭 필요했거든요. 그래서 나중에는 사령부에서 차라리 뜨개질이나 하라고 실이랑 바늘까지 주고, 그걸 또 일부러 유행시키고 그랬어요. 저도 목도리 몇 개를 떴는데, 뭐 아무튼.

저기요, 근데 미안하지만 이런 개인신상은 좀 삭제해주셨으면 좋겠네요. 음성변조도 꼭 해주셔야 되고요. 성문분석(聲紋分析) 안 되게 해주셔야 되는 거 아시죠? 네, 감사합니다. 네.

아무튼 그러고는 곧바로 군비경쟁 같은 게 시작됐어요. 외계인들도 그냥 당하고만 있지는 않았거든요. 민간인들한테는 공개된 적 없는 정보지만, 솔직히 처음에는 우리가 좀 밀렸어요. 나라모노라미급 초대형 종족들이 나왔거든요. 그 나라모노라미급이라는 이름 자체가 나라모노라미라는 종족에서 나온 건데, 정말 어마어마했어요. 위험했죠. 진짜 아무 예상도 못 하고 있다가 레인보 매드보다 한 열 배는 큰 놈들이 전장에 나타나니까, 어떻게 해볼 수가 있어야죠. 전선이 뒤로 쭉 밀렸는데 그걸 보고 궤도연합군 사령부에서도 바짝 긴장을 한 것 같았어요.

그러고도 한 일 년 동안 계속 전선이 뒤로 밀렸는데요, 그때 연합군 병기창에서 급조해낸 로봇 중에 제일 쓸 만했던 게 바로 그 유명한 100기 합체로봇, '묘비'였어요. 원래 실전에 배치할 생각으로 만든 건 아니고, 말하자면 합체기술 발달사 기념비 같은 거였어요. 100대 합체기종 개발기념으로 출시된 로봇이었거든요. 당연히 공식명칭이 묘비는 아니었죠. 한때 조종사들 사이에서 그 이름 외우는 게 유행이었는데요, 뭐 이런 거였어요.

슈퍼 울트라 다이나믹 하이퍼 파워, 네오 그레이트 코스모마하 제트, 프라임 바이오-티타늄 일렉트로-나노-뉴로 플래티늄, 알케인 소닉 메타피지컬 드라이브, 자이언트 아쿠아 가디언 다이노 메카닉 블레이드, 제로비트 그래비티 트랜스스피릿 나치오 시너지 부스팅 엔진 V!

여기서 포인트는 마지막에 나오는 V를 약간 경박하다 싶을 정도로 강조해주는 거예요. 브이! 네? 네, 맞아요. 운율이 있어요. 띄어 읽기를 잘해야 돼요. 다 의미가 있으니까요. 그냥 막 지은 이름이 아니라, 로봇 변신합체기술 개발사(開發史)에서 중요한 위치를 차지했던 이름들을 쭉 나열한 거거든요.

그런데 솔직히 그게, 우리 눈에는 아무리 봐도 기념비가 아니라 묘비처럼 보였어요. 엔지니어들이 날려먹은 기술 아니면 기계 이름들을 쭉 적어놓은 묘비요. 아마 그 사람들도 대놓고 말은 못 했어도 속으로는 그렇게 생각하고 있었을지도 몰라요.

100기나 합체를 했으니 둔하지 않았냐고요? 네, 좀 그렇긴 했어요. 그런데 상대도 마찬가지였거든요. 공격 한 번 한 번이 재앙 수준이기는 했지만 다행히 움직임이 그렇게 빠르지는 않아서 잘만 대응하면 날아오는 공격을 피할 수도 있었어요.

하지만 더 결정적인 게 뭐였는지 아세요? 나치오 시너지였어요. 기계들끼리 느끼는 사랑 말이에요. 불륜인가? 아무튼 엔지니어들이 그걸 뭐라고 설명하는지 모르겠지만 솔직히 그 사람들은 감도 못 잡을걸요. 그 현상에 관해서는 현장에 있는 조종사들이 더 잘 알았을 거예요.

  아흔네 대쯤일 거예요. 합체하는 로봇들의 숫자가 그 정도
에 도달하면 나치오 시너지가 원래 로봇들이 갖고 있던 출력을
합한 것의 백이십 배 정도가 되거든요. 그 선을 경계로 해서 나
치오 시너지의 크기가 확 뛰기 시작하는 거예요. 그래프로 그
려보면 딱 아는데 그 지점에서 백이십 배였던 나치오 시너지가
갑자기 육백 배 정도로 가파른 상승곡선을 그려요.

  조종사들은 그 순간 기체가 느끼는 전율을 몸으로 직접 느낄
수 있거든요. 아, 뭐랄까. 온몸이 뜨거워지는 느낌? 정신이 아
득해지는 느낌? 아니, 그런 거라기보다는, 새로운 세계가 밀려
들어오는 느낌 같았어요. 기체 하나하나에 들어 있는 신경계들
이 낯선 신경계들을 만나서 하나의 새로운 신경계를 만드는 일
자체만 해도 진짜 기계들의 마음에 어마어마한 충격을 안기는
일이거든요. 그런데 이건, 다른 존재를 받아들이는 정도가 아
니라 세계 하나가 통째로 존재 안에 각인되는 것 같은 느낌이
랄까. 역시 불륜인가?

  지극히 주관적인 경험이라고요? 아, 엔지니어들이 그렇게 말
하죠? 맞아요. 그 말대로예요. 사실 조종사가 그걸 직접 느끼
지는 못하죠. 기계들이 진짜로 그렇게 느끼는지 아닌지 확인할
방법은 없어요. 하지만 그걸 꼭 센서로 확인해야 확인이 되는

건가요? 그냥 아는 거잖아요. 표현할 수는 없지만 상대가 뭘 느끼는지 정확히 알 수 있을 것 같은 느낌 말이에요.

네, 그러니까, 제 말이, 그게 사랑이잖아요. 네? 아니, 그렇다고 제가 무슨 불륜 같은 걸 해봤다는 건 아니고요.

아무튼 그 사람들은 그걸 잘 이해를 못 하더라고요. 남이 하면 불륜이고 자기가 하면 사랑이라 그러잖아요. 기계들이 새로운 세계를 받아들이면서 갇혀 있던 존재의 봉인을 풀고 새로운 존재로 각성하는 순간이라는 게 있는데, 그걸 순수하게 받아들이려고 하지를 않았어요.

개체면서 개체가 아니고 집단이면서도 개별적인 자아를 희생하지 않는 독특한 집단무의식 상태에서, 하나로 합체된 로봇들의 신경계가 개발자들조차 전혀 예상하지 못한 특이한 방식으로 하나의 의식으로 재조합되는 거죠. 네, 물론 아까 말한 것처럼 증명은 할 수 없어요. 하지만 다르게 설명할 수 있는 사람도 없잖아요. 그냥 현장에서 조종사들이 느끼는 느낌은 딱 그런 거라는 걸 말씀드리려고 한 이야기예요.

그러면 어떤 일이 일어나는지 아세요? 자동반응이라는 현상이 나타나요. 합체되고 나면 그 하나하나의 개체들은요, 새로 만들어진 자기네 집단자아를 정말 끔—찍하게 사랑하거든요. 그래서 그 집단자아가 손상을 입는 걸 참지를 못해요. 합체한 로봇을 누가 아주 살짝만 건드려도 확 달려들어서 무시무시한 공격을 퍼붓는 거죠. 정말 얼마나 무시무시한지, 순식간에 상대를 피투성이로 만들어버린다니까요. 짐승 같았어요, 짐승.

나치오 시너지라는 말도 사실은 거기에서 나온 말이었어요. 나치오라는 건 나라(nation)를 가리키는 옛날 말에서 따온 거거든요. 같은 말을 쓰는 민족으로 이루어진 나라 말이에요. 물론 나라라는 게 여러 가지 속성이 있었겠지만, 나치오는 딱 그 부분만 가리키는 거였어요. 나라라는 이름의 집단자아 같은 거 말이에요. 너무나 사랑스러워서 누군가가 아주 조금만 상처를 입혀도 도저히 참을 수 없는, 거의 절대선에 가까운 집단자아 같은 거 있잖아요. 자동반응이라는 건 딱 그런 식의 절대자아가 스스로 기체를 보호하는 현상이거든요.

그래서 그게 전세(戰勢)에 도움이 됐냐고요? 도움 정도가 아니라 아주 완전히 뒤집어졌죠. 뭐 어쩌겠어요. 괴물이라고 생각했던 외계 침략자들보다 훨씬 더 무서운 괴물이 우리 편이었는데.

하지만, 그 성스러운 순간에 조종석에 앉아 있던 조종사들이 다 경건한 마음으로 있었던 건 아니에요. 솔직히 거기 분위기는 시장통에 가까웠죠. 크기가 아무리 커도 로봇 한 대 조종하는 데 조종사가 백 명까지 필요하겠어요. 그래서 노는 조종사들 숫자가 어마어마했거든요.

그래도 그때까지는 조종실에서 장사하는 사람은 없었어요. 근데 군비경쟁에서 우리가 완전히 우위를 점하면서 외계인들한테 빼앗긴 전선을 거의 다 되찾을 때쯤 되니까 아예 장사하러 오는 사람들이 생겨난 거 있죠. 술도 팔고 오징어도 팔고.

그래도 되냐고요? 그러면 안 되는데 그 무렵에 연합군 사령부가 기술개발에 꽤 신경을 써서, 합체한 로봇 크기가 장난이 아니었거든요. 벌써 900대씩 합체하는 형태가 나왔으니까요. 외계인들도 그만큼 더 크고 무시무시한 놈들을 내보냈기 때문에 그때 궤도연합군 병기창에서 그 속도로 기술개발을 해내지 못했으면 아마 지금쯤은 지구 언저리까지 전선이 밀렸을지도 몰라요. 그러니까 그 사람들 입장에서는 할 일을 다 한 건데요. 조종실 사정은 완전 별로였어요. 1만 대 합체 기념호가 나왔을 때쯤에는 조종실에서 아예 떡볶이도 팔고 라면도 팔았다니까요.

싫어할 것 같죠? 근데 라면 냄새 같은 게 조종실에 한번 퍼지면 결국 백 명 중에 팔십 명이 다 컵라면을 먹고 있다니까요.

아무튼 그런 상황이 쭉 이어졌어요. 결국 그게 나올 때까지요. 궁극의 기체라던 리바이어던(Leviathan) 말이에요. 무려 52만 대짜리 합체로봇이었는데, 사령부도 그 이상은 기술개발을 할 생각이 없었다고 그러더라고요. 그때쯤에는 우리가 군비경쟁에서 완전히 이겼거든요.

외계인들도 더 이상은 예전보다 큰 놈들을 보내려고 애쓰지 않았어요. 아직 평화가 오지는 않았지만 우리 로봇들의 그 어마어마한 나치오 시너지 때문에 전쟁은 다시 매뉴얼대로만 하면 그럭저럭 이길 수 있는 쉬운 일이 됐어요. 그 상태대로라면 리바이어던 같은 건 필요도 없었죠. 하지만 아직 전쟁이 완전히 끝나지 않았다는 사실 정도는 우리도 충분히 알고 있었어요. 외계인 침략자들이랑 교전을 해보면 얘들이 퇴각은 하고 있어도 아직 전의를 상실하지는 않았구나 하는 생각이 들었거든요. 뭔가 믿는 구석이 있었던 거죠. 그래서 사령부에서도 리바이어던까지는 실전에 배치해야겠다고 판단한 것 같아요.

그러던 어느 날이었어요. 그날이요. 드디어 저쪽에서도 리바이어던을 맞상대할 궁극의 괴물을 전선으로 끄집어낸 날이었죠. 그쪽에서도 그렇게 어마어마한 건 많이 갖고 있을 수가 없었는지, 전선에 나온 건 딱 그거 한 마리밖에 없었어요. 한 마리? 그걸 뭐라고 세야 되죠? 한 개? 한 명?

아무튼 연합군은 전 병력을 이끌고 그게 출현한 곳으로 날아갔어요. 그러고는 먼저 도착한 기체들부터 합체를 시작했는데, 다 합체하는 데만 거의 여섯 시간이 걸렸어요. 그냥 딱 보기에는 지루해 보였을지도 모르겠지만 합체하는 동안 나치오 시너지 효과가 상승하는 걸 보면 그런 말이 안 나왔어요. 거의 사천칠백만 배까지 올라갔거든요.

하긴 합체하는 동안 궤도연합군 군악대가 무슨 리바이어던 주제가라나 뭐라나 그런 걸 틀어댔는데, 그거 한 여섯 시간 듣고 있자니 머리가 텅 비는 거예요.

아무튼 그 지점이 바로 나치오 시너지 상승곡선이 다시 한번 다음 단계로 가파른 상승곡선을 그리는 데였어요. 그다음 단계부터는 아예 이름부터가 달랐죠. 울트라 나치오(Ultra-Natio)라고, 나치오 시너지의 자동반응 체계하고는 또다른, 그보다 훨씬 더 지독한 각성상태였죠.

어떤 식이냐면, 이건 누가 건들면 폭발하는 식이 아니라, 먼저 상대를 공격해서 없애버리는 식이었어요. 엔지니어들은 그걸 예방공격이라고 그러던데, 위협이 될 만한 소지가 있으면 문제가 생기기 전에 먼저 위협요소를 제거해버린다는 개념이었거든요.

이게 진짜 파괴력이 엄청나서, 연합군 사령부도 아무 때나 울트라 나치오가 발현되지 않도록 기체 내에 제어장치를 심어놓을 정도였어요. 무슨 일을 저지를지 모르니까요. 그리고 그 제어장치를 해제하는 절차가 보통 까다로운 게 아니었어요. 그래도 사령부는 울트라 나치오 자체를 영원히 봉인할 생각은 아니었어요. 그것도 결국은 실전에서 써먹으려고 만든 거였으니까요.

어떤 면에서 리바이어던은 그래도 솔직했던 게, 조종사 52만 몇천 명 중에서 조종에 관여하는 사람은 공식적으로 299명밖에 없었어요. 쓸모없는 조종사가 생길 수밖에 없다는 걸 인정한 거죠. 물론 실제로 조종에 관여하는 사람 숫자야 그것보다도 훨씬 더 적었지만, 울트라 나치오 봉인 해제에 관한 결정권을 위임받은 사람까지를 실질적인 조종사로 간주하면 그 숫자가 딱 299였어요.

아시는지 모르겠지만 루소주의라고 해서, '기체는 합체할 수 있어도 조종사의 조종권은 대표될 수 없다'는 원칙이 있기는 한데요, 사실 299명도 적은 숫자는 아니었으니까 권한을 위임했다고 해서 기분이 나쁘거나 하지는 않았어요.

네? 아, 나머지는 뭘 했냐고요? 뭐, 그냥 놀았어요. 어차피 할 일도 별로 없었거든요. 뜨개질하는 애들도 있고, 구석에 모여서 술 마시는 애들도 있었죠. 가끔 메인 모니터를 들여다보면서 일이 어떻게 돼가고 있나 살펴보기도 했지만 별로 관심은 없었어요. 누가 이길지를 놓고 돈 거는 애들 아니면 그쪽은 별로 쳐다보지도 않았어요. 어차피 권한도 없었으니까요. 기체이름이 리바이어던인지라, 조종실 한쪽에 세련된 필체로 '만인의 만인에 대한 투쟁(Bellum omnium contra omnes)'이라는 글자가 새겨져 있었는데, 막상 그 아래 펼쳐진 광경이 그렇게 험악하지는 않았어요.

웃긴 게, 사람이 52만 명이나 되니까 별별 모임이 다 생기거든요. 어차피 할 일도 없고 하니까 웃기는 사조직 같은 걸 막 만드는 거죠. 독서모임이나 오케스트라 같은 고상한 모임도 있었지만, 대개는 동창회나 무슨 팬클럽 같은 시시한 것들이었어요. 그때 또 한창 유행했던 모임이 부위별 모임이라는 거였거든요. 모임 이름이 막, 삼겹살, 등심, 안창살, 갈비, 이런데, 합체할 때 자기 로봇이 어느 부위로 들어갔는지에 따라서 모임을 만든 거예요. 조종실에 고기 반입하려다가 실패한 일도 있었는데, 그 부위별 모임들이 세가 대단했어요.

아무튼 그러고 놀았어요. 조종사 생활이 지구에서 생각하는 것만큼 그렇게 다 멋있는 건 아니었어요. 우리는 그냥 합체할 장소까지 각자 자기 기체를 데리고 갔다가 작전이 끝나면 다시 분리해서 본부까지 무사히 가져오는 것만으로도 우리 몫은 다 하고 있다고 생각했거든요. 나머지는 나치오 시너지가 알아서 하는 거니까요.

그런데 그날은 좀 달랐어요. 저도 딴짓하다가 잠깐 메인 모니터를 흘끗 들여다봤는데, 뭔가 이상한 생각이 드는 거예요. 그날 우리는 분명히 외계침략군의 마지막 개체와 싸우기 위해 거기에 모인 거였거든요. 마왕이라고 부르는 사람도 있었고 그냥 우주괴물이라고 부르는 사람도 있었는데, 아무튼 우리는 그런 걸 상대하려고 날아간 거였어요. 그런데 화면에 비친 적의 모습을 보는 순간 이상한 생각이 드는 거예요. 아니, 저게 무슨 악마야? 하고 말이에요.

그건, 그 사람은, 그분은, 뭐라고 불러야 되는지는 잘 모르겠지만, 아무튼 그건요, 생각했던 것과는 완전히 다른 모습이었어요. 마왕이라니, 말도 안 됐어요. 괴물은 더더욱 아니었고요. 제가 여기서 이런 말 한 게 새나가면 진짜 곤란해지겠지만, 그건요, 아름다웠어요. 솔직히 악마가 아니라 천사에 가까웠거든요.

아, 물론 크기만 보면 천사라고 하기에는 좀 무리가 있었겠죠. 리바이어던보다 조금 더 큰 정도였으니까요.

분명히 사람처럼 두 발로 서 있었고, 사람처럼 생긴 모양이었어요. 팔다리가 있고, 머리도 제자리에 딱 붙어 있었고요. 남자인지 여자인지 구별할 수는 없었지만, 아무튼 그걸 구별해보려고 했다는 것 자체가 그게 얼마나 사람에 가까웠는지를 알려주는 증거잖아요.

신이 있다면 꼭 그런 모습일 것 같았어요. 그런 생각이 드니까 좀 혼란스럽더라고요. 그렇잖아요. 그건 도대체 정체가 뭔지, 이제껏 내가 싸워온 존재의 참모습이 내가 알고 있던 것과 전혀 다른 건 아닌지.

물론 제가 혼자 막 너무 심각하게 생각한 거였을 수도 있어요. 하지만 솔직히 잠깐 시간을 두고 생각해볼 문제는 됐을 거

예요. 그만큼 충격적으로 아름다운 외양이었거든요. 물론 다른
사람들도 다 그렇게 생각한 건 아니었어요. 여전히 마왕이라고
하는 사람도 있었고 막, 괴물이라고 하는 사람도 있었어요. 그
래도 적어도 제 눈에는 그랬어요.

뭐, 그러다가 갑자기 본모습을 드러냈을 수도 있어요. 우리
를 안심시키려고 전혀 위험해 보이지 않는 모습을 하고 있었을
지도 모르죠. 울트라 나치오 봉인해제 권한을 가진 299명 중에
서도 아마 절반 이상은 바로 그 일이 벌어지기를 기다리고 있
었을지도 모르겠어요. 어느 한순간 그 아름다운 존재가 자신의
추악한 본색을 드러내면서 리바이어던을 향해 사악한 이빨을
드러내기를 바라면서 말이에요.

왜냐고요? 글쎄요. 무서우니까?

위험해질지도 모르니까, 차라리 어서 빨리 그 일이 일어나서
울트라 나치오를 가동할 수 있게 됐으면 좋겠다고 생각했겠죠.

그런데 그런 일은 안 일어나더라고요. 좀더 놔뒀으면 결국
그런 꼴을 보게 됐을지도 모르지만, 적어도 제가 보고 있는 동
안에는 그렇지가 않았어요. 솔직히 그만큼 오래 기다려주지도
않았거든요.

그 사람들은, 네? 네, 그 대표 조종사 299명이요. 그 사람들
은 별로 기다려주지도 않고 곧바로 전투를 강행했어요. 사실

그 사람들 일이 그거니까 무조건 잘못했다고 할 수도 없었죠. 거기는 전장이었고 그 사람들은 따로 선별된 조종사들이잖아요. 판단력보다 반사신경이 더 중요한 데가 바로 전장이었으니까 무작정 구경만 하고 있을 수는 없었을 거예요.

아까도 말했지만 그 사람들이 일일이 조종을 하는 건 아니었어요. 중요한 부분은 기체 신경망이 다 알아서 하니까요. 물론 나치오 시너지에서 나오는 자동반응 현상이랑 울트라 나치오에 딸린 예방공격 개념 때문이죠. 그 사람들이 하는 일은 나치오 시너지냐 울트라 나치오냐를 선택하는 것뿐이었어요.

솔직히 결론은 이미 다 나와 있는 거나 다름없었던 게, 어차피 리바이어던이라는 기계가 울트라 나치오를 쓰려고 만든 기계지 그걸 봉인하려고 만든 기계는 아니잖아요. 개발 이념 자체가 '모든 전쟁을 끝내기 위한 최후의 전쟁'인데 망설일 이유가 뭐였겠어요?

게다가 그 대표 조종사 299명의 성향을 보면 이미 결론은 뻔했어요. 170명 가까이가 궤도연합군 제3군사학교 출신이었거든요. 호전적인 것도 그렇지만, 거기는 위에서 시키면 다들 그대로 하니까 170명이든 1700명이든 의견은 딱 하나밖에 없었어요. 어떤 때 보면 아예 생각이라는 걸 안 하는지, 뇌가 딱 하나뿐인 게 아닐까 싶을 정도였어요. 그 사람들 하는 짓이 좀 웃겼거든요.

그중 제일 경력이 많은 한 명이 "울트라 나치오 봉인해제!"
하고 소리치면 나머지도 다 똑같이 "봉인해제!" 하고 외치면서
막, 동시에 봉인해제 버튼을 누르는 거예요. 걔들은 진짜 타이
밍도 똑같이 맞춰서 누르거든요. 이번에도 그렇게 될 건 안 봐
도 뻔했는데, 그런데요, 막상 울트라 나치오 봉인해제 절차가
시작되니까 조금만 더 기다려보자는 의견이 꽤 많았어요. 대표
조종사들이 모여 있는 쪽이 갑자기 웅성웅성하더라고요.

299명을 뺀 나머지 52만 명은 처음부터 임무에는 별 관심도
없고 다들 딴 일 하느라 바빠서 그쪽에서 무슨 소리가 난다고
해도 관심을 기울이거나 하는 일은 별로 없었는데, 그때는 그
래도 사람들이 관심을 좀 보이더라고요. 다들 뭔가 이상하기는
했던 거죠.

얼마 안 돼서 그 전쟁의 대미를 장식하는 마지막 전투가 벌
어졌는데요, 근데 그게요, 인간과 외계침략군 사이의 전투가
아니었어요. 대표 조종사들과 또다른 대표 조종사들끼리의 싸
움이었거든요. 정확히 무슨 일이 있었는지 내막은 잘 모르겠지
만, 궤도연합군 제3군사학교 출신들이 주조종석 주위를 둘러싸
더라고요. 잘은 몰라도 다른 대표 조종사들이 주조종석으로 못
가게 하려고 그러는 것 같았어요. 그러니까 반대편에서는 그
방어벽을 뚫으려고 애를 쓸 수밖에요. 그렇게 두 패로 편을 가
르고는 자기들끼리 소리를 막 지르면서 싸워대는데, 그래도 좀

있으니까 결국 예상대로 울트라 나치오 봉인해제 절차가 진행이 되더라고요.

봉인해제 절차가 총 다섯 단계거든요. 주조종석에 앉아 있던 조종사 한 명이 "파워 필드 전개!" 하고 소리를 치니까 주변에 있던 170명이 똑같이 "파워 필드 전개!" 하고 복창하면서 각자 자기 조종석에 달린 빨간색 버튼을 누르더라고요. 그렇게 하면 한 단계가 지나가는 거예요.

그다음도 마찬가지였어요.

"나치오 시너지 봉인!"

"나치오 시너지 봉인!"

"계통별 출력 총량 제한 해제!"

"계통별 출력 총량 제한 해제!"

"신경망 전환 승인!"

"신경망 전환 승인!"

그렇게 네 번째 단계까지 진행이 완료되고, 드디어 주조종석에 앉아 있던 조종사가 마지막 단계에 들어갔죠.

"울트라 나치오 봉인해제!"

그러니까 또 나머지 170명이 쩌렁쩌렁한 목소리로 "울트라 나치오 봉인해제!" 그러는데, 그 순간 조종실에 있던 52만 명 중에서 한 30만 명 정도가 동시에 그쪽으로 고개를 돌렸을 거예요. 거대한 파도가 밀려오는 듯한 장관이 펼쳐지는데, 바로 그 순간 리바이어던의 집단자아가 나치오 시너지 자동반응 모드에서 울트라 나치오 예방공격 모드로 바뀌는 게 느껴졌어요. 정말 엄청난 전율이 리바이어던의 신경망 곳곳을 훑고 지나가면서, 리바이어던을 구성하는 52만 개나 되는 개별자아들의 마음속에 완전히 새로운 우주를 주입해넣은 거죠.

전투 자체는 길게 이어지지 않았어요. 리바이어던은 단 삼 초 만에 상대를 향해 날아갔어요. 거대한 신을 닮은 우리 표적은 꼼짝도 하지 않고 리바이어던이 다가서는 것을 보고 있었죠. 방어동작을 전혀 취하지 않았다는 소리예요.

네, 이상했어요. 뭔가 잘못된 게 분명했어요. 방어할 의사가 없었다는 건 저쪽이 우리를 적으로 인식하지 않았다는 뜻이니까요. 하지만 이미 때는 늦었죠. 한번 봉인이 해제된 울트라 나치오는 쉽게 멈출 수 있는 게 아니었거든요.

리바이어던의 거대한 팔이 상대의 목을 향해 날아갔어요. 꽉 움켜쥔 주먹이 온통 눈부신 광채로 둘러싸여 있었어요. 엔지니어들도, 조종사들도, 사령부도 예상하지 못한 놀라운 신경반응이었죠. 리바이어던은 그 번쩍이는 팔을 들어 상대의 목을 가격했는데, 그 순간 리바이어던의 손을 감싸고 있던 빛이 사방으로 퍼져나가면서 폭발이 일어나듯 강렬한 섬광이 조종실 모니터 너머로 튀어나왔어요. 그리고 거의 0.2초 만에 다시 한번 리바이어던의 손이 위로 번쩍 올라가더니 상대의 머리를 강타하더라고요.

우리는 할 말을 잃고 말았어요. 빛이 사라지자 섬광에 가려져 있던 게 눈에 들어오더라고요. 뭐가 보였냐고요? 뭐였겠어요. 피였지. 새빨간 피가, 외계인 침략자들한테서는 한 번도 볼 수 없었던 가슴 저리도록 아름다운 붉은 피가 우리 시야를 가득 덮었어요.

네. 맞아요. 그건 정말 전혀 아름답지 않았어요. 아무리 아름다운 색깔을 하고 있었어도 그건 피였으니까요. 그만했으면 좋겠다는 생각이 들었어요. 아마 다른 사람들도 그랬을 거예요.

하지만 리바이어던한테는 마음의 눈이 없는지, 한참 동안이나 공격을 멈추지 않더라고요. 그게 뭐였든 벌써 한참 전에 죽었을 텐데 말이죠. 리바이어던은 신이라도 죽여버릴 듯한 기세로 상대의 시신을 무자비하게 난자했어요. 그 정도면, 실체도 없고 그저 관념에 불과한 신이라고 해도 목숨을 잃고 말았을 거예요. 관념까지 뜯어먹어버릴 듯한 무시무시한 기세였거든요.

그때 조종사들이 재빨리 정신을 차리고 리바이어던을 다시 52만 개의 개체로 분리하지 않았더라면 리바이어던은 아마 적의 시체를 분자 수준까지 분해하고 말았을 거예요.

리바이어던에서 떨어져 나오는데 제 로봇이 아직도 격한 감정에 온몸을 떨고 있는 게 느껴지더라고요. 그건 아마 분노였을 거예요. 저는 덜컥 겁이 났어요. 그리고 눈물이 났죠.

나치오 시너지의 본질은 분명 사랑이었는데, 어쩌다가 그 사랑이 저렇게까지 변했을까요. 처음부터 그렇게 이상했던 것도 아니었는데. 그건 그냥 우리도 다 아는 그런 평범한 사랑이었거든요. 특별하지도 않았어요. 사람도 아니면서, 두근거리고 불완전하고 때로는 불편하기도 하지만 그래도 따로 떨어져 있는 것보다는 같이 있는 게 훨씬 좋은, 그런 아주 인간적이고 흔해 빠진 사랑을 하고 있었으니까요. 그런데 그게 그렇게 돼버리다니.

네? 하긴. 맞아요. 그게 사랑의 본질이었는지도 모르죠. 사랑이란 건 늘 엇나가게 돼 있으니까요.

궤도연합군 사령부는 그날 있었던 일을 지구에 알리지 않았어요. 대신 종전을 선포하고 사람들의 열렬한 환호를 받았죠. 하지만 그런다고 그날의 진실이 가려질 리 있겠어요? 목격자가 무려 52만 명인데.

그리고 이건 진짜로 비밀인데요. 사실 저는 리바이어던이 때려잡은 존재의 정체가 뭔지 알아요. 그런 추측이 있었거든요. 아무래도 그게 그때까지 우리가 상대하고 있던 적은 아니었을 거라는 추측이요. 그중에 이런 설이 있었어요. 그 존재가 우리의 적들이 있던 세계에서 온 구원자였다는 설이었어요. 그곳에서 그 구원자는 우리보다 훨씬 오래전부터 그 적들과 싸우고 있었던 거죠. 그러다가 적들이 우리와 교전하고 있다는 사실을 알고는 우리를 도우려고 구원자를 보냈는데 그게 그만 어쩌고 저쩌고 했다는 이야긴데요.

들어본 적 있으세요? 네, 그러실 것 같았어요. 워낙 흔한 이야기니까.

그런데 진짜로 놀라운 게 뭔지 아세요? 제가 그 증거를 갖고 있다는 거예요. 자, 이거. 혈액 샘플에서 추출한 유전정보예요.

그럼요. 누구 피긴 누구 피겠어요? 리바이어던한테 살해당한 그 사람 피지. 말했잖아요. 그날 목격자가 52만 명이라고. 52만 대나 되는 로봇에 그 피가 골고루 튀었거든요. 그런 어마어마한 진실이 가려질 리 없죠.

그쪽에서 찾으시는 것도 결국 이런 거 아닌가요? 한번 조사해보세요. 모르긴 몰라도 궤도연합군 사령부가 요즘 새로 발견했다는 그 우호적인 외계종족 생체정보하고 비슷할 거예요. 크기는 무시하세요. 걔들도 어차피 우리랑 싸우던 종족들처럼 자기들끼리도 원래 크기 차이가 많이 날 수도 있으니까요.

네. 그날 우리는 우리 구세주를 패죽인 거예요. 울트라 나치오 봉인해제! 하면서 말이에요.

아무튼요, 그날 일은 정말 충격이었어요. 그래도 다행인 건,

리바이어던은 이미 분리됐고, 그런 괴물은 역사상 딱 한 번밖에 만들어진 적이 없고, 또 궤도연합군 사령부가 제정신이라면 다시는 그런 걸 만들 일도 없을 거라는 거예요. 끔찍하지 않아요? 그런 걸 다시 만나게 된다는 거.

뭐, 하여간 이야기는 이쯤에서 마무리하죠. 저도 이제 가봐야 되니까요. 아, 맞다. 아까 제일 처음에 물어보신 게 뭐였죠? 아, 그거였죠. 네.

음. 저보고 그런 걸 다시 탈 생각이 있느냐고 물으신다면, 글쎄요, 저는 절대 그럴 일은 없을 거라고 말씀드리겠어요. 그짓을 왜 또 하겠어요?

그리고요, 그런 건 이제 세상 어디에도 없어요. 리바이어던이라니. 이제는 전쟁도 끝났고, 외계인들도 사라졌고, 세상은 그저 평화롭기만 할 거예요. 그런 걱정은 안 하셔도 돼요. 됐죠?

그럼, 음성변조하는 거 잊지 마시고, 앞으로는 볼 일 없었으면 좋겠네요. 나가는 문 어딘지 아시죠? 그럼 안녕히 가세요. 저는 이만.

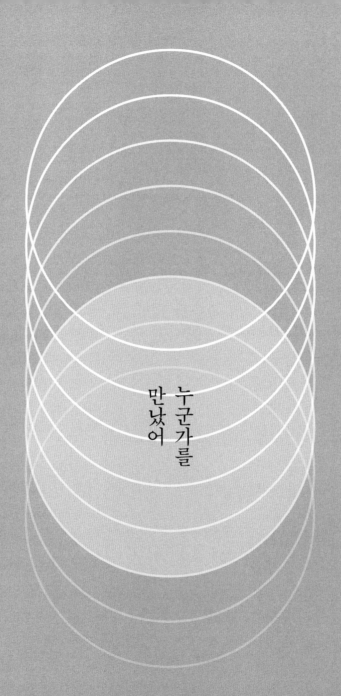

누군가를
만났어

별들의 평원으로 달아나다

심한 말을 남기고 돌아서기는 했지만 네가 다시 돌아와주리
라는 것을 믿어 의심치 않는다. 다만 네 입으로 직접 한 말이기
때문에 그 말이 너의 발목을 잡게 되지는 않을까 걱정스럽다.

이곳은 황량하기가 이루 말할 수 없지만, 네가 그렇게 가버
리고 나서는 서울도 그다지 유쾌하지가 않았다. 거의 사막에
가까운 곳에 와 있기는 하지만 적어도 여기에서는 밤에 잠을
청하며 누워 있는 일이 즐겁다. 이제껏 살아온 나날, 새로 밝아
오는 아침도 아무 감흥이 없고 먹는 것도 그냥 배를 채우는 행
위였을 뿐, 맛있는 음식에 입을 길들여본 적이 없었다는 것이
이곳에서는 자랑스러울 정도다. 그래도 여기에서는 하루 일을

다 끝내고 드러누워 있는 시간이 그렇게 상쾌할 수가 없다. 얼마 만인지 모르겠다. 스트레스가 없는 밤. 고요하고 지루한 밤.

사실 이곳 생활은 내가 전에 말한 것 같은 감금상태와는 거리가 멀다. 전화도 되고, 텔레비전도 보고 싶은 건 다 볼 수 있다. 이번 발굴작업은 그래도 연구비가 두둑한 편이어서 고용한 현지인도 많고, 위성 안테나도 지원이 된다. 아니, 그런 게 전부 다 없었다고 해도 차가 있으니까 마음만 먹으면 꽤 멀리 도망칠 수도 있다. 하지만 나는 도망갈 데가 없다. 내가 나 스스로를 부끄러워하기 시작한 이상 이제는 세상 어느 곳도 안식처가 되어주지 못할 것이다.

부끄럽다. 나를 스토커라고 단정지어버린 것은 너의 잘못이다. 나는 확신한다. 내가 너를 사랑했느냐고? 너를 소유하기 위해 집착을 보인 것뿐이지 않느냐고? 나는 너를 사랑하지 않는다. 세상 사람들이 말하는 사랑은 너를 대하는 내 태도를 표현하는 말로는 너무나도 부적절한 말이다. 그렇게 오랫동안 너에게 말해왔는데, 너에게는 그게 단지 멋있는 말로 사랑을 가장한 속삭임에 지나지 않는 것으로 들렸다는 사실이 그저 실망스럽다. 그것도 제대로 된 사랑이 아니라 어긋나고 모자란 사랑으로 너의 기억 속에 자리 잡게 될 줄을 미리 알았더라면 나는 그냥 멀리서 너를 바라만 보았을 것이다. 내 말에 착실하게 귀를 기울여주고 내 마음속에 있는 모든 말을 쏟아놓게 만든 네가 원망스럽다. 나를 다 이해하는 것처럼 고개를 끄덕여주고는 어느 날 갑자기 내가 너를 협박하고 있다고 소리치던 네가 원 망스럽다. 나는 그게 그저 부끄럽다.

그런 생각들이 가끔씩 마음속을 가득 채우곤 하지만, 다행 히 그런 사소한 생각들은 저 근사한 밤하늘까지 닿지 못한다. 저 밤하늘을 채울 수 있는 것은 그런 인간의 마음이 아니라 무 수히 많은 저 별들뿐이다. 어쩌면 저렇게 많이도 생겨났을까. 언제부터 저렇게 많았을까. 이렇게 누워 있으면, 별이 저렇게 많이 박혀 있는 어느 평원에다 아예 '별들의 평원'이라는 이름 을 붙여버린 유목민들이 떠오른다. 별들이 채울 수 있는 것은 땅이 아니라 하늘, 그것도 밤하늘뿐, 아니 그것도 사실은 우주 를 부르는 다른 이름에 불과한 것인데, 옛날 사람들은 어쩌다 가 저 광대한 우주를 한낱 조그만 행성의 어느 좁은 땅덩어리 위에 묶어둘 생각을 했을까. 내가 그 시절의 투르크인이었다면 올라탄 낙타가 우주를 횡단하는 우주선처럼 느껴졌을까. 거나 하게 취해서 무리를 놓치고 하염없이 들판을 표류하고 있기라 도 했다면 호방하게도 이 우주가 전에 와봤던 우주였던가 아니 었던가 아득한 기억 한구석을 더듬었을지도 모른다.

그렇게 우주를 땅에다 묻어놓은 사람들도 가상하고, 보통 사 람들은 상상도 못 할 만큼 높은 곳에 가야 비로소 진짜 우주를 만날 수 있다며 일찌감치 그곳으로 눈을 돌린 너 역시 가상하다. 화성에서 물을 찾고 생명을 찾는 일도 발굴이고, 땅 밑에 파묻힌 문명의 흔적을 찾고 생명의 흔적을 찾는 일도 발굴이다. 둘 다 가상하기는 한데, 다만 밤하늘과 땅 사이가 너무나도 멀어 보인다. 그 머나먼 우주 어디에도 내 몸 하나 갈 데가 없다는 것은 부끄러운 일이 아닐 수 없다.

마멘키사우루스는 정직해

정직한 사람. 나는 그 정직한 중국인 젊은이가 마음에 들었다. 그가 처음으로 우리 캠프에 나타났을 때, 우리 발굴팀은 발칵 뒤집어졌다. 분명히 우리가 먼저 중국 정부로부터 발굴 허가를 받아서 왔는데 또 다른 발굴팀이 예고도 없이 나타나다니. 소장은 발굴 허가를 주선해준 중국측 고고심령학회 사람에게 위성전화를 거느라 난리였고 나머지 사람들도 이쪽 팀과 한번 승강이를 벌여보려고 애썼지만, 도무지 말이 통하지 않았다. 사투리가 너무 심해서 그런 것 같다는 사람도 있었고, 그렇게 심하게 못 알아들을 정도면 아마도 중국어가 아닐 것이라는 의견도 있었다. 그래도 가만 보니까 이 청년은 우리가 하는 중국어를 더듬더듬 알아듣기는 하는 모양이었다. 발굴현장은 난장판이었는데, 우리는 저쪽에서 핏대를 세워가며 떠드는 소리가 도대체 무슨 소리인지 알아들을 수 없다는 점에서 훨씬 더 갑갑했다. 현지 사투리도 아니어서 현지에서 고용한 인부들도 무슨 말인지 잘 모르겠다고만 하고 있는데, 황당하게도 갑자기 영매가 자다 깬 눈으로 텐트에서 나오더니 통역을 해주었다.

우리 영매는 영 쓸모가 없는 편이었다. 게으른 데다 영적으로 그렇게 민감하지도 않아서 혼령을 썩 잘 알아보지 못했다. 우리 한국 학계에서는 일반인보다 더 감수성이 예민하다는 영매의 존재 자체를 인정하지 않았지만, 중국측에서 호의로 주선해준 영매이고 보니 하는 일이 별로 없어도 계속 먹여주고 재워주지 않을 수가 없었다. 매일 자는 게 일인 주제에 어찌나 먹어대던지, 그래도 이 사람도 우리와 혼령을 매개하는 대신에 외지인을 매개하는 재주는 있었으니 겨우겨우 밥값은 한 셈이다.

영매가 대충대충 짧은 말로 통역하는 동안 이 정직한 중국인 청년은 소처럼 눈을 끔뻑끔뻑하며 기다리고 서 있었다.

"아니 그럼 고고학 발굴팀도 아닌가? 그럼 뭘 발굴하러 온 거요?"

내 질문에 청년은 장황하게 설명을 늘어놓았다. 하지만 영매는 그냥 이렇게만 통역해주는 것이었다.

"마멘키사우루스."

나와 청년이 빤히 쳐다보자 영매는 전할 말은 다 전했다는 표정으로 오히려 우리 두 사람을 번갈아 쳐다보았다.

"공룡 화석 발굴하러 온 거니?"

내가 그렇게 묻자 영매가 또 그 말을 길게 늘여서 통역했는데, 청년이 또 그만큼 길게 대답한 말이 영매를 거쳐 나에게 돌아왔을 때는 겨우 이런 말만 남아 있었다.

"그래. 근처에서 두개골이 나왔대. 몸 전체가 대략 35미터짜리래."

나는 공룡 화석 조각처럼 드문드문 전해지는 그 정직한 중국 청년의 말에다 상상력의 뼈대를 세우고 살을 붙여서 온전한 몸뚱아리 하나를 겨우 복원해냈다. 그들도 우리처럼 정당한 발굴 허가서를 가지고 있다는 사실만큼은 확실했다. 허가서들이 무슨 봉인 부적이나 되는 것처럼 그쪽 팀과 우리팀은 서로 상대방을 이 소중한 발굴지로부터 몰아낼 궁리를 하고 있는 것이었다. 하지만 어느 쪽도 쉽게 물러날 수는 없는 형편이었다. 피차한 며칠 계획하고 유람을 온 것이 아니라 몇 달 정도 푹 눌러앉아서 제대로 발굴작업들을 해볼 계획이었기 때문이다.

정직한 중국 청년은 이곳이 꽤 중요한 중생대 유적이라고 말했다. 나는 이곳이 그에 못지않게 중요한 13세기 고고학 유적이라고 밝혔다. 그러자 청년은 눈을 껌뻑껌뻑하면서 또 나에게 묻는 것이었다.

"그쪽은 도대체 뭘 발굴하는데요?"

그 질문을 받고 나는 일단 한숨부터 쉬었다. 이걸 또 어떻게 설명해야 하나. 우리 선배 연구원 하나가 결혼이라는 것을 해보겠다고 장인 장모 될 사람들한테 인사를 드리러 갔다가도 들었다는 그 질문. 선배는 결국 이런 식으로 대답할 수밖에 없었다던 그 질문 말이다.

"그래, 그 고고심령학이라는 게 뭐 하는 학문인가?"

"예, 그러니까 고고학 연구에 도움이 되는 심령 현상들을 과학적으로 측정해서 역사 연구의 끊어진 고리들을 이어주는 학문입니다."

"뭐라고? 무슨 말인지 잘 모르겠네."

"예, 그러니까 옛날 혼령들의 문화양식을 연구해서 복식사나 언어 연구 같은 분야에서 세워놓은 가설들을 확인하는 작업인데요."

"귀신 쫓아다닌다는 이야기인가?"

"예, 그러니까 귀신하고는 약간 다른데요, 어디까지나 역사 연구의 일환으로."

"무슨 이야기인지 통 모르겠다니까."

"예, 그러니까 고고학의 일종입니다."

나는 장인 장모도 아닌 그저 순박하게 생긴 청년에게 그런 곤란한 대답들을 죽 늘어놓지 않을 수 없었다.

"여기는 원 제국 팽창기에 스스로를 몽골인이라고 불렀던 투르크계 상인들이 무역로를 개척했던 곳이야. 마을이 있었는데 전쟁 중에 유실됐어. 그래서 그 시기의 미묘한 민족성을 지닌 유목민 계열 정착민 양식의 혼령들이 출몰해. 굉장한 역사적 가치가 있는 곳이라고."

청년은 이해한 것 같은 표정을 지었다. 선배가 장인 장모를 만나러 갔을 때에도 영매가 중간에서 무성의하게 통역을 해주었으면 그 결혼이 좀더 행복해졌을까. 영매는 그 긴 설명을 딱 한 마디로 통역했는데, 나는 그 한 마디가 무엇이었는지 궁금했다. '고고학'이었을까. 그 생각을 하다 보면 이런 생각도 든다. 너에 대한 나의 태도를 설명하기 위해 내가 늘어놓은 그 긴 이야기들을 너는 어떻게 그렇게 딱 한 마디로 정리해서 이해할 수 있었을까. 그 한 마디는 왜 하필 '사랑'이었을까. 청년은 그 두 가지 질문에 대한 공통의 대답처럼 우리를 비웃는 듯한 표정을 지어 보였다.

그들이 발굴현장 한쪽에 천막을 쳐버릴 때까지도 우리 문제는 도무지 해결될 것 같지가 않았다. 양측에서 아무리 부지런히 전화를 해대도 누구를 이곳에서 내보내야 할지는 쉽게 정해지지가 않았다. 아마 짐작했겠지만 성 정부나 중앙 정부의 고고학 관계 당국 모두 이런 촌구석의 발굴 우선권을 어떻게 결정해야 하는지에 대해서는 별로 관심이 없는 게 분명했다. 한 열흘 뒤에 '같이 협력해서 발굴작업을 진행하라'는 결정이 전달되자 우리는 다시 한번 동요하지 않을 수 없었다. 청년은 다시 나를 찾아와서는 영매를 옆에다 세워놓고 하소연하듯 무슨 말인가를 늘어놓았다. 이해는 갔다. 공룡 뼈인지 돼지 뼈인지 알아보지도 못할 우리 같은 문외한들이 소중한 화석을 평범한 돌멩이인 줄 알고 삽으로 깨뜨려버리는 게 두려운 것이다. 하지만 우리가 하는 발굴은 말이 발굴이지 삽 같은 것은 아예 쓰지도 않는다. 아무리 설명해도 그는 결국 납득하지 못했지만, 우리가 찾는 것은 땅속에 묻혀 있는 미라가 아니라 구천을 떠돌아다니는 혼령이었다.

걱정은 오히려 우리가 해야 할 판이었다. 스스로 몽골인임을 주장하던 유목민들의 흔적이 있는 곳에서 땅을 파겠다니, 있을 수 없는 일이었다. 그들은 대지와 물의 신 로스 사브닥의 화를 돋우는 일을 하려는 것이다. 땅에다 상처를 내다니. 어느 초원에다 별들의 평원이라는 이름을 붙였던 그 자유로운 영혼들은 몽골의 종교적인 믿음까지 이어받아서, 혹시 게르의 기둥을 세우느라 땅에 상처를 입히는 일이 생겨도 나중에 기둥을 뽑을 때에는 로스 사브닥에게 제사를 지낼 만큼 땅을 소중하게 생각했다. 그리고 물을 보호하기 위해, 목욕을 하는 자는 가차 없이 사형에 처했다. 그런 혼령들이 머물러 있는 곳에서 땅을 파다니, 자칫하면 큰 재앙이 닥치거나 혼들을 모두 흩어지게 만드는 결과를 초래할 수도 있었다. 우리를 걱정스럽게 만드는 것은 바로 후자의 경우였다.

하지만 나의 애절한 설명을 영매는 그저 이렇게만 옮겼다.

"가래."

그들의 말을 알아들을 수 없었음에도 불구하고 영매가 내 말을 그렇게만 옮겼다는 점에 대해서는 조금도 의심의 여지가 없었다.

대공습! 그리고 불발탄

드디어 그들이 작업을 시작했을 때, 우리는 연구비를 축내가면서 굿을 올려야만 했다. 저쪽 팀에서는 그런 우리를 영 한심하게 보는 눈치였지만 우리로서는 그것이 최선의 조치라고 믿을 만한 근거들이 충분히 있었다. 두 개의 팀이 장비와 인력을 펼쳐놓고 있는 발굴현장은 이제 예전만큼 고즈넉한 분위기를 내지 못했다.

그래도 그 사람이 나타나기 전까지는 조용한 편이었는데, 그 사람이 온 뒤로는 완전히 엉망이 되고 말았다. 물론 이 사람 자체가 시끄럽다거나 했던 것은 아니었다. 문제는 이 일본 사람이 끌고 온 또 하나의 발굴팀이었다. 이 팀과 대화하는 데에는 영매의 도움까지는 필요하지 않았다. 서로 북경어를 곧잘 하는 사람이 여럿 있었기 때문에 우리는 중국팀과 의사소통을 하던 것에 비하면 훨씬 수월하게 상대의 정체를 파악할 수 있었다.

중년의 일본 여자는 팀의 책임자인 모양이었다. 중국어는 할 줄 모르는지 중간에 통역이 끼었는데, 그 사람이 말하는 폼이 어찌나 심각하던지 그 말이 통역이 되어서 우리에게 전해지기까지의 긴 시간 동안 나는 이 사람의 표정을 유심히 살피지 않을 수 없었다.

"당신들은 또 뭘 발굴하겠다고 온 거요?"

내 질문에 여자는 아주 심각한 얼굴을 하고는 이렇게 말했다.

"폭탄을 찾으러 왔어요."

그 한 마디에 주변에 있던 사람들은 일제히 탄성을 터뜨렸는데, 사실 부연설명을 더 들어보기 전에는 탄성을 내지를 만한 대답은 아니었다. 다만 그녀가 풍기는 분위기가 우리를 그렇게 만들고 있었다. 아무튼 나는 이건 또 무슨 소리인가 싶어서 느릿느릿 무거운 어조로 말을 이어가는 여자의 목소리에 온 신경을 집중하지 않을 수 없었다.

"우리는 일본에서 불발탄을 찾아서 제거하는 일을 맡고 있습니다. 대동아전쟁 때 미군이 우리 일본에 가한 잔혹한 융단폭격의 후유증입니다만, 그 수많은 폭탄 중에서 일부는 폭발하지 않은 채로 오랫동안 땅속에 묻혀 있었습니다. 그러다가 수십 년이 지난 뒤에 비로 흙이 씻겨 내려가거나 하고 나면 모습을 드러내곤 했는데, 어떤 것들은 지상에서 폭발을 일으켜 인명 피해를 내기도 했습니다. 미국은 도쿄와 오사카부터 시작해서 나중에는 폭격 목표가 될 만한 도시가 하나도 안 남아날 때까지 일본 전역에 극악무도한 폭격을 감행했습니다만, 그래서 이 불발탄의 피해도 아주 작은 도시에까지 퍼져 있습니다. 우리는 일본에서 그 폭탄을 발굴해서 제거하는 임무를 맡아서 수행해왔는데, 이제 도시나 촌락 규모의 인구 밀집지역에서는 거의 모든 불발탄을 제거한 것으로 보이고 지금은 이렇게 아주 소수의 팀만 남아서 산간이나 임야를 탐색하고 있습니다. 최근에는 미국측으로부터 당시 작전자료를 인계받아서 폭격이 가해진 지점들을 면밀하게 조사하고 있는데요, 그러다 보니 일본 육군항공대 쪽에 남아 있는 당시 기록들에도 흥미를 갖게 되었습니다. 여기 이 청년은 어머니 고향이 이 근방이어서 이곳 관련 폭격 기록을 유난히 자세히 들여다보게 되었답니다. 그런데 그런 기록이 눈에 들어왔다는군요. 군사시설 같아 보여서 폭탄을 투하했는데 불발이었다는 어느 일본군의 기록이었습니다. 공식적인 작전 기록은 아니고 일기 같은 거였는데, 다음 출격 때 이상해서 폭탄 하나를 더 투하했더니 이번에도 불발이 되는 것을 보고 기이하다는 감상을 적어놓았더군요."

그게 여자의 설명이었다. 그러니까 우리 발밑 어딘가에 언제 터져버릴지 모르는 폭탄 두 개가 묻혀 있으니 그걸 꺼낼 때까지 멀리 대피해 있으라는 소리였다. 하지만 공룡 발굴팀에게도 우리에게도 그것은 쉽게 따를 수 없는 권고였다. 각 팀 책임자들은 또 여기저기 전화를 걸어댔다. 하루하루가 다 돈인 마당에 기약 없이 물러나 있을 수는 없었기 때문이다.

하지만 불행히도 당국은 이 일본팀의 작업에 가장 많은 관심을 보였다. 정치적으로 그 일은 일종의 사죄 행위로 받아들여질 여지가 있었다. 난징대학살은 인정하지 않는다고 해도 충칭 대공습 같은 대량폭격은 인정하기로 한 것이 아닌가 하는, 미묘한 외교적 문제가 걸려 있었던 것이다. 그런 의미에서인지 이 사람은 나에게 고개를 숙여 '개인 자격으로' 사죄를 했는데, 나는 내가 한국 사람이라 중국에 대한 폭격에는 별로 관심이 없다고 대답했고 중국팀 사람들은 영매가 일러주기까지는 무슨 일이 일어나고 있는지도 감을 잘 못 잡는 눈치였다.

아무튼 중국팀이든 우리팀이든 물러날 생각은 전혀 없었다. 폭탄 발굴이라니. 혹시 잘못 건드려서 그 일대가 아예 날아가버리기라도 한다면 그전에 작업을 충분히 못 해둔 것이 얼마나 억울할까. 공룡 발굴팀은 자기들이 화석을 발굴해내는 방식이 워낙 섬세해서 폭탄이 있다고 해도 절대 터뜨리지 않을 것이라고 항변하는 눈치였고, 우리팀은 우리 작업의 특성상 땅은 아예 건들지도 않는다는 이야기를 열심히 해보는 수밖에 없었다. 그러는 한편으로 나는 내가 어쩌다 이 일에 목숨을 걸고 있는지 궁금해졌다. 나 스스로에 대한 부끄러움 때문에 도망을 치면서 시작한 일이기는 했지만, 그렇다고 목숨을 걸 만큼 절박할까. 아무리 생각해봐도 그건 아니었다.

정직한 청년이 있는 중국팀과 심각한 팀장이 있는 일본팀 사이에서 사흘을 더 보내고 났을 때에야 당국의 결정사항이 전해졌다. 이번에도 역시 모두가 협력해서 발굴을 진행하라는 내용이었다. 하지만 협력이 쉽게 될 리가 없었다. 이렇게 시끄러운 곳에서 혼령의 움직임을 측정해낸다는 것은 여간 까다로운 일이 아니었다. 말도 안 통하는 중국팀은 너무 시끄럽고 일본팀 팀장은 너무 심각한 얼굴을 하고 다녀서 가끔 섬뜩하기까지 했다. 가장 본질적인 문제는 그들이 우리 작업을 영 우습게 생각한다는 것이었다. 우리는 일본팀이 합류하고 나서 다시 간단한 고사를 지내지 않을 수 없었는데, 그 광경을 보고 일본팀 팀장은 또 아주 심각한 얼굴로 우리 고용인들에게 뭐라고 불평을 털어놓았던 것이다.

과학의 눈으로
사람의 눈으로

사실 작업 자체는 셋 중에서 고고심령학이 가장 과학적이었다. 공룡 발굴팀은 어쨌든 화석을 발견해내기만 하면 결과물을 물증으로 들이밀 수 있기 때문에, 그 과정에서 어떤 원시적인 수단을 쓰더라도 상관이 없었다. 일단 한번 파보자는 스타일이어서 단순하고 무식하기가 그지없었지만 잘만 파면 대단한 게 나오기는 나와주는 모양이었다. 그에 비하면 폭탄 제거팀은 꽤 체계적이었다. 금속탐지기가 먹힐 수 있는 작업이었고, 잘못 건들면 큰일이 날 작업이었으므로 다른 종류의 탐지장비들도 꼼꼼하게 사용하는 모습이 꽤 전문적으로 보였다. 문제는 아무리 찾아봐도 폭탄 비슷한 것도 나타나주지 않는다는 것뿐이었다. 토사에 덮였는지, 떠내려갔는지, 누군가가 이미 제거했는지 사실 아무도 모를 일이었다.

우리팀이 가장 과학적으로 측정해야 하는 이유는, 우리가 찾고 있는 존재가 셋 중에서 가장 어이없는 대상이었기 때문이다. 대단히 섬세한 냉기 펄스 변동 그래프를 제시하지 않으면 일반인은 물론 고고심령학 학계조차 설득할 수가 없었다. 어떤 개인이 혼령을 목격했다고 증언하는 것도 아무 소용이 없었다. 그것이 과학적이고 보편적인 경험이 아니라면 우리는 아무것도 보지 못한 셈이었다. 그래서 우리팀에는 굉장히 섬세한 장비들이 많다. 이른바 '냉기 펄스'라는 현상을 잡아내는 감지기에, 실시간으로 그 결과를 분석해주는 분석기는 기본이고, 피부에 직접 부착해서 쓰는 체감 온도계에 입체 자기장 측정장비들까지, 그 모든 객관적 측정결과들이 공통적으로 혼령의 존재를 모순 없이 인정해줄 때에야 비로소 우리는 발굴에 성공한 것이 될 수 있었다. 그래서 한국 학계에서는 영매의 존재를 인정하려고 하지 않는다. 어떤 예민한 감각을 가진 개인이 혼령을 보고 느낀다고 해서 그것을 과학적인 관찰이라고 부를 수는 없다. 반대로 가장 둔감한 사람도 인정하지 않을 수 없는 수치를 제시해야만 한다는 것이 한국 학계의 입장이었다.

어차피 중국 학계에서 주선해준 우리팀 영매는 어이가 없을 정도로 둔감했다. 영매는 이곳에 오고 나서 단 한 번도 혼령을 보거나 느껴본 적이 없다는 말까지 했다. 그런데 우리팀 사람들은 장비에 측정치를 못 남겨서 그렇지 대부분이 혼령의 모습을 목격하고 있었다. 심지어 그 심각한 일본 팀장도 혼령을 봤던 모양이다. 어느 날 다 같이 저녁을 먹는 자리에서 그는 또 좌중을 심각한 분위기에 몰아넣더니 이런 이야기를 하는 것이었다.

"발굴현장 통제가 잘 안 되는 것 같습니다. 어느 팀에서 인원 관리를 그렇게 소홀하게 하는지 모르겠지만, 전에 못 보던 사람이 근처에 계속 얼쩡거리는 것 같던데요. 머리 모양으로 봐서 이 근방 사람은 아닌 것도 같고, 생긴 건 한국인 쪽에 가까운데, 아무튼 서로 기분 나쁜 이야기가 오가지 않도록 아무나 접근을 못 하게 막아주셨으면 합니다."

우리는 이 사람의 말이 중국어로 통역되어서 전해지는 순간 웃음을 터뜨리고 말았다. 한 달 전부터 우리팀 사람들이 목격한 중세 투르크계 혼령의 인상착의와 일치하는 사람을, 그 자리의 다른 사람은 다 못 봤다는데 이 사람 혼자서만 본 것이었기 때문이다. 우리가 우리끼리 낄낄거리는 모습을 보고 일본팀 총책임자는 한층 더 심각한 어투로 우리팀이 쓸데없는 사람을 현장에 접근하게 방치한 것이 분명하다고 열변을 토했는데, 그러면서 우리가 하는 발굴작업이라는 것이 상식적으로 도저히 이해가 안 간다는 경멸 섞인 비난을 덧붙이는 것도 잊지 않았다.

고고심령학을 알았더라면 이 사람도 아마 우리처럼 되고 말았을 것이다. 그는 고고심령학자들만의 분위기를 너무나도 짙게 풍기고 있었다. 고고심령학을 오래하면 얼굴에 귀기가 서리는 법이었는데, 그런 면에서 이 사람은 딱이었다. 우리 사이에 섞여 있어도 어색하지 않을 정도였다. 고고심령학자들은 아무래도 감각이 예민해져서 경력이 쌓일수록 귀신을 더 잘 보게 되는 경향이 있었는데, 이 사람도 그런 셈이었다.

나는 몇 해 전 서울에서 진행했던 고고심령학 개론 교과서 집필 모임을 잊을 수가 없다. 일 년간 열한 번을 만났는데 그 중에서 비가 오는 날이 무려 여덟 번이었다. 보기만 해도 섬뜩한 중견 학자들을 모아놓고 새 교과서를 써나가는 작업이었다. 경과는 좋았지만 마지막 단계에서 일이 터지고 말았다. 한 사람이 한 챕터씩 나누어 집필했는데 모아놓고 보니 한 사람이 최종원고를 보내지 않은 것이었다. 나는 그 게으른 사람을 재촉하기 위해서 연락처를 찾았으나 이상하게도 그의 연락처가 도저히 나오지 않았다. 그래서 모두에게 그의 연락처를 물어보았지만 안다는 사람은 아무도 없었다. 나는 갑갑해졌다. 여덟 개 챕터로 나눠서 한 명이 하나씩 맡기로 하고 중간발표에 초안 작성까지 일정에 맞춰서 쭉 진행해왔는데 이제 와서 일곱 번째 챕터인 「영매론」이 비면 어떻게 한단 말인가. 그러나 생각이 거기까지 미친 순간 나는 깜짝 놀라고 말았다. 모인 사람은 분명 일곱 명뿐이었는데, 「영매론」은 도대체 누가 맡아서 초안까지 작성했단 말인가. 일 년 동안 우리 사이에 섞여서 학자인 척하고 있었던 자는 도대체 누구일까.

그런 경험 하나하나가 얼마나 충격적인 일인지 잘 알고 있었기 때문에 우리는 일본팀 팀장에게 아무 이야기도 해주지 않았다. 그런데도 팀장은 이런 소리를 늘어놓곤 했다.

"이봐요. 밤이 된 지가 언젠데, 현장에 돌아다니고 있는 저 여자는 뭐죠? 약속대로 통제를 좀 철저하게 해주셨으면 합니다. 그런데 저 사람, 혼자서 뭘 하느라 저렇게 허공에 대고 이야기하면서 돌아다니는 거죠? 정말, 이렇게 조심성 없이 돌아다니면 곤란합니다. 여기는 위험한 지역이라고요."

나는 그게 중세 투르크 혼령만의 특징이라는 사실을 이야기해주지 않았다. 가만히 따져보니 그 혼령은 낮에 팀장이 돌아다녔던 경로를 따라 움직이고 있었다. 그 시기의 혼령은 그런 독특한 양식을 지니고 있다. 어떤 사람 하나를 정해서 마치 그 사람과 대화하듯 손짓 발짓을 해가며 옆에 바짝 붙어서 따라다닌다. 단, 혼령은 해가 지고 난 뒤에 나타나 혼자서 그러고 다니는데, 표적이 된 사람이 낮 동안에 했던 행동과 혼령이 밤에 하는 행동을 따로 녹화한 다음 한 화면에 겹쳐놓으면 정말이지 놀랍게도 딱딱 맞는다. 혼령은 그 사람의 일거수 일투족을 다 알고 있는 것이다. 이것도 일반인이 감당하기에 꽤 소름끼치는 일이었기 때문에 우리는 이번에도 절대 입을 열지 않았다. 그 팀장이 우리를 더 심하게 오해하게 되더라도 어쩔 수 없었다.

현장은 전쟁터다

현장은 꽤 북적거렸지만 발굴은 의외로 무난하게 진행되는 편이었다. 화석 발굴팀은 일억 몇천만 년인가 된 지층에서 육식공룡의 이빨 화석 하나와 공룡 발자국이 일부 찍힌 화석을 찾아낸 모양이었다. 폭탄 제거팀은 이억 년쯤 된 지층 사이에 끼어 있는 칠십 년 묵은 총알을 발견한 모양이었는데, 아직 큰 건이 터지지는 않았어도 꽤 좋은 징조들이 나타난 것이어서 그런지 한층 의욕이 넘치는 분위기였다. 반면 우리팀은 도처에 귀신이 널려 있다는 사실까지는 이미 알고 있었지만, 정작 기록으로 남기지를 못하고 있는 데다 다른 두 팀이 로스 사브닥을 노하게 만들 소지가 있었기 때문에 신경이 예민할 수밖에 없었다. 아무튼 이때까지만 해도 다들 각자 자기 일에 열중해 있었고 작업장 분위기도 대체로 평화로웠기 때문에 크게 문제될 것은 없었다.

일이 복잡해지기 시작한 것은 폭탄 제거팀이 우연히 공룡 화석이 포함된 암석을 발견하면서부터였다. 폭탄팀은 그 사실을 화석팀에 알리지 않고 며칠이나 작업을 계속한 모양이었다. 여러 탐지기들이 내놓은 분석결과로 볼 때 바로 그 근방에 폭탄이 있을 가능성이 높다고 판단한 눈치였는데, 아무래도 화석이 나왔다는 사실을 알리고 나면 발굴팀이 그 근처에 집중하게 될 우려가 있었기 때문에 숨겼던 것이다. 하지만 비밀은 오래가지 못했다. 나는 그 정직한 청년이 불같이 화를 내는 모습을 그때 처음 보았다. 우연히 화석을 발견해준 것은 고마운 일이었지만 때는 이미 폭탄 제거팀의 무딘 첫 삽이 그만 그 소중한 화석에 작지 않은 상처를 입힌 뒤였다. 그러니 중국팀이 흥분하지 않을 수 없었다. 사태가 어찌나 심각했던지 우리팀도 폭력사태에 대비해서 작업장을 장악할 계획을 세우고 있었을 정도였다. 누군가 홧김에 우리 장비를 못 쓰게 만들기라도 한다면 우리 역시 가만히 있을 수는 없는 상황이 올 것이기 때문이었다. 다행히 심각한 사태는 피할 수 있었지만 그후로 작업여건은 영 좋지 않게 되어버렸다. 문제의 화석이 나온 지역은 그 어느 쪽도 접근이 허락되지 않은 채 방치되었고, 그 때문에 두 팀은 그후로 진전을 보지 못하는 듯했다.

사람이 작업에 몰두하지 못하면 그 에너지는 곧 불안한 쪽으로 흘러가기 마련이다. 사실 그런 상황은 우리팀 역시 마찬가지였다. 아무튼 그 두 팀은 로스 사브닥을 신봉하던 혼들의 의사와는 상관없이 그 일대를 여기저기 파헤치고 있었으므로, 우리는 혼령들의 행동을 주의 깊게 살펴야만 했다. 대부분의 혼령은 살아 있는 사람을 공격하지 않지만, 특정한 조건하에서는 공포라는 감정을 매개로 인간사에 개입하기도 하는 것이 또 혼령들이었다. 그러니 아무리 혼령을 많이 접해왔다고 해도 발굴경력이 십 년이 넘은 고고심령학자들 역시 공포를 느끼기는 마찬가지였다. 우리는 신경이 한층 더 곤두서 있었다.

동상이몽(同床異夢)
오래된 안목으로 보라

그런 가운데에도 가끔은 평화로운 날들이 있었다. 어쨌든 모두가 반은 격리된 생활을 하고 있다는 데서 오는 동지의식 때문이었을지도 모른다. 나는 그런 날이면 냉기 펄스 측정기에 연결된 조기경보장치 하나만 팔목에 두르고 별이 끝도 없이 펼쳐져 있는 밤하늘을 올려다보면서 아무 데나 드러누워 잠을 청했다. 그러면 그곳은 또 하나의 '별들의 평원'이었다. 눈앞에 펼쳐진 것은 밤하늘이 아니라 우주 그 자체였다. 물론 그 순간에도 나는 등으로 전해지는 대지의 견고함으로부터 안정감을 얻고 있었지만, 우리에게 정말로 중요한 것이 무엇인지를 가르쳐주는 것은 땅이 아니라 저 위에 있는 우주라고 했던 너의 말이 비로소 납득이 가는 것이다.

하지만 땅을 쉽게 떠나지 못하고 그 언저리를 맴도는 혼령들의 이야기 역시 나에게는 소중했다. 이 무서운 발굴작업을 해나가는 동안 나는 시대와 장소를 초월한 보편적인 인간의 영혼에 대해 알아가고 있었다. 나는 이곳에서 칠백 년 전에 살았던 인간의 눈으로 우주를 바라본다. 하긴, 겨우 칠백 년 된 눈으로는 우주를 절대 헤아릴 수 없을지도 모른다. 중국팀들처럼 한 이억 년은 된 눈을 가지고 있어야 비로소 뭔가가 짚이는 것일지도 모르겠다. 그런데 정작 그들은 그 눈을 가지고 땅을 재단하느라 바쁠 뿐이다. 그 옛날 세계의 모든 대륙이 하나였다는 것을 증명하는 결정적인 증거 따위를 얻으려고 말이다. 그들이 추적하고 있는 공룡 화석은 이미 아메리카나 호주에서도 발견

된 적이 있었다고 하니까 충분히 납득할 만한 일이다.

그렇다고 해도 그들이 일본팀의 발굴을 인정해주지 않는 것은 정당하지 못하다. 중일전쟁의 흔적을 찾기 위해 일본에서 일부러 찾아온 팀이다. 의미가 없을 수 없었다. 여기에 모인 세 팀 모두가 그렇게 타인의 안목을 부정하면서 자기 나름대로 땅을 재단하느라 바쁘다. 저 우주를 보면서 생각해보면 그저 어리석기 그지없는 일로만 보이는 고집들이다.

이상동몽(異床同夢)
"어머! 모두 같은 꿈을 꾸셨군요."

그런 생각에 잠겨 깜빡 잠이 들었다가 손목에 찬 경보장치의 진동 때문에 눈이 번쩍 떠졌다. 측정장비에 혼령이 잡힌 것이다. 나는 소리 없이 벌떡 일어나 장비 텐트로 갔다. 냉기 펄스 측정장비가 무언가를 잡아내고 있었다. 혼령이 내뿜는 냉기의 파동은 다른 파동과 섞여서 퍼져나가고 있었지만 펄스 분석장치는 그 불규칙한 파동들 사이에서 인간의 혼령이 내는 신호를 정확하게 구별해내고 있었다. 나는 다른 연구자들을 깨우면서 비가시광선 영역 카메라를 손에 들었다. 서서히 텐트 안부터 살피고 나서 혹시 위쪽에서 내려다보고 있는 혼령은 없는지

센서들을 갖다 대본 다음 발소리를 죽이며 밖으로 나갔다. 그러고는 혼령이 있는지 살폈다.

영매는 애초에 깨우지도 않았다. 혼령은 육안으로 볼 수도 있고 아닐 수도 있었다. 그래도 일명 심령사진기라고 불리는 이 섬세한 기계가 뭐든 담아내기는 할 것이라는 기대를 갖고 사방을 찍어댔다. 피사체를 지정해주지는 못했지만 사진기는 시키는 대로 열심히 어둠 속을 찍어댔다. 혼령이 내뿜는 냉기로 등골이 오싹했다. 조기경보기가 냉기 펄스 분석기의 분석결과를 소리 없이 화면에 띄우고 있었다.

—개체 수 2. 공격적.

그러나 그 숫자는 순식간에 변하고 있었다. 갑자기 개체 수 표시가 30까지 증가하더니 분석기의 순간 최대 분석 한도를 넘어섰다. 냉기 펄스는 개체 수 변화를 따라 증가하더니 갑자기 평상시의 칠백 배까지 올라갔다. 즉, 근방에 있는 모든 정상적인 뇌를 가진 인간이 극도의 공포를 느낄 수 있을 정도였다.

아니나 다를까 여기저기에서 날카로운 비명소리가 들려왔다. 잠들어 있던 모든 사람들이 가위에 눌렸고, 간신히 그 상태를 벗어나는 데 성공한 사람들부터 괴성을 질러대기 시작했다. 나는 이가 덜덜거릴 정도로 턱이 심하게 떨리고 있다는 사실을 깨달았다. 유목민이면서도 땅의 제약을 벗어나지 못하고 있는 혼령들이 드디어 폭발해버린 것이다. 손등에 부착해놓은 체감 냉기 측정기가 나타내주는 그대로 내 피부는 심하게 수축되어 있었다. 온몸에 소름이 끼쳤다. 나는 심령사진기를 손에 꼭 쥐고 그 자리에 털썩 주저앉아버렸다. 완전한 공포의 밤이었다.

냉기 펄스는 대략 이십 분 만에 다시 진정되었지만 날이 밝을 때까지 아무도 다시 잠들지 못했다. 나도 완전히 넋이 나간 상태로 앉아 있다가 아침이 밝고 나서야 지난밤의 측정치들을 살폈다. 기록은 그보다 더 확실할 수 없을 만큼 선명하게 남아 있었지만 그것은 우리가 찾고 있던 혼령들의 생활사가 아니었다. 우리가 그 혼령들을 관찰해서 얻으려고 했던 열일곱 가지 문제에 대한 답을 유추하기에는 그 흔적들이 너무나 공격적인 출현 양상이었다. 왜 혼령들이 그렇게 공격적으로 나왔을까. 이유를 알 수 없었다. 로스 사브닥을 건드려서 그렇다고는 해도 그날밤의 공포는 너무 과했다.

물론 우리팀은 문제의 본질을 남들보다 잘 이해하는 사람들이지 문제 자체를 일으킨 장본인은 아니었다. 그러나 오후가되자 일본팀과 중국팀은 우리 쪽에 심각하게 항의를 해왔다. 떠나라는 것이었다.

그 와중에 나는 전날 밤에 찍은 사진을 분석하고 있었다. 카메라는 가시광선 외에도 서른일곱 개 영역대의 전파 신호를 동시에 촬영했는데, 그런 사진 270장을 분석하는 일은 꽤 시간이 걸리는 작업이었다. 저녁이 다 돼서야 비로소 뭔가를 알아낼 수 있었을 정도로 그 일은 쉽지가 않았다. 밖에서는 다시 한번 폭력사태가 발생할 것만 같은 긴장감이 감돌았다. 그러니까 나는 일촉즉발의 위기상황에서 가까스로 사진들을 인쇄해서 나타난 것이다.

"이게 뭐죠?"

사람들이 물었다. 그것은, 그러니까 사진 속에 나와 있는 것은 수없이 많은 혼령들이 이 일대를 가득 채우고 있는 가운데 어떤 혼령 하나가 그 중심에 서 있는 모습이었다. 샤먼이었다. 복식을 봐서는 의심의 여지가 없었다. 알아보기조차 힘든 사진들 중에서 사람들을 가장 놀라게 만든 것은 샤먼이 칼로 말의 목을 내리치는 모습이었다. 더 놀라운 것은 거기에 있는 사람의 절반 정도가 그날 밤에 바로 그 장면을 꿈꾸다가 가위에 눌렸다는 사실이었다. 그 행위의 의미는 우리 연구소 소장님의 설명과 같았다.

"일종의 종교의식인데, 무언가를 지키겠다는 거야. 결사항전의 의미인데."

그렇다. 그랬던 것이다. 그제야 나는 우리가 뭔가 중요한 것을 빠뜨리고 있었다는 사실을 깨달았다. 왜 세 종류의 발굴팀이 그곳에 모여 있게 되었을까? 왜 일억 몇천만 년 전의 공룡화석은 하필 여기에 모여 있을까? 왜 절대 땅에 얽매이지 않아야 할 유목민들이 혼령이 되어서도 이 지역에서 집중적으로 목격될 정도로 이곳에 집착했을까? 왜 칠십 년 전 홍콩에서 Ki-21 폭격기를 몰고 날아온 일본군 육군항공대 소속 조종사는 딱 이 지점을 수상하게 생각하고 폭격을 시도했을까? 폭탄은 왜 이곳에서 두 번이나 불발하고 말았을까?

그날은 너무나 생각할 것이 많고 또 너무나 무서웠기 때문에 모두가 모여서 불을 피워놓고 야영을 했다. 당분간은 어느 팀도 작업을 재개할 생각이 없었다. 그래서인지 오랜만에 편안한 밤이었다. 냉기 펄스 측정장비가 아무것도 잡아내지 못한 밤.

다음날 나는 소장님을 찾아갔다. 로스 사브닥 숭배자들을 자극하지 않아야 한다는 우리팀 발굴 수칙을 바꾸자고 건의하기 위해서였다.

"땅을 팝시다."

소장님은 그런 일은 있을 수 없다는 표정으로 나를 쏘아보았다. 그래도 나는 말을 이어야 했다.

"뭔가 있습니다. 확실합니다. 혼령들이 분명히 뭔가를 지키려고 하고 있잖아요."

그는 한참이나 생각에 잠겨 있더니 쉽게 부인할 수 없는 진실 하나를 불쑥 끄집어냈다.

"이번 발굴 성과 못 내면 연구비 끊겨."

나는 말없이 돌아서지 않을 수 없었다. 그 말은 사실이었다.

비싼 연구비 들여서 원정 발굴까지 보내놨더니 딴짓이나 하다
가 왔다고 하면 진짜로 연구비가 끊길 수도 있었고, 그러면 우
리 연구소는 문을 닫아야 할 수도 있었다.

잊힌 제국의 도심에서 목을 졸리다

　며칠이 지나면서 현장은 서서히 원래의 활기를 찾아가는 듯
했다. 세 팀 모두가 작업을 재개하고 있었다. 나는 아무래도 냉
기 펄스 변동이 신경쓰였지만, 작업을 막고 나설 수는 없었다.
아니, 막는 것은 고사하고, 여러 사람 생계가 걸린 문제만 아니
면 당장에라도 삽을 들고 나서서 이 근방 일대를 뒤집어 엎어
버리고 싶은 심정이었다.

　그날밤에도 나는 답답한 마음에 차를 몰고 작업장에서 좀 벗
어난 평원으로 나갔다. 혼자서는 아무래도 무서웠기 때문에 근
처에서 제일 하는 일이 없는 사람인 영매와 동행했다. 그래도
영매는 영매니까, 내심 냉기 펄스 조기경보기가 없는 곳에서
인간 경보기 역할 정도는 해주지 않을까 하고 바라는 마음도
있었다. 그때까지만 해도 나는 내가 그런 광경을 보게 되리라
고는 상상도 못 했던 것이다.

　눈앞에 펼쳐진 광경은 옛날 유목민들의 둥그런 천막, 게르가

빽빽하게 늘어선 초원의 풍경이었다. 그리고 그것은 또다른 공포의 밤이었다. 게르 하나하나마다 위쪽에서부터 아래쪽으로 붉은 피가 뚝뚝 흐르고 있었는데, 바닥은 온통 피로 흥건하고 주위에서는 아무 소리도 들려오지 않았다. 나는 그만 넋을 잃고 차가 달리는 대로 몸을 맡겼는데, 피로 물든 땅의 질퍽질퍽함이 차바퀴를 타고 정수리에까지 오싹하게 전해졌다. 어느덧 차는 피비린내가 진동하는 게르 사이를 지나 깊고 깊은 심연을 향해 달려가고 있었다. 하지만 놀랍게도 영매의 눈에는 아무것도 보이지가 않았는지 콧노래 소리가 끊이지 않고 흘러나왔다. 나는 그 소리가 무서워서 미칠 것 같았지만 턱이 이미 굳어버려서 그만하라는 말을 입밖으로 내지도 못했다. 별도 하나 보이지 않던 그 고요한 밤. 영매가 갑자기 혼이 씌었는지 눈을 뒤집으며 내 목을 졸라대다가 한참 뒤에 기절해서 쓰러졌다.

별이 보이지 않는 어느 한적한 오지에서의 학살

다음날 나는 한 번 더 소장님을 찾아갔다. 고고심령학자들은 학문적인 수련이 깊을수록 얼굴에 서린 귀기도 짙었다. 아마도 그날 아침 내 얼굴에 서린 귀기는 소장님마저도 압도해버릴 만큼의 확신을 가지고 있었던 모양이었다. 그래서인지 소장님은 긴말하지 않고 우리팀의 발굴 목표를 바꿔버렸다. 우리는 그날부터 땅을 파기로 결심했다. 파들어가면 무엇인가가 나올 것이 분명하다는 확신 때문이었다. 그것이 우리 연구비보다 더 가치 있는 것인지 어떤지는 아무도 모른다. 그래도 우리는 한번 해보기로 마음을 먹었다. 일군의 고고심령학자들이 일단 마음을 먹고 나면 그 귀기로 다른 사람들을 설득하는 일이란 손바닥 뒤집기만큼 쉬웠다. 그날의 공포 때문인지 다른 사람들도 우리 말에 더 쉽게 동의하는 눈치였다.

땅속 구조를 파악하는 데에는 일본팀의 장비가 확실히 도움이 됐다. 물론 아무것도 안 보이는 땅덩어리 어디를 파야 뭔가 쓸 만한 게 나올지를 때려맞히는 감은 화석 발굴팀이 더 나았다. 우리는 부지런히 땅을 파기 시작했다. 뭔가 징후들이 나타나기 시작했다. 땅은, 마치 회유하려는 듯 이때까지 꽁꽁 숨기고 있던 것들을 쏟아내기 시작했다. 우선 굉장히 보존상태가 좋은 공룡 두개골 하나가 모습을 드러냈고, 다른 종류의 골격 화석들도 갑자기 모습들을 드러냈다. 먹고 떨어지기 딱 좋은 전리품이어서 우리는 중국팀에게 그 화석들에 대한 추가작업을 뒤로 미루어달라고 설득하느라 애를 먹어야 했다. 사흘 뒤에, 땅은 불발탄 하나를 뱉어냈다. 폭탄은 어차피 바로 해체해야 하는 것이어서 인력의 일부가 빠져나갔다.

물론 그동안 우리팀은 광포한 혼령 집단과 신경전을 벌여야만 했다. 엑소시스트가 아니었기 때문에 당연히 우리는 애를 먹을 수밖에 없었다. 혼령이 속삭이는 소리를 들었다고 호소하는 사람들에게 우리는 우리가 알고 있는 혼령의 과학적 특성들을 설명해야 했다. 신화의 영역을 파헤쳐 과학의 언어로 바꾸고 나면 공포는 어느 정도 사그라진다. 그러나 사실은 우리 스스로도 혼령들에 대한 모든 것을 알고 있지는 못했기 때문에 여전히 알 수 없는 공포가 남아 있는 것은 어쩔 수 없었다. 특히 이틀이 멀다 하고 영매가 발작을 일으키는 데에는 정말이지 손을 쓸 엄두가 안 났다. 혼령은 하나도 못 보는 주제에 영매는 소위 영매 발작이라고 부르는 징후에는 지나치게 민감했다. 바로 그 영매 발작 때문에 나는 원래부터 위험한 발굴현장에 영매를 대동하는 일이 싫었다. 일단 공격적인 성향을 띠기 시작하면 혼령들은 영매만을 집중적으로 공격하곤 했다. 그 광경은 아주 지긋지긋할 정도로 끔찍했다.

그래도 영매는 발굴지를 떠나지 않았다. 자기가 떠나면 다른 사람이 공격을 받게 되기 때문이었다. 그런 식으로 거의 모두가 제자리를 지킨 채 우리는 그 무엇인가를 찾기 위해 땅을 팠다.

혼령들의 마지막 경고는 다시 한번 냉기 펄스 분석장비의 한계를 시험할 만큼 강렬한 것이었다. 그날밤, 이번에도 역시 잠들어 있는 사람들 대부분을 가위눌리게 만들었던 악몽은, 뼈만 남아 있는 거대한 공룡이 이빨에 선명한 핏자국을 드러내면서 꿈을 꾸고 있는 사람 각자의 육체를 잔인하게 난자하는 꿈이었다. 나는 그날 당번이 아니어서 그 장면을 촬영할 생각은 못 했고, 결국 카메라에는 아무런 영상도 안 잡힌 모양이었지만, 꿈 속에서 화석 공룡의 머리 뒤로 올려다보이는 밤하늘은 유난히 생기를 잃고 절망적인 암흑만을 드리우고 있었다. 나는 그 대목이 가장 슬펐다. 별이 보이지 않는 밤하늘 아래 어느 한적한 오지에서의 학살.

다음날 일본팀 두 사람이 혼수상태에서 깨어나지 못했다. 그 두 사람은 저녁 무렵이 되어서야 정신을 차리더니, 일어나자마자 또 밤이라는 사실에 극도의 공포를 느꼈다. 분명히 일본 쪽 팀장은 그 광경을 보고 철수를 결심했을 것이다.

뼈만 발라내세요, 생선은 뒤집는 거 아니에요

그렇게 거의 삼 개월을 버텼다. 이제는 모두 접어야 할 것 같았다. 일본팀은 두 번째 폭탄이 발견되자 놀라운 속도로 작업을 진행하더니 땅에서 캐낸 폭탄과 나머지 장비들을 모두 싣고 다음날 아침에 현장을 떠났다. 원래 계획하고 있던 떠들썩한 언론 보도도, 조촐한 고별파티도 없이 팀장의 심각한 한마디만 저주처럼 남긴 채 그들은 황급히 달아났다.

"당장 이곳을 떠나세요. 분명히 무슨 일이 일어날 거예요."

그리고 그날 중국팀도 그 거대한 화석을 발굴하는 작업에 본격적으로 착수했다. 이제는 대낮에 보는 사람들의 얼굴도 귀신처럼 섬뜩하게 변해 있었다. 나는 신들린 사람처럼 말없이, 땅속에 파묻혀 있던 화석을 빠른 속도로 발라내는 중국팀 사람들이 걱정스러웠다. 그대로 가다가는 진짜로 무슨 일이 터질 것 같은 느낌이었다. 이제는 중국팀 사이에서 정직한 청년이라는 인물은 찾아볼 수 없었다. 그것은 일종의 거래였다. 죽은 혼령들과의 거래. 그들은 대단히 값나가는 것을 얻는 대신 말없이 그곳을 떠나기로 계약을 맺은 것이다. 그들의 얼굴에 서려 있는 귀기는 그 계약이 성립되었음을 나타내는 증거였다. 혼령들은 우리도 더는 건들지 않았다. 가만히 지켜보고만 있는 것이었다.

하지만 우리팀은 무엇을 얻을 수 있단 말인가. 발굴작업 자체는 두말할 것도 없이 완전히 실패였다. 발굴팀이 발굴을 포기한 이상 우리에게 남은 것은 무엇이란 말인가. 나는 무엇을 바라고 이 땅에 집착하고 있는 것일까. 무엇을 찾으려고 다른 사람들을 설득했던 것일까. 이 땅과 혼령들은 무엇을 지키기 위해 그렇게 애쓰고 있을까. 나는 아무것도 알 수 없게 되고 말았다.

"제가 벗을게요."

"마지막 한 겹은 내가 벗길래."

지금? 지금은 중국팀이 떠나고도 한 달이나 지난 가을밤이다. 나는 냉기 펄스 조기경보기를 팔뚝에 차고 다른 팔로 팔베개를 하고 드러누워서 밤하늘을 바라보고 있다. 그러다 돌아누워서 편지를 쓰고, 그러다 다시 돌아누워서 하늘을 본다. 과연 눈앞에 펼쳐진 우주는 내 등 뒤를 받쳐주는 대지만큼이나 경이로운 일들로 가득 차 있다.

중국팀이 떠나던 날 나는 그렇게 거대한 화석이 어떻게 그 좁은 땅속에 다 구겨져 들어가 있었는지가 신기하기만 했다. 정직한 청년이 암시를 주지 않았다면 나는 그 거대함에 압도된 나머지 그 화석의 진정한 의미를 눈치채지 못할 뻔했다. 청년은 나를 사람 없는 곳으로 부르더니 아무런 설명도 없이 대뜸 땅바닥에 쪼그리고 누웠다. 품속에는 그의 가족사진이 든 액자가 폭 안겨 있었다. 그는 이 땅과의 계약을 어겨가면서까지 나에게 무엇인가를 알려주려고 했던 것이다. 그가 떠나고 나서 나는 그게 무슨 의미인지를 곰곰이 생각해보았다.

내가 그 수수께끼를 풀기까지는 열흘이 더 걸렸다. 그동안 그 청년은 어쩌면 알 수 없는 저주에 걸려 목숨을 잃었을지도 모른다. 과학적인 소양을 갖춘 고고심령학자가 떠올리기에는 대단히 부적절한 상상이었지만 어쩐지 그런 생각이 드는 것이다. 그가 나에게 가르쳐준 것은 그만큼 결정적이었다. 그들이 발굴해 간 공룡 화석, 그 공룡이 마치 무엇인가 소중한 것을 품고 있는 듯한 모양으로 누워 있었다는 사실을 마침내 나는 깨닫고 말았다.

나는 몇 사람을 데리고 발굴장소로 갔다. 우리에게는 물론 적절한 발굴장비가 없었지만, 나는 사람들을 독려해서 화석이 있던 구덩이로 내려가서 공룡이 있던 곳 가운데쯤을 아주 조심스럽게 파내려갔다. 파냈다기보다는 조심스럽게 땅을 긁어냈다. 이제 남은 사람들 중 어느 누구도 내가 하는 일을 이해해주지 않았고, 심지어 선발대는 장비 일부를 챙겨서 현장을 떠나버렸다. 그래도 나는 땅을 팠다. 어느덧 우리팀 사람들도 모두 다 떠나버렸다. 나는 혼자 남아서 마지막까지 땅을 팠다.

그렇다. 모두가 떠나버리고 이제는 나 혼자 여기에 남아 있다. 오늘에야 나는 일을 접고 지금은 우주를 향해 누워 있다.

혼자 남아서 땅을 파면서 가장 신경이 쓰였던 것은 과연 내가 그냥 암석과 그 소중한 무엇인가를 구별해낼 수 있는가 하는 것이었다. 잘못하다가는 진짜로 뭔가가 나타났는데도 알아채지 못한 채 그냥 땅을 파듯 깎아내버릴지도 모르는 일이었다. 나는 손끝으로 조심스럽게 바닥을 어루만져가면서 서서히 땅을 파 내려갔다. 그러면서도 한편으로는 이미 그 소중한 무엇인가를 지나쳐버린 것이 아닌가 하는 생각이 머릿속을 떠나지 않았다.

하지만 나는 땅이 숨죽이고 긴장하고 있는 것을 느낄 수 있었다. 아직 거기까지 닿지는 않은 것이다. 거의 닿을 듯 가까이 다가와 있다는 뜻이기도 했다. 그러자 이 땅이 나에게 마지막으로 보여준 것은 예전과 같은 무시무시한 경고가 아니라 다른 팀에게 보여주었던 것과 비슷한 회유의 몸짓이었다.

어디에선가 노랫소리가 들렸다. 낯선 곡조에 낯선 창법이었지만 그것은 분명히 사람의 노랫소리였다. 끊어질 듯 다시 이어지는 노랫소리 사이사이에 간간이 숨소리가 섞여 들려왔다. 나는 손에 들고 있던 도구들을 내려놓고 구덩이 위로 고개를 내밀었다. 구덩이 밖, 땅 위에서는 어떤 여인이 춤을 추고 있었다. 여자는 자기가 부르는 노래에 맞춰 춤을 추고 있었는데, 그 지역에서는 절대 사용하지 않았을 것 같은 얇은 천으로 만든 옷감 사이로 훤히 드러나 보이는 몸매가 아찔한 느낌을 주는 미인이었다. 무엇보다도 등 쪽을 보이고 있다가 흘끗흘끗 뒤를 돌아보는 순간의 그 눈빛이 너무나도 농염하고 신비스러운 나머지, 나는 그것이 유혹이라는 것을 뻔히 알면서도 쉽사리 그녀에게서 눈을 뗄 수가 없었다. 유혹은 물론 그것으로 끝나지 않았다. 여자는 계속해서 춤을 추면서 뒷걸음질쳐서 내 쪽으로 다가왔다. 그러고는 갑자기 돌아서며 몸에 두르고 있던 그 얇은 천을 내 얼굴에다 흘렸다. 나는 그 부드러운 천이 얼굴에 닿는 느낌이 너무나 생생해서 흠칫 놀라고 말았다. 나체의 여자가 허리를 숙여 점점 더 가까이 다가오는 모습이 얇은 천을 통해 눈에 들어왔다.

하지만 나는 눈을 딱 감고 다시 구덩이 쪽으로 돌아서서 도구들을 손에 들었다. 육감적인 숨소리가 계속해서 귀를 간지럽히고, 농염하면서도 향긋한 냄새가 바람을 타고 퍼져나가는 것 같았다. 그래도 나는 정신을 바짝 차리고 땅을 매만졌다. 그리고 서서히 바닥을 파 들어갔다. 얼마나 계속되었을까. 나는 드디어 내 손끝으로 전해오는 그 무엇인가를 느낄 수 있었다. 노랫소리는 그 순간 완전히 사라졌다.

꼬이 밀 개야!
누군가를 만났어!

그렇다. 나는 그것을 찾고 말았다. 그래서 너에게 편지를 쓴다. 왜 너에게 쓰냐고? 아직도 너에 대한 미련을 버리지 못한 게 아니냐고? 솔직히 나는 네가 이 편지를 지금 이 대목까지 인내심을 가지고 읽어줄지 어떨지도 확신이 안 선다. 너는 어쩌면 다시 한번 오해를 할지도 모르겠고, 도대체 무슨 말이 하고 싶은 거냐고 반문할지도 모르겠다. 하지만 이것만은 너에게 먼저 보이지 않을 수가 없다.

같이 보내는 사진은 오늘 새벽에 내가 찾아낸 물건이다. 정확히 말하자면, 그 물건 자체는 사라지고 없고, 그 물건이 있었던 흔적을 찾아낸 것이다. 사진으로 보면 평면으로만 보일 것 같아서 여러 각도에서 찍은 사진을 함께 보낸다. 사진 아래쪽에 보이는 것은 아무래도 바퀴가 아닌가 싶다. 좌우에 세 개씩 여섯 개가 있었을 텐데 아쉽게도 여기에는 한쪽 면만 찍혀 있어서 확인할 수는 없다. 내가 아무리 심미안이 없고 기계를 모른다지만 이것은 아무래도 바퀴가 틀림없다. 그래서 너에게 다시 한번 확인을 부탁한다. 그 위쪽에 있는 몸통은, 아무리 봐도 인공적으로 만들어진 육면체 형태다. 여섯 개의 바퀴를 달고 있는 무엇인가의 본체로 보이는데 이것 역시 확인해주었으면 한다. 왼쪽 위를 향해 뻗어 있는 것은, 아무리 자세히 들여다봐도 역시 팔 역할을 하도록 디자인된 촉수로밖에 안 보인다. 그 반대쪽에는 더 복잡한 것들이 찍혀 있는데, 다른 건 몰라도 둥근 모양을 하고 있는 것은 전파를 잘 받으라고 달아놓은 원반 같다.

나는 이런 형태를 전에 어디에선가 분명히 본 것 같다. 아마도 전에 네가 구상하고 있다던 화성 탐사장비 디자인 후보 모형들이었던 것 같다. 그때 자세히 봐두지 않아서 확신이 서지 않지만 내가 보기에 이 화석은 분명히 누군가가 우리 행성에 보낸 탐사장비의 흔적이다. 그게 맞는지 네가 확인해주었으면 좋겠다.

혹시 내가 혐오스러워서 이 편지의 앞부분을 읽지 않고 제일 마지막 장만 보고 있을까 봐 다시 한번 이야기하지만 이 사진에 찍힌 화석은 일억 육천만 년 된 공룡 화석이 나왔던 곳과 거의 비슷한 지층에서 나온 것이라는 사실을 기억해주기 바란다. 공룡들이 땅 위를 활보하던 시절에, 저 우주로부터 누군가가 이곳에 탐사차량을 보내왔다는 소리다. 아마도 지적인 생명체가 살고 있는지 알아보기 위해서. 그렇게 생각해도 되지 않을까?

잘은 모르겠지만, 이 탐사차량은 그 먼 우주를 건너와서 결국 누군가를 만난 것 같다. 그리고 더 중요한 것은, 그 녀석이 이 땅에서 얼마를 살다가 사라졌는지는 몰라도, 굉장히 오랜 시간 동안 사랑받았다는 사실이다. 그게 얼마나 큰 애정과 관심이었는지는 여기에 있었던 세 팀 관계자 모두가 증언해줄 수 있을 것이다.

왜일까? 왜 이 녀석의 무덤은 구세주의 무덤만큼 성스러운 땅이 되어 남아 있는 것일까? 그 옛날 두 세계의 만남은 각자의 세계에 어떤 감흥을 주었을까? 이 별에 생명체가 있다는 것을 발견한 그들은 그 뒤에 어떻게 되었을까? 그들의 흔적은 이것뿐일까? 아니면 그들의 후손들이 여전히 우리를 지켜보고 있기라도 한 것일까? 그때 외계의 방문객을 맞이했던 지구측 대표들은 과연 우리가 지금 생각하는 것만큼 멍청하고 야만적이기만 했던 것일까? 우리는 우주에 대해서나 우리가 발붙이고 살고 있는 이 땅에 대해서 얼마나 많이 알고 있고 또 얼마나 모르고 있는 것일까?

분명 이 모든 것은 나 혼자 만들어본 가설이고 의문들일 뿐이다. 그러니까 전문가인 네가 이 사진을 보고 이게 지적 생명체가 만든 탐사장비가 맞는지 어떤지 확인해주기 바란다. 더 자세한 확인이 필요하다면 화석은 내가 가지고 있을 예정이니 거리낌 없이 연락을 주었으면 좋겠다. 물론 발굴과정을 담은 영상 증거물도 함께 가지고 있다.

다 큰 사람이 할 말인지 어떤지 모르겠지만, 몇 달 만에 처음으로 이곳의 밤이 무섭지가 않다. 혼자인데도. 그저 마냥 행복하다. 나는 내가 왜 이런 모습을 한 어른으로 자라났는지 도무지 알 수가 없었다. 훌륭한 인물도 아니고, 세상에 보탬이 되는 직업을 가진 것도 아닌. 그나마 이때까지 쌓아온 모든 것을 다 날려버릴 것처럼 뒤숭숭했던 내 마지막 발굴작업, 모두가 나를 떠나버리게 만든 광기. 어제까지만 해도 나는 내가 도대체 왜 이런 어른이 되고 말았는지 도무지 이해할 수가 없었다. 하지만 오늘은 그저 행복하기만 하다.

드디어 나도 누군가를 만났으니까.

커
졌
다

얼
굴
이

얼굴이 커졌다.

일이 있을 때면 늘 그래온 것처럼 여섯 시 삼십 분에 잠이 깼다. 이스탄불에서도, 서울에서도, 뱅갈루루에서도, 아바나에서도 늘 똑같은 시간에 일어났다. 여섯 시 삼십오 분. 늘 똑같은 시간에 면도거품을 발랐다. 아무리 신경써도 이십 초면 끝나는 일이다. 그러나 이번에는 달랐다.

왼손에 올려놓은 면도거품 일부를 오른손에 적당량 덜어냈다. 그리고 오른손을 귀밑으로 가져갔다. 듬성듬성 목에 나 있는 수염까지 완전히 가려지도록 슥 문질러주기만 하면 되는 간단한 일이다. 왼손에 거품을 짤 때 양을 잘못 맞추는 경우는 한 번도 없었다.

세계 최고의 저격수가 된다는 것은 그렇게 간단한 일이 아니다. 그 정도도 재지 못할 만큼 손이 둔하다면 습한 바람에 총알의 궤적이 얼마나 흔들릴지 가늠하는 것도 불가능하다. 물론 실제로 겨우 그 정도를 가늠하지 못해서 일을 그르치는 자들이 있다. 하지만 나는 아니다.

그런데 이번에는 달랐다. 면도거품이 모자랐다. 코밑은커녕 겨우 왼쪽 턱까지도 다 못 발랐는데 양손에 거품이 하나도 안 남았다. 눈이 번쩍 떠졌다. 이런 실수를 다 하다니. 은퇴할 때가 된 건가. 저격수의 손은 기계처럼 정확해야 한다. 모든 의뢰를 다 총으로 해결할 수 있는 것은 아니다. 때로는 활을 써야 할 때도 있다. 활은 훌륭한 기구임에 틀림없지만, 총만큼 정교한 기구는 아니다. 총이 하는 기계적인 동작들 중 많은 부분을 사람의 몸으로 대체해야 한다. 그러니까 정교함은 생명이다.

생명. 왜냐하면 표적들이 늘 말없이 당하고만 있는 것은 아니기 때문이다. 그들은 내가 자리 잡은 건물 반대편, 혹은 아예 내 뒤편에 자기편 저격수를 심어두곤 한다. 들키면 죽는다. 저쪽도 마찬가지다. 들키면 죽는다.

"감각이 조금이라도 무뎌지면 곧바로 은퇴해."

나에게 활을 가르쳐준 선배가 바르셀로나로 떠나면서 남긴 말이었다. 그는 은퇴했다. 그가 숨어 있던 방 창틀에 총알이 날아와 박힌 날로부터 딱 일주일 뒤였다. 그때 그의 나이가 겨우 서른하나였다. 지금의 내 나이다. 하지만 나는 은퇴할 생각이 없었다. 물론 돈은 충분히 벌었다. 하지만 내가 이루고자 했던 것을 아직 충분히 이루지는 못했다. 그런데 벌써 손이 굳다니. 나는 섬뜩한 생각에 눈을 번쩍 떴다. 잠이 완전히 달아났다. 눈앞에 있는 거울을 바라보았다.

허!

거울에 비친 내 얼굴을 보자 허탈한 웃음이 저절로 터져나왔다. 물론 허탈한 웃음은 저격수에게는 금기다. 진지하지 않은 태도, 책임질 수 없는 무언가를 대했을 때의 반응. 저격수는 단 한순간도 책임을 방기해서는 안 된다. 스스로 통제할 수 없는 무언가가 갑자기 튀어나온다 해도 냉소하거나 비웃어서는 안 된다. 삶에 들이닥치는 모든 우발적인 상황에 대해 친절하고 겸손해야 한다. 사려 깊고 따뜻해야 한다.

그러나 이번에는 달랐다. 얼굴이 커져 있었다. 비대해져 있었다. 둥글둥글 귀엽기까지 한 턱선에 내 원래 얼굴이 완전히 파묻혀 있었다. 낯선 윤곽 사이에서 겨우 내 얼굴을 찾아냈을 때는 반가운 생각마저 들었다.

―냉소하느니 차라리 크고 환하게 웃기를.

나는 '신실한 저격수의 생활지침'에 나와 있는 대로 웃음을 터뜨렸다. 웃음이 멈추지 않았다. 이건 완전 돼지잖아! 예전의 날렵하던 턱선은 도저히 찾을 수가 없었다. 왜 그렇게 우스웠을까. 웃으면서 생각해보니 목 아래로는 그대로인데 얼굴만 커다란 게, 무슨 동물 탈이라도 뒤집어쓴 것 같은 비례였다. 그래서 우스웠던 것이다.

일단 원인을 파악하고 나면 아주 공포스럽거나 신기해 보이던 것도 곧 아무것도 아닌 것이 되고 만다. 나는 웃음을 멈추고 하던 일을 끝내기로 마음먹었다. 하지만 그럴 수가 없었다. 면도기를 귀밑에 갖다대는 순간, 거대해진 얼굴에 비해 너무나도 작아 보이는 면도기가 또 그렇게 우스울 수가 없었다. 그래서 웃기 시작했다.

원 없이 웃었다. 목이 아프도록 웃었다. 몸속에 든 바람이 다 빠져나가도록 웃은 것 같은데도, 거울 속의 나와 눈이 마주치면 또 처음부터 다시 웃음이 터져 나왔다. 고개를 숙이고 웃다가, 스테인리스스틸 재질로 된 수도꼭지의 둥그런 면에 비친 내 몸의 비례를 보고는 터져 나오는 웃음을 참지 못하고 아예 바닥에 주저앉고 말았다. 그 왜곡된 공간 속에서 나는 거의 숟가락 같은 신체 비례를 하고 있었다. 일곱 시 오 분. 손에 익지 않은 낯선 턱선에다 면도날을 대고 슥 밀었다. 결국 왼쪽 턱에 상처가 났다.

늘 하던 대로 일찍 일어나기는 했지만 오후가 될 때까지는 할 일이 없었다. 아침을 먹는 동안 얼굴이 커져버린 이유가 생각이 났다. 은경이 때문이었다. 은경이를 그렇게 보내고 나서는 하루도 맨정신에 잠든 적이 없었다. 삼 주 내내 그렇게 마셔

대고 먹어댔으니 어디든 한 군데가 커질 수밖에.

다시 웃음이 터져나왔다. 밥알이 멀리까지 튀어나갔다. 웃다가 문득 은경이가 떠올랐다.

"너랑 똑같이 생긴 아이를 낳을 거야."

은경이는, 아이는 포기할 수 없으니 내가 뭐라고 하건 그냥 낳겠다고 말했다. 하지만 그 아이가 정말로 나를 닮았다면 자연분만은 힘들 것이다. 머리가 이렇게 비대한 태아라면 분명 산모를 위험에 빠뜨릴 것이다. 그 생각을 하자 다시 한번 폭소가 터져나왔다. 참을 수가 없었다.

먼저 헤어지자고 말한 쪽은 나였다. 그 말을 듣자마자 은경이는 내 아이를 가졌다는 사실을 밝혔다. 그때가 처음이었다. 우리는 그 두 가지 문제에 관해 아무런 의논도 하지 않았다. 싸우지도 않았다. 다만 각자의 입장을 말한 다음 각자의 길로 떠났을 뿐이다. 저격수들은 누구나 그랬다. 은경이도 마찬가지였다. 은경이도 저격수였다.

저격과 사랑은 상충되지 않는다. 삶에 끼어드는 수많은 우연을 냉소로 대하지 않는 것. 저격수의 덕목이기도 하고, 사랑의 조건이기도 하다. 나는 애인이 셋이었다. 에레나라는 아이가 내 사진을 자기 블로그에 올리기 전에만 해도 나는 연인들을 정리할 생각이 전혀 없었다. 하지만 그들은 그렇지 않았다. 결국 에레나와 홍샤를 정리하고 은경이만 남았다. 은경이가 그 사실을 알았는지 몰랐는지는 분명하지 않다. 아마 알았을 것이다. 은경이가 성격이 그렇게 예민한 편은 아니었지만 저격수의 관찰력이란 우습게 볼 게 못 된다.

은경이는 같이 지내기에 전혀 불편하지 않았다. 문제를 일으키는 일도 없었다. 위장(僞裝)에 능숙한 야생의 포식자처럼, 늘 평범해 보이다가도 마음만 먹으면 단 오 분 이내에 상대를 깜짝 놀라게 만들 수 있는 내면의 매력을 지닌 여자이기도 했다. 또한 은경이는 나에 대해서만은 아무런 방어조치를 취하지 않았다. 말 그대로 무방비상태였다는 뜻이다. 우리 같은 작업환경에서 그런 태도는 곧, 필요하다면 죽여도 좋다는 의미였다. 상대를 믿는다는 뜻이 아니다. 그만큼 사랑한다는 표현도 아니다. 단언하건대, 상황이 여의치 않다면 죽여도 좋다는 뜻 외에는 아무것도 아니다.

물론 나는 그런 은경이의 태도가 부담스러웠다. 은경이를 없애다니. 그런 일은 있어서는 안 된다. 하지만 그런 일은 충분히 있을 수 있다. 나는 그 사실을 잘 알고 있었다. 그래서 은경이가 나에게도 충분한 방어조치를 취하기를 바랐다. 그래 달라고 말한 적도 있었다. 여러 번이었다. 하지만 은경이는 내 말을 듣지 않았다.

"그래도 어디 한군데쯤은 완전히 벌거벗고 있어도 되는 데가 있는 게 낫지 않아?"

은경이가 그렇게 말했다.

"아니."

나는 늘 그렇게 대답했다.

우리에게는 조직이라는 게 없었다. 조직이 있어서 좋을 게 하나도 없었다. 세상은 빨리 변하고, 조직은 늘 변화를 놓친다. 변화를 놓쳐버린 조직에 속해 있다는 것은 숙청이나 보복을 당해야 할 이유를 하나 더 늘리는 일에 불과하다. 우리는 그렇게 버려지고 망가진 조직을 수도 없이 봐왔다.

우리집만 해도 그랬다. 조부는 흑해에서 보스포루스해협을 지나 지중해로 나가는 '욜 가미'라는 소련제 신무기를 감시하기 위해 이스탄불에 설치된 정부 비밀조직의 저격요원이었다. 욜 가미가 함선인지 잠수함인지 아니면 다른 종류의 신무기인지는 결국 밝혀내지 못했지만, 조부는 꽤 오랫동안 그 일을 성실하게 수행했다. 믿을 만한 한국 사람을 구하기가 쉽지 않은 지역인 만큼 그 일은 결국 우리 집안의 가업이 되고 말았다. 그러나 냉전이 끝나자 국가는 우리의 존재를 부인했다. 버려지고, 보복하고, 보복당하고. 그 와중에 누나를 잃었다. 누나 이름도 은경이었다. 누나를 잃고 얼마 되지 않아서 조부를 잃었다. 곧 아버지도. 더 이상 나쁠 데가 없었다.

그런 식이었다. 흔한 이야기였다. 저격수들을 둘러싼 냉혹한 세계에서는 그런 일들이 한동안 너무나 빈번하게 발생했다. 저격 시장 자체가 붕괴될 위기에 처할 만큼. 그래서 요즘은 다들 혼자 일한다. 개별적으로 계약하고 개별적으로 작업한다. 같은 편에서 일하는 사람이 여럿이 되더라도 원칙적으로 계약은 일대일 계약이다.

두 달 전에 나는 꽤 큰 금액이 걸린 일을 한 건 의뢰받았다. 의뢰인이 상세한 자료를 건넸지만 나는 그 자료를 신뢰하지 않았다. 누구를 시켜서 조사했는지는 모르지만 1급 저격수만큼 치밀하게 조사를 해낼 수 있는 일반인은 전세계를 통틀어 열 명이 채 안 된다.

나는 직접 조사에 나섰다. 내 '표적'이 방어 목적으로 저격수 몇 명을 고용했다는 정보가 손쉽게 손에 들어왔다. 전문 브로커를 통해서 계약과정을 조심스럽게 은폐하지 않았기 때문이다. 조금 더 캐고 들어가자 심지어 그가 고용한 저격수들의 명단도 얻을 수 있었다. 내 적들의 정보는 그렇게 거의 무방비상태로 노출되어 있었다. 그중에는 은경이도 포함되어 있었다.

5월 어느 날이었다. 한가하고 따스한 오후였다. 은경이는 맨살을 드러내고 잠들어 있었다. 내 쪽으로 등을 돌린 채 삐딱하게 옆으로 누워서 아무 의심도 없이 그저 편안하게 잠들어 있었다. 나는 문가에 기대서서, 잠들어 있는 그 우아한 여인의 뒷모습을 한참 동안이나 바라보았다. 바라볼 수는 있어도 겨눌 수는 없는 등이었다. 그날 저녁에 나는 은경이에게 말했다.

"헤어지자."

"응?"

"무슨 생각으로 나한테 계속 그렇게 무방비상태인지 모르겠는데, 나는 그게 더 부담스러워."

"아!"

"아?"

"아, 미안. 근데 나, 애 가진 것 같아."

한 시간쯤 이런저런 이야기를 나눈 다음 우리는 프로답게 깨끗이 헤어졌다. 어차피 우리 같은 프로 저격수에게는 고향도 없고 집도 없었다. 한번 헤어지고 나면 다음에 또 어디에서 만나게 될지 기약할 수도 없었다. 나만 해도 활동 반경이 거의 삼십 개국에 이르렀고 잘은 모르지만 은경이도 아마 그보다 적지는 않았을 것이다. 그만큼 뒤가 없는 이별이라는 뜻이다.

상처가 남았다. 다음날 나는 어마어마한 위약금을 물고 임무를 포기했다. 처음이었다. 그날부터였다. 그날부터 매일 하루도 빠지지 않고 열심히 퍼마시고 열심히 먹어댔다. 그랬더니 얼굴이 커져버렸다.

슬슬 걱정이 되기 시작했다. 절대 눈에 띄지 않아야 할 저격수가, 얼굴이 보통 사람의 두 배라니. 온 세상 사람들이 다 쳐다볼 게 분명했다. 저격은 고사하고 창밖으로 얼굴을 내밀기도 민망했다. 게다가 저 사람 좋고 얼빵해 보이는 표정이라니. 저게 어딜 봐서 프로 저격수의 야무진 얼굴이란 말인가. 눈빛만으로 상대를 움찔하게 만들었던 예전의 날카로움은 이제 영원히 찾아볼 수 없을 것만 같았다.

나는 잠시 은퇴를 생각했다. 균형이 무너진 스나이퍼는 그냥 살인마일 뿐이다. 그래가지고는 아무것도 얻을 게 없다. 아무것도 이룰 게 없다.

"이상한 녀석. 스나이퍼가 스나이퍼지, 의뢰받아서 총질하는 직종에서 무슨 자아실현 타령이냐?"

은경이는 내 인생관이 우습다고 말했다. 하지만 나는 진지했다.

처음 이 일에 발을 들인 건 내 선택이 아니었다. 삼대째 이어온 가업인 데다 집안 전체가 나라로부터 버림받은 상태였기 때문에 나에게는 선택의 여지가 없었다. 하지만 나라를 상대로 보복을 하지 않겠다는 결정을 내린 것은 분명 나였다. 이 일을 계속하기로 한 것도 내 선택이었다. 나는 내 적을 스스로 선택할 수 있는 위치에 올랐다. 선대(先代)의 적을 무시할 수도 있었다. 언제든 이 일을 그만둘 수도 있었다. 하지만 그러지 않았다.

나는 내 일이 결국 사람을 죽이는 일일 뿐이라고 자조하지 않았다. 어차피 다른 선택은 불가능했다고 핑계를 대지도 않았다. 그렇게 삶을 쉽게 비웃어버릴 수 있는 두 가지 해법을 포기한 대신, 좀더 애매하고 섬세한 균형점을 찾아나섰다. 나는 절제되고 균형 잡힌 태도로 임무에 임했다. 절제와 균형이 목표는 아니었다. 과정일 뿐. 목표는 아직 달성된 적이 없다. 마지막에 뭐가 되어 있을지는 전혀 감을 잡을 수가 없다. 악마가 되는 지름길일지도 모르는 일이었다.

이왕 악마가 될 거면 제대로 각성한 악마가 돼야지 균형을 상실한 잡귀가 될 수는 없었다. 나는 걱정스러운 마음으로 내 손에 남아 있는 균형감각을 점검했다. 총기를 분해했다가 다시 조립하는 손동작에는 전혀 어긋남이 없었다. 칼이며 젓가락, 접시까지 손에 잡히는 대로 이것저것 집어들었다. 내 손은 그 물건들이 지닌 원래의 무게 균형과, 무기로 사용될 때 새롭게 정의될 또다른 균형점들을 빠르게 짚어냈다. 그러는 내내 머릿속은 걱정으로 가득 차 있었지만, 마음은 바람 하나 없이 잔잔하게 평형을 유지하고 있었다. 균형은 완벽했다. 임무를 포기할 이유가 없었다.

임무수행 최종 확인을 위해 브로커에게 전화를 걸었다.

"수술 경과가 좋은 것 같아. 소풍 가도 되겠어."

양손을 써서 도구를 점검하느라, 어깨와 볼 사이에 전화기를 낀 채로 그렇게 말했다. 예정대로 작전을 실행에 옮기겠다는 뜻이었다. 그러자 브로커가 반문했다.

"뭐라고? 잘 안 들려."

"수술 경과가 좋다고. 소풍은 예정대로 갈 거니까 도시락 잘 챙겨."

"여보세요. 이봐, 잘 안 들려. 뭐 하는 거야?"

나는 저쪽이야말로 무슨 일이 있는 게 아닌가 싶어 손에 든 것을 내려놓고 전화기를 집어들었다. 그러자 곧, 도대체 뭐가 잘못됐는지를 깨달을 수 있었다. 전화기를 얼굴 옆에 끼우는 바람에, 비대해진 볼살이 전화기 마이크를 밀봉해버린 것이다. 나는 전화기 마이크 부분을 입 가까이 대고 수술 경과가 좋다고 다시 한번 말해주었다. 이번에는 스피커가 귀에서 멀리 떨어졌다. 거리를 좁히기 위해 전화기를 얼굴에 바짝 갖다대자 전화기 안쪽에 붙은 버튼이 볼에 눌려 삑삑 소리를 냈다.

"뭐야? 뭐 한 거야? 뭔가 이상하잖아."

의심스럽게 캐묻는 브로커를 간신히 설득한 다음 전화를 끊었다. 웃어넘길 일이 아니었다. 일을 마무리 짓는 대로 병원에 가봐야겠다는 생각이 들었다. 브로커들이 커져버린 내 얼굴을 보고 나면 발길을 뚝 끊어버릴 게 분명했다. 자기관리 못 하는 일급 저격수라니. 한 석 달쯤 휴식이 필요할지도 모른다. 은경이 일을 다시 생각해봐야 할지도 모른다. 하지만 당장은 일에 집중해야 했다.

나는 한쪽 벽면을 가득 채운 서른네 장의 사진을 바라보았다. 빅 배리. 오늘의 표적이었다. 커다란 얼굴. 얼굴 크기만 놓고 보면 나나 내 표적이나 별로 차이가 없었다. 하지만 신체 비레는 전혀 달랐다. 그는 키가 작고 뚱뚱했다. 커다란 얼굴이 달려 있어도 전혀 이상하지 않았다.

커다란 얼굴은 해당 분야에서만큼은 그가 최고라는 증거였다. 프로가 된다는 것은 곧 얼굴이 커지는 것을 의미했다. 분야를 막론하고 어느 정도 자리에 오른 사람들은 얼굴이 다 그 모양이었다. 도대체 무슨 치열한 짓을 하기에 얼굴이 그렇게 두꺼워지는 것일까. 그 자리에 오르기까지 그는 얼마나 치열한 삶을 살아온 것일까.

그는 인공위성 요격 미사일 개발에 관한 국제 네트워크의 자금줄을 쥐고 있는 몇 안 되는 거물 중 하나였지만 코스모마피아처럼 무장봉기 중인 전사는 아니었다. 이념과는 관계없이 단지 돈 때문에 그 일에 참여했다는 뜻이다. 다시 말해서 적이 많을 수밖에 없었다. 그중에서도 가장 위협적인 적은 물론 코스모마피아였다. 비록 전략적 협력관계에 있기는 했지만, 옛 소련 공산당 계열의 과격파 무장봉기 세력인 코스모마피아가 내 표적 같은 속물을 진정한 동반자로 여길 리는 없었다.

그러니 누군가로부터 그를 없애달라는 의뢰가 들어온 것은 전혀 놀라운 일이 아니었다. 일종의 법칙이라고 봐도 좋을 만큼 예측 가능하며 지극히 자연스러운 일이었다. 나는 아무런 양심의 가책도 느끼지 않고 의뢰를 받아들였다. 코스모마피아가 직접 저격에 나서지 않고 나를 고용한 이유가 뭘까 생각해봤지만 이내 내 의뢰인이 코스모마피아가 아닐지도 모른다는 생각이 들었다. 고민은 거기까지였다. 타인의 사적인 원한 따위는 별로 궁금하지 않았다.

오후에는 그의 움직임이 담긴 동영상을 검토했다. 습관이나 걷는 속도를 꼼꼼하게 체크한 다음, 동영상에 비친 그의 움직임을 조준경을 통해 눈으로 따라갔다. 물론 이미 여러 번 반복해온 연습이었다. 이제는 거의 실수 없이 그의 다음 움직임을 따라잡을 수가 있었다. 돌발행동이 가장 적게 일어날 때가 언제인지도 거의 확신할 수 있었다.

마지막으로 총기에 조준경을 장착하고 실제로 조준하듯 한쪽 눈으로 화면을 겨냥했다. 총기 개머리판이 볼살에 밀리는 바람에 오른쪽 눈이 조준경에 정확하게 맞춰지지가 않았다. 얼굴을 좀더 바짝 갖다대자 그럭저럭 자세가 잡혔지만 늘 해오던 것과는 다른 자세가 되고 말았다. 그렇다고 이제 와서 새로운 자세를 연습할 수는 없었다. 나는 볼을 좀더 바짝 붙이는 쪽을 택했다. 오 분쯤 연습하고 나니 오른쪽 볼에 수상한 줄무늬가 찍혔다. 전문가라면 쉽게 알아볼 수 있을 만한 개머리판 자국이었다. 나는 책상 위에 펼쳐져 있는 지도를 보고 탈출경로를 수정한 다음 총기를 다시 분해했다.

거울에 레고 같은 내 얼굴이 비쳤다. 어벙해 보이는 순박한 표정. 왜 어떤 조직이든 결국은 저런 얼굴을 한 사람이 살아남게 되는 것일까. 먼저 생존한 자가 자기와 비슷한 사람들을 선택하기 때문은 아닐까. 그렇다면 태초의 거대한 얼굴은 과연 누구란 말인가.

'그나저나 이러고 가면 은경이가 다시 만나줄까?'

은경이는 곧 은퇴할 생각이라고 했다. 돈은 충분할 것이다. 평생 일 같은 걸 하지 않아도 아이를 훌륭하게 키워낼 수 있을 것이다.

"꼭 그만둬야 해?"

"그럼 출산휴가라도 낼까?"

그렇게 말하는 은경이를 나는 그저 어벙하게 바라만 보고 서 있었다. 저렇게 농담을 할 정도면 꽤 오래 고민한 게 틀림없다.

"깨끗하게 손 뗄 거니까 당신도 우리 안 건드렸으면 좋겠어."

은경이의 마지막 말이었다. 피곤해 보였다. 그런데 평온해 보였다.

슬슬 움직일 시간이 가까웠다. 나는 내 짐을 모두 챙겨서 가방에 쓸어담았다. 내가 머물렀던 흔적을 완전히 없앤 다음 무기를 챙겨들고 호텔 방을 나섰다. 복도에는 아무도 없었다. 괜히 비웃음 살 일이 없어서 다행이었다. 엘리베이터를 포기하고 계단을 통해 천천히 맨 꼭대기 층까지 올라갔다. 옥상은 아무나 출입할 수 없게 되어 있었지만, 나는 미리 뚫어둔 통로를 통해 어렵지 않게 옥상으로 올라갈 수 있었다.

바깥은 생각보다 쌀쌀했다. 이제 초여름이 다 됐다고만 생각하고 날씨를 제대로 확인하지 않은 탓이었다. 나는 아래쪽으로 고개를 내밀었다. 상대 저격수의 예상 배치지점은 사흘 전에 이미 봐두었다. 아직은 다섯 개 예상지점 모두 인기척이 없었다.

보통은 방어측 저격수가 불리하다. 정확한 공격시점을 예측할 수 없는 상태에서 공격측보다 훨씬 오래 기다려야 하기 때문이다. 그만큼 집중력이 분산되는 탓이다. 하지만 이번에는 저격이 가능한 시간이 미리 정해져 있는 것이나 다름없었다. 내 손에 들어온 빅 배리의 이번 순방일정만 놓고 보면 표적이 저격에 노출될 수 있는 순간은 채 열 번도 안 됐다. 그나마도 경호팀이 조금만 더 신경을 쓰면 다섯 번 정도로 줄어들 숫자였다.

나는 바람의 방향과 세기를 가늠한 다음 다시 한번 주요 지점을 둘러보았다. 나와 동일한 표적을 노리는 저격수가 두세 명쯤 더 있을 수도 있지만, 그들은 엄밀히 말해서 내 편이 아니다. 나는 그들이 좋아할 만한 자리도 미리 확인했다. 아직은 그 어디에서도 사람의 흔적이 발견되지 않았다.

내 자리는 결코 좋은 자리가 아니었다. 목표로부터 거리가 너무 먼 데다 다른 건물에 가려 시야도 아슬아슬했다. 옥상 구석에 바짝 붙어도 공격목표지점 전체의 반밖에는 눈에 안 들어오는 위치였다. 교본에는 절대로 나와 있지 않을 것 같은 자리.

그게 내 자리였다. 나만이 선택할 수 있는 자리였다. 다시 편안하게 돌아앉아 총기를 조립했다. 생각해보면 은경이에게도 그랬다. 내 자리는 거의 그런 식이었다.

표적은, 22층 건물 옥상에서 열리는 초고고도 미사일 정밀 유도기술 개발자 그룹 파티에 참석할 계획이었다. 정부 돈으로 떳떳하게 연구하는 사람은 하나도 없고 죄다 몰래 숨어서 활동하는 사람들뿐이었지만, 미사일쟁이라면 절대 빠질 수 없는 모임이었다. 그리고 그는 영락없는 미사일쟁이였다. 지독한 술주정뱅이라는 뜻이다.

내가 자리 잡은 곳은 27층짜리 건물 옥상이었다. 층수로는 5층 차이였지만 해발고도는 약간 더 차이가 났다. 아는 사람은 많지 않지만, 미사일쟁이들은 정치적으로나 경제적으로나 결코 무시할 수 없는 주정뱅이 집단이었다. 이십오 년 전 보스포루스해협을 긴장시켰던 소련제 신무기 욜 가미는 소련이 붕괴되는 바람에 결국 완성되지 못한 채로 사라지고 말았다. 하지만 위성 요격 미사일 시장에서 욜 가미는 이십오 년이 지난 지금도 여전히 신무기였다. 비밀무기 욜 가미에 장착될 예정이었던 인공위성 요격 미사일 관련 기술은 어마어마한 규모의 인공위성 저격 시장의 밑거름이 되었다.

여름이라 해가 길었다. 파티 장소에는 아직 사람이 별로 없었다. 조금 더 기다려야 했다. 나는 여분으로 가져온 옷을 걸쳐 입은 다음 MP3 플레이어를 꺼냈다. 헤드폰을 쓰려는데 헤드폰 다리가 부러질 것 같았다. 어떻게 써도 헤드폰 다리가 너무 넓게 벌어져서 도저히 머리에 고정이 안 됐다. 살만 찐 게 아니라 두개골 자체가 커진 것일까. 다행히 가방 안에는 여분의 이어폰이 들어 있었다.

바람 부는 옥상 한구석에 쪼그리고 앉아서 비대해진 얼굴을 수줍게 감추고 흘러간 터키 노래를 듣고 있자니 어쩐지 내 모습이 처량하게 느껴졌다. 나도 가끔은 기대어 쉴 어깨가 필요했다. 머리가 무거워진 지금은 더 그랬다. 영원히 그 자리에 머물면서 무방비상태로 어깨를 빌려줄 것 같았던 사랑하는 사람은 이제 더 이상 그 자리에 없었다. 내 누나와 똑같은 이름을 가진 데다 이제는 내 아이까지도 가졌으면서, 은경이는 앞으로는 부디 자기를 건들지 말아줬으면 한다고 말하고는 미련 없이 떠나버렸다.

노래 몇 곡을 흥얼흥얼 따라부르다가 고개를 들어 공격목표 지점을 바라보았다. 멀리 파티 장소로 쓰일 옥상에서 사람들이 분주하게 오가는 모습이 보였다. 꽤 먼 거리인데도 어쩐지 사람들의 동작이 시원시원하게 눈에 잘 들어왔다. 나는 상대편 저격수들이 숨어 있을 것 같은 지점을 재빨리 눈으로 훑은 다음 다시 고개를 숙였다. 아직 아무 움직임도 없었다. 좀더 기다려야 했다. 일찍 나선 보람이 없었다.

이십 분 뒤에 다시 한번 정황을 살폈다. 해는 아직도 꽤 남아 있었지만 황혼빛이 서서히 하늘 한구석을 덮기 시작했다. 파티 장은 아까보다 분주해 보였다. 미리 도착한 사람들이 구석에 서 서 어슬렁거리고 있다. 아직 시간이 꽤 남았다는 뜻이다. 하지 만 다음에 고개를 들 때는 총구도 같이 들어야 할 것 같았다.

다음에 머리를 들었을 때, 왼편 아래쪽, 미리 확인해둔 지 점에서 수상한 흔적이 발견되었다. 나는 총을 들고 조준경으 로 그쪽을 겨누었다. 금속 재질로 된 무엇인가가 눈에 들어왔 다. 총구였다. 저격수 하나가 방어위치에 자리 잡은 채 몸을 숨기고 있었다. 아마 한동안은 저 상태로 꼼짝도 하지 않을 것이다. 몇 명이나 더 있는지는 몰라도 매복위치를 보니 아 무래도 본격적으로 임무를 수행하기 전에 상대 저격수들부터 상대해야 할 것 같았다. 조준경을 총기에서 분리한 다음 총을 내려놓고 몸을 최대한 숨긴 채 조준경의 망원렌즈를 통해 주 위를 꼼꼼하게 살폈다.

내 앞에서 시야를 가리고 서 있는 저 42층짜리 건물 어딘가 에도 누군가 하나쯤 숨어 있을 것이 분명했다. 너무나 뻔한 지 점이었지만 그만큼 압도적으로 유리한 위치였으니까. 한참이나 건물 구석구석을 살폈지만 이상한 징조는 보이지 않았다. 차라 리 건물 전체를 위험지역으로 간주하는 편이 안전해 보였다.

조금 전에 총구를 발견했던 지점으로 눈을 돌렸다. 아직 그대로였다. MP3 플레이어를 가방에 집어넣고, 표적의 얼굴을 각각 다른 각도에서 찍은 사진 세 장을 꺼내 총구가 놓일 위치 바로 아래 벽면에 고정시켰다.

"그럼 이제 뭐 할 건데?"

헤어지던 날 나는 은경이에게 그렇게 물었다.

"글쎄. 뭐든 하긴 해야지. 뭐가 재미있을까?"

"지금 하던 일 계속해도 되지 않아? 애들 키우면서 하는 사람들도 많은데."

"애 잘못될까 봐 그러는 게 아니라."

"그럼 왜?"

"왜는 무슨. 너는 그 일이 좋니?"

"나?"

비둘기 한 떼가 날아왔다가 그대로 건너편 건물을 향해 멀어져갔다. 나는 그 모습을 가만히 바라보았다. 비둘기들은 왼편 아래, 미지의 적이 총구 끝을 살짝 노출시킨 채 매복해 있는 건물로 날아가 앉았다.

"응, 좋아. 나는 이 일이 마음에 들어."

내가 그렇게 대답하자 은경이는 말없이 웃기만 했다. 내가 본 은경이의 마지막 미소였다.

비둘기 몇 마리가 오른쪽에서 왼쪽으로 난간 위를 가로질러 걸어가고 있었다. 나는 상대편 저격수가 매복해 있는 곳으로 눈을 돌렸다. 총구는 보이지 않았다. 자세를 바꾼 모양이었다. 조준경을 꺼내들고 그쪽을 유심히 들여다보고 있는데 비둘기 한 마리가 시야에 들어왔다.

어디선가 날아온 그 비둘기는 용케도 상대 저격수가 숨어 있는 난간 근처에 내려앉더니 한 발 한 발, 내 자리에서는 보이지 않는 가려진 구석 쪽으로 걸어갔다. 비둘기는 곧 모서리 너머로 완전히 모습을 감추었다. 그러더니 잠시 후에 그 모습 그대로 유유히 걸어나왔다. 아무 일도 없었다는 듯 편안한 걸음으로.

아무 일도 없었다는 듯!

나는 재빨리 자세를 낮췄다. 총을 집어들고 자세를 낮춘 채로 위치를 옮겼다. 그 모서리 너머에서, 비둘기는 실제로 아무도 만나지 못했던 것이다.

저쪽에서 갑자기 모습을 감췄다면, 내 위치가 노출되었을 가능성이 있었다. 내가 상대의 입장이라면 어떻게 했을까? 배후로 돌아가는 전술들이 먼저 떠올랐다. 예를 들면 상대가 눈치채지 못하는 사이에 상대가 장악한 건물에 잠입해 들어가서 몰래 배후를 공격하는 전술 같은.

그때였다. 조금 전까지 내가 앉아 있던 곳의 배후에 누군가가 나타났다. 나는 재빨리 그의 측면으로 다가가 맨손으로 기습공격을 가했다. 그리고 그가 내 쪽으로 돌아볼 틈조차 허용하지 않고 그를 제압해 쓰러뜨렸다.

아는 사람이었다. 홍콩에서 일할 때 본 적이 있는 인민군 출신 저격수. 나는 그의 뒤통수를 쓰다듬었다. 그리고 그의 목을 조르고 있던 팔을 풀었다.

"나 너 알아. 나 알겠어?"

내가 물었다. 그는 아무 대답이 없었다. 다만 서서히 내 쪽으로 고개를 돌렸을 뿐. 나는 그의 얼굴을 보고는 흠칫 놀랐다. 얼빵하고 순박해 보이는 얼굴. 한 몇 달 못 본 사이에 그는 나만큼이나 얼굴이 커져 있었다. 프로의 얼굴 사이즈. 그는 아무 말도 하지 않았다.

당황스러웠다. 이게 무슨 일이지? 정적이 흘렀다. 그는 아무 대답도 하지 않았다. 원래 말을 못 하던가? 그랬을지도 모른다. 아니면 그가 인민군 출신이라는 소문이 거짓이었을지도 모른다. 우리말을 못 알아듣는 건지도 모른다는 뜻이다. 현장에서 아는 사람을 만나 서로 총을 겨누게 될 확률은 그다지 높지 않았다. 그래서 그를 만난 게 무척이나 반가웠는데, 그의 태도에 그만 무안해지고 말았다. 언젠가 은경이도 그렇게 마주치게 될까. 은경이는 진짜로 일을 그만둔 걸까.

그는 맞아 죽은 셈 치고 건물을 내려갔다. 나는 그를 조건 없이 풀어주었다. 그런다고 그가 나에게 빚을 지는 것은 아니다. 다음에 적으로 만나면 그때는 또 서로 총을 겨누게 될 것이다. 어차피 우리 세대 저격수들은 개인적인 원한이나 충성심 때문에 총을 겨누지는 않는다. 우리가 총을 드는 것은 오로지 계약 때문이다. 계약 때문에 총을 든 동업자에게 사적인 복수를 할 마음은 없었다. 보답을 바라지도 않았다. 다만 다음에 그를 만나면 그때는 웃음을 참기가 힘들 것 같았다.

그를 내려보내고 한참 뒤에 갑자기 웃음이 터져나왔다. 물론 큰 소리로 웃을 수는 없었다. 그랬다가는 다시 한번 위험에 처하게 될 수도 있었으니까.

'그 얼굴을 하고 집에는 어떻게 갈래?'

돌아서서 가는 그의 뒷모습을 보고 있자니 그렇게 묻고 싶은 마음이 간절했다. 하지만 참았다. 생각해보니 나 역시 마찬가지였다. 집에는 어떻게 가지? 피식 웃음이 새어나왔다. 그러고 보니 저 친구는 저 옆 건물에서 여기까지 어떻게 온 걸까? 아무도 안 마주쳤을 리는 없고. 나는 그가 머리를 긁적이며 엘리베이터 구석에 얼굴을 처박고 있는 장면을 상상했다. 권총은 숨길 수 있어도 머리는 숨길 수 없는 법이다.

문득 전혀 생각해보지 않았던 어떤 일이 내 커다란 머릿속을 스치고 지나갔다. 일종의 깨달음이었다. 그 깨달음은 머리 크기만큼이나 웅장한 파문을 일으켰다. 머릿속이 온통 웅웅거리는 것 같았다. 그럴 리가! 말도 안 되는 깨달음이었다. 하지만 일단 확인해볼 필요는 있었다. 별로 어려운 일도 아니었다.

나는 조준경을 총기에 장착하고 파티장 쪽으로 눈을 돌렸다.

그들은 자신들이 재현해낸 율 가미의 역사적인 시험발사를 축하하고 있었다. 시간이 다 되자 사람들이 속속 모여들었다. 세련된 정장에 자신감 넘치는 제스처, 그리고 당당한 걸음걸이. 미사일쟁이 특유의 자신감과 우월감을 도저히 주체할 수 없는 남자들. 우아한 파티 드레스 사이로 드러나는 날렵하고 건강한 몸매, 지적이고 재기 넘치는 몸놀림, 세상의 온갖 편견과 차별의 벽을 이미 발아래 굴복시켜버린 똑똑한 여자들.

그리고 그 위에 얹혀 있는 커다란 얼굴들.

'뭐지!'

하나같이 어벙하고 착해 보이는 그 커다랗고 둥글둥글한 얼굴을 보자마자, 한순간 생각이 멈춰버렸다.

'이 사람들, 전부 프로잖아.'

그러나 곧이어 파티장에 모인 사람들 모두가 한 방향으로 고개를 돌리는 것을 보고는 다시 정신이 번쩍 들었다. 표적이 나타날 시간이었다.

숙련된 저격수의 직업적인 살의가 조금 전에 얻은 기이한 깨달음의 충격을 순식간에 덮어버렸다. 거의 기계적인 반응이었다.

표적은 눈앞에 서 있는 42층 건물에 가려 전혀 모습을 드러내지 않고 있었다. 나는 탄알을 장전하고 오른손 엄지로 안전장치를 해제한 다음 숨을 죽이고 기다렸다. 너무 서두를 필요는 없지만, 너무 여유를 부려도 곤란했다. 기회는 생각보다 자주 찾아오지 않는다. 단 몇 초 만에 모든 기회가 사라져버릴 수도 있었다. 나는 그가 모습을 드러내기를 기다렸다. 바람은 충분히 읽었다. 거리도 충분히 계산했다. 조금 전에 놓아준 동업자는 절대 배신하지 않을 것이다.

표적 확인에서 조준, 격발까지 길어야 십 초면 충분하다. 조준경은 시야가 잔뜩 좁혀져 있었다. 나는 그 좁고 날카로운 시선을 여기저기로 옮겨가며 표적이 모습을 드러내기를 기다렸다. 내 시야 안에 서 있던 미사일쟁이 하나가 표적이 있을 것으로 추정되는 지점을 향해 한 손을 높이 들어 흔들었다. 그러고는 자기 쪽으로 가까이 오라는 시늉을 했다. 표적을 부르는 것이다. 나는 그쪽으로 시야를 옮겼다. 표적은 정면에 있는 42층 건물 모서리 저 너머에서, 서서히 내 조준경 시야 안으로 다가오고 있었다.

그리고 드디어 그가 모습을 드러냈다. 전세계 지하 미사일 개발 네트워크의 거물 빅 배리!

나는 그의 위풍당당한 모습에 호흡을 멈추고 말았다. 압도적인 위용이었다. 불룩한 배, 짧은 팔다리. 어깨 위에는 어지간해서는 세상에 모습을 드러내지 않을 듯한 짧고 간결한 목. 그리고 그 위에는 거물이라는 이름에 어울리는 커다란 얼굴이 얼빵한 미소를 지으며 동료를 바라보고 있었다.

세상에, 저렇게 거대한 얼굴을 하고도 두 발로 걸어다닐 수 있다니! 내 얼굴의 세 배는 돼 보였다. 경이! 순간 나는 천적을 만난 짐승처럼 몸이 굳어버렸다. 다행히 오래된 스나이퍼의 본능이 나도 모르는 사이에 마지막 저격 절차를 되짚어주고 있었다.

표적 확인. 표적을 확인하고 말고 할 것도 없었다. 더 이상 적당한 표적이 어디에 있단 말인가. 하지만 나는 그 사실에 적잖이 당황했다. 나는 오른쪽 눈은 그대로 둔 채 왼쪽 눈만으로 총구 아래 벽면에 붙여둔 그의 사진을 확인했다. 실물은 저랬던가. 약간의 왜곡이 있었지만 그래도 그는 내 표적 빅 배리가 틀림없었다.

조준. 조준도 거의 필요 없었다. 대충 아무렇게나 쏘아도 명중될 게 분명했다. 그의 머리는 어깨너비를 넘어설 정도로 거대했다. 이 새로운 깨달음은 곧 새로운 위압감으로 바뀌었다. 그는 어깨 높이로만 보면 작은 키에 속했지만, 정수리 높이를 기준으로 보면 대단한 장신이었다. 나도 모르는 사이에 입이 떡 벌어졌다.

마지막 단계, 격발. 그런데 나는, 도저히 방아쇠를 당길 수가 없었다.

단 오 초, 길어야 십 초면 충분할 일을, 삼십 초가 넘도록 못하고 있었다. 한 번의 기회가 그렇게 사라졌다. 그는 이내 그 거대한 얼굴을 이고 42층 건물 뒤 사각지대로 모습을 감추었다. 그가 사라지자 위압감도 동시에 사라졌다. 나는 재빨리 총기를 몸 가까이로 끌어당기면서 난간 뒤로 몸을 숨겼다.

'실패인가?'

호흡을 가다듬고 속으로 되뇌었다. 무방비상태의 표적에게 압도당하다니! 내 저격수 경력도 이대로 완전히 끝나는 것은 아닌가 하는 생각이 들었다. 하지만 그럴 수는 없었다. 나는 곧 내가 내린 판단이 충분히 합리적이고 납득 가능한 판단임을 확인했다.

저렇게 신기한 걸 도대체 누가 함부로 쏴버릴 수 있단 말인가!

나는 다시 한번 파티장 쪽으로 시선을 옮겼다. 아직 파티 준비가 한창이던 몇 시간 전의 일이 생각났다. 조준경을 사용하지 않고 내려다봤는데도 사람들의 움직임이 유난히 눈에 잘 띄었다. 당연한 일이었다. 어떻게 저렇게 하나같이 촌스럽고 착해 보일 수가 있을까! 어떻게 저렇게 하나같이 프로페셔널한 얼굴들일 수가 있을까, 저 막돼먹은 인간들이!

소리는 들리지 않았지만, 파티장 분위기가 한층 떠들썩해지는 것을 느낄 수 있었다. 나는 미사일쟁이들의 시선을 따라갔다. 모든 사람의 시선이 일제히 한곳을 가리켰다. 역시 정면의 42층 건물 뒤였다. 무언가 놀라운 광경을 펼쳐지고 있는 것이 분명했다. 나는 숨을 죽이고 그쪽으로 총구를 향했다. 시간이 멈춰 있지 않음을 증명하려는 듯 바람이 살랑 불어왔다.

그 순간 건물 뒤편에서 무엇인가가 모습을 드러냈다. 꽤 험한 일을 하며 살아온 인생이었지만, 그렇게 놀라운 광경은 단한 번도 본 적이 없었다. 그 물체의 정체를 파악하는 데에는 시간이 한참 걸렸다. 저격수에게는 결코 허용되지 않을 것 같은 긴 시간이었다. 그것은, 42층 건물 뒤에서 모습을 드러낸 그 물체는, 지하 미사일 개발 네트워크의 3대 거물이 어깨를 걸고 나란히 걸어 나오는 장면이었다.

크레이지 스트로스, 아담 아담, 그리고 빅 배리. 놀랍게도 그들은 서로 어깨를 끼고 사람들 앞에서 그들의 우정이 얼마나 공고한지를 한껏 과시하고 있었다. 누구 하나 서로에게 부끄럽지 않을 거대한 얼굴! 그 거대한 세 개의 얼굴을 이렇게 가까이에서 보게 되다니! 그것도 한눈에!

가운데 선 크레이지 스트로스의 두 볼이 양옆에 선 두 거물의 얼굴에 눌려 살짝 일그러졌다. 아담 아담과 빅 배리의 고개가 각각 좌우로 이십오 도쯤 기운 상태였다.

"우와!"

미사일쟁이들의 함성이 내 귀에까지 들려오는 듯했다. 그럴 리는 없었지만, 그런 착각이 일어났다. 나도 역시 함성을 지르고 싶었지만 다행히 아무 소리도 내지 않았다.

나는 맨 왼쪽에 서 있는 내 표적을 다시 한번 조준했다. 바람이 오른쪽에서 불고 있었다. 별로 실수할 것 같지는 않았다. 그러나 나는 방아쇠를 당길 수가 없었다. 저 세 개의 얼굴 중 하나는 표적이 분명했다. 하지만 다른 두 개의 얼굴 중 하나는 내 의뢰인일 가능성이 높았다. 갑자기 바람의 방향이 바뀐다면 내 의뢰인 역시 위험해질 수 있었다.

아니, 사실 그것은 핑계에 불과했다. 의뢰인이 누군들 무슨 상관이란 말인가. 아주 잠깐 생각에 잠겼다. 타인의 음모에 대해 깊이 생각하고 싶지는 않았다. 나는 오로지 내 태도를 정하는 데 집중했다. 곧 아까와 똑같은 결론에 도달했다.

'저렇게 신기한 걸 어떻게 쏴!'

갑자기 웃음이 터져나왔다. 나는 총기를 든 손의 긴장을 푼 다음 다시 안전장치를 걸었다. 그리고 소리를 내지 않고 깔깔거렸다.

그때 내 시야 중심으로부터 멀리 떨어진 각도에서 무언가 눈에 거슬렸다. 나는 눈앞에 서 있는 42층 건물을 아래에서 위쪽으로 천천히 훑어보았다. 39층 동쪽 창문에서 무언가가 눈에 들어왔다. 총기에서 조준경을 분리한 다음 눈으로 가져갔다. 머리였다. 39층 창문 아래, 자세를 잔뜩 낮춘 채 아무도 모르게 슬금슬금 위치를 옮기고 있는 어느 프로 저격수의 커다란 머리가 언뜻언뜻 창틀 너머로 나타났다가 사라지기를 반복하고 있었다.

나는 눈을 크게 뜨고 맨눈으로 주위를 살폈다. 그러자 그때까지 전혀 눈에 띄지 않았던 이상한 흔적들이 하나 둘씩 모습을 드러냈다. 나는 숨어 있는 저격수를 네 명이나 더 찾아냈다. 머리 때문이었다. 엎드리고, 벽에 기대고, 거꾸로 매달리고. 모두가 자신만의 노하우를 총동원해서 누구보다도 진지하게, 그리고 치열하게 자신의 역할을 다 해내고 있었다. 자신의 모습을 드러내지 않고 상대를 먼저 발견하는 일. 그러나 그들 모두가 머리를 들켜버리고 말았다. 얼굴 표정을 들켜버린 저격수도 있었다. 이래서야 원. 저격수로는 모두 실격이었다.

숨어 있는 저격수들을 하나씩 발견할 때마다 나는 웃음이 터져나왔다. 어린 시절, 할아버지, 아버지, 누나까지 모두가 한집에 살았던 그 짧은 이스탄불 시절이 떠올랐다. 숨바꼭질만 했다 하면 도저히 찾을 수가 없었던 할아버지와 아버지. 눈을 크게 뜨고 조금만 살펴보면 늘 뻔한 곳에서 혼자 조용히 숨죽이고 숨어 있던 누나.

"너는 어떻게 그렇게 잘 찾아?"

그 어이없는 표정. 그렇게 묻곤 하던 누나는, 나라가 할아버지와 아버지를 버리면서 일어난 처참한 복수전 와중에 세상을 떠났다. 아마 누나는 늘 하던 것처럼 뻔한 곳에 숨어서 혼자 숨을 죽이고 엎드려 있었을 것이다.

누나도 이름이 은경이었다. 은경이에게는 한 번도 말한 적이 없었다. 나는 저격수가 되었지만 누나를 위해 복수를 하지는 않았다. 그냥 돈을 받고 일했을 뿐이다. 누나 대신 누군가를 사랑하지도 않았다. 나는 그냥 어른이 되었다. 그렇게 굳게 믿고 있었다. 하지만 그 순간 나는 내가 왜 그렇게 열심히 저격 일을 배웠는지, 왜 이 일을 내 평생의 직업으로 삼았는지, 이 일을 통해 얻으려고 했던 게 무엇이었는지, 그리고 그 모든 일이 왜 그렇게 외롭고 쓸쓸했는지를 알 것 같았다.

머리 위로 총알이 날아가면서 공기를 가르는 소리가 들렸다. 총성은 들리지 않았다. 나는 나를 향해 총구를 겨누고 있는 저격수의 얼굴을 보았다. 꽤 먼 거리였지만 분명히 그의 표정을 알아볼 수 있었다. 역시 순박하고 둥글둥글한 얼굴에, 얼굴 전체 면적의 극히 일부밖에 되지 않는 조그만 눈코입을 우물거려서 애써 만들어낸 그 진지한 표정이, 이번에는 반드시 나를 명중시키고야 말겠다는 그 기특한 살기가, 보는 사람을 행복하게 만들었다.

행복! 그 짧은 순간에 그 말이 머릿속을 스쳐지나갔다. 그 간단한 걸 깨달으려고 머리가 그렇게 커졌나 보다!

물론 날아오는 총알을 온몸으로 기꺼이 맞아줄 용의는 없었다. 나는 몸을 최대한 낮추고 총기를 큰 덩어리만 대충 분해해서 가방에 욱여넣은 다음 짐을 챙겼다. 그리고 재빨리 옥상을 빠져나갔다.

가방을 둘러메고 엘리베이터로 달려갔다. 나는 행복했다. 1층까지 가는 도중에 엘리베이터는 세 번 멈춰 섰다. 그러자 얼굴이 커다란 사람들이 그 커다란 얼굴을 무섭게 들이밀며 엘리베이터로 밀려들어왔다. 12층에서 엘리베이터에 탄 남녀는 아무래도 불륜 커플인 것 같았다. 고개를 푹 숙이고 있는 남자와 여자. 나는 고개를 숙인 여자의 턱밑에 간신히 매달려 있는 붉은색 펜던트를 발견하고는 그만 웃음을 터뜨리고 말았다. 턱에 가려서 체인 부분이 전혀 보이지 않았기 때문에 언뜻 보면 목걸이가 있는지 없는지조차 알 수 없었다. 그런데 그 모습이 참을 수 없이 사랑스러웠다.

사람들이 내 쪽을 쳐다보았다. 나는 엘리베이터 한구석으로 고개를 돌렸다. 그랬다가 엘리베이터 벽에 반사된 내 얼굴을 보고는 다시 한번 웃음을 터뜨렸다. 저렇게 멍청할 수가! 저렇게 촌스러울 수가!

건물 밖으로 나왔다. 커다란 얼굴들이 분주하게 거리를 오가고 있었다. 교통경찰이 아담한 헬멧을 한쪽 팔에 끼고 오토바이를 타고 지나갔다. 그의 코에 걸쳐진 선글라스는 다리가 부러질 정도로 심하게 구부러져 있었다. 그는 시선을 선글라스 안으로 몰아넣기 위해 두 눈동자를 열심히 가운데로 모으고 있었다.

차들이 지나갔다. 차마다 에어백만큼 푹신해 보이는 얼굴들이 운전석을 가득 채우고 있었다. 버스 안에는 호박처럼 거대한 얼굴들이 주렁주렁 매달려 있었다. 창가에 앉아서 인도 쪽을 바라보는 사람들의 얼굴이 대공원 풍선처럼 순박해 보였다.

길을 따라 조금 걷자 택시 한 대가 과속방지턱을 넘어 내 쪽으로 오고 있었다. 턱을 넘을 때 택시기사가 천장에 머리를 부딪혔다. 나는 킥킥거리면서 택시를 잡아탔다.

모퉁이를 돌 때마다 머리가 심하게 흔들렸다. 머리에 비해 목이 너무 가늘었다. 내가 실없이 킥킥거리는 모습을 보더니 택시기사는 무슨 좋은 일이 있느냐고 물었다. 나는 그렇다고 대답했다. 매우 그렇다고 대답했다. 행복했다. 정말로 행복했다. 내 앞을 가리고 있는 택시기사의 프로정신 가득한 그 거대한 머리통 때문에 너무나 행복했다. 거리를 빽빽하게 메운 채 돌아다니는 수만 개의 머리 때문에, 나는 도저히 웃음을 참을 수가 없었다.

세상은 온통 거대한 얼굴로 가득했다. 커다란 얼굴 때문에 사람들이 어디를 보고 있는지가 한눈에 들어왔다. 하이힐을 신은 사람들도 꽤 있었지만 가벼운 걸음으로 통통거리며 걸을 수 있는 사람은 아무도 없었다. 그러기에는 모두가 머리에 비해 목이 너무 가늘었으니까. 사람들은 저마다 심각한 표정을 짓고 있었다. 하지만 전혀 그래 보이지 않았다. 온 도시가 거대한 얼굴로 가득했다. 모두가 프로였다. 예외는 없었다. 인종이나 성별, 나이를 떠나 모두가 서로에게 부끄럽지 않을 만큼 커다란 얼굴을 하고 있었다. 온 도시가 행복해 보였다.

그 무렵, 미사일쟁이들은 자신들이 만들어낸 욜 가미의 정밀 유도 미사일이 바로 자신들의 머리 위에 떨어질 것이라는 생각은 꿈에도 하지 못한 채 신나게 술잔을 비우고 있었다. 그들은 적이 많았다. 미사일쟁이들에게 원한이 있는 사람들의 숫자를 모두 합하면 족히 이만 명은 넘을 것이다. 물론 그중에서 가장 무서운 적은 코스모마피아였다. 코스모마피아는 욜 가미를 완전히 장악하자마자 미사일쟁이들을 향해 첫 미사일을 발사했다.

내가 그 도시를 떠나고 잠시 뒤에 사람들은 모두 하늘 위에서 내려오는 불덩어리를 보았다. 나는 그 광경을 보지 못했다. 미사일이 파티장을 강타한 지 삼십 분 뒤에, 나는 택시에서 내렸다. 그리고 집으로 달려갔다. 내 집은 아니었다.

벨을 눌렀다. 그때 은경이는 시내를 강타한 미사일 공격으로 그 일대 건물이 초토화되었다는 뉴스 속보를 접하고 이제 다시는 나를 만날 수 없겠다는 생각에 두 눈 가득 눈물을 머금고 있었다고 했다. 그 말은 내가 그날 저격 임무에 투입되었다는 사실을 알고 있었다는 뜻이고, 헤어진 뒤에도 내 행적을 캐고 다녔다는 말이기도 했다. 그리고 그 순간 나는 세상에 존재하지 않는 사람이었다. 시신이 발견되지 않아도 전혀 이상하지 않은 상황. 신분을 감추고 숨어버리기에는 더없이 좋은 기회였다.

다시 한번 벨을 눌렀다.

"누구세요?"

"은경! 나야."

잠시 후에 문이 열렸다. 문이 열리자마자 나는 은경이에게 이렇게 소리쳤다.

"나 봐! 나 봐! 나 얼굴 커졌어! 장난 아니지! 진짜 커! 하하하. 너는 어떻게 됐나 보러 왔어!"

그리고 깜짝 놀랐다. 나는 잠깐 숨을 멈추고 은경이의 얼굴을, 두 눈을 가만히 내려다보았다. 조그만 얼굴! 은경이는 원래 얼굴 그대로였다. 전혀 변함이 없었다. 두 눈에는 눈물이 그렁그렁했다. 나는 미사일쟁이들의 파티장에 무슨 일이 일어났는지 전혀 알지 못했다.

"어! 너는 왜 이래! 얼굴이 작잖아! 너만 안 커! 우와! 너만 안 그래! 대단해! 온 동네 사람들 얼굴이 다 호박만 한데!"

내가 그렇게 신나서 소리를 질러대는 사이 은경이는 말없이 내 쪽으로 몇 걸음 다가왔다. 그러고는 나에게 털썩 안겼다.

"왜 이래? 그렇게 바짝 다가오면 얼굴이 밀릴 텐데."

하지만 우리는 얼굴을 부딪치지 않았다. 은경이가 내 오른쪽 어깨에 얼굴을 묻었다. 나는 그쪽으로 고개를 돌렸다. 내 볼살이 은경이의 뒷머리를 지그시 감쌀 거라고 생각하고 한 행동이었다. 그러나 그런 일은 일어나지 않았다. 내 얼굴은 생각보다 크지 않은 것 같았다. 아니, 별로 안 큰 것 같았다. 다시 보니 얼굴이 큰 사람은 이제 아무도 없었다. 그러니까, 그런 일은 처음부터 일어난 적이 없었다.

"울어? 왜 울어?"

나는 은경이가 왜 울음을 멈추지 않는지 그 이유를 알지 못했다. 그래서 꼼짝도 못 하고 그 자리에 그대로 한참 동안 서 있었다. 들뜬 마음이 서서히 가라앉았다. 그러자 조금 전에 27층 건물 옥상에서 느꼈던 복잡한 감정들이 매듭 풀리듯 자연스럽게 풀리는 것 같았다.

오 분쯤 뒤에 나는 이렇게 말했다.

"우리 같이 살까, 그냥?"

은경이는 대답 대신 계속 울기만 했다. 나는 내가 표적을 정확하게 명중시켰는지 아닌지 도무지 알 수가 없었다.

계절이 몇 번 바뀐 뒤에 아이가 태어났다. 머리가 거대한 아이였다. 나는 그만 깜짝 놀라고 말았다. 그리고 한참이나 아이의 얼굴을 바라보았다.

"그렇게 좋아?"

아무것도 모른 채 은경이가 나에게 물었다.

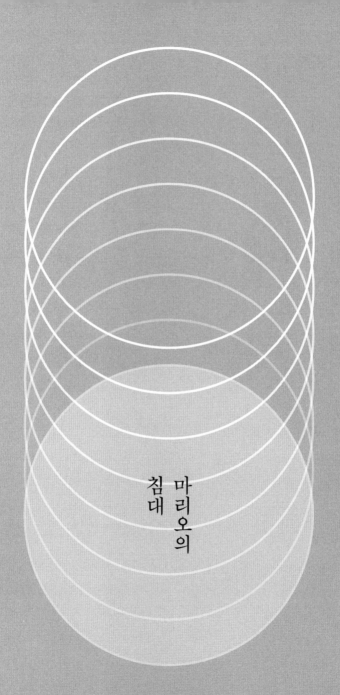

마리오의 침대

옛날 옛날 론다라는 산속 도시에 마리오와 마리아 로사라는 단짝친구가 살았습니다. 마리오네 집은 기차역 근처에 있는 현대식 주택이었고, 마리아 로사는 옛 이슬람 요새 앞 가파른 언덕을 따라 뻗은 좁은 골목길에서 살았습니다.

마리아 로사를 처음 본 순간 다섯 살 마리오는 그만 사랑에 빠지고 말았답니다. 그게 사랑인 줄 알 때까지 십오 년이나 걸렸지만 말이에요.

마리오를 처음 본 순간 다섯 살 반 마리아 로사는 그냥 배가 고팠답니다. 아무 생각이 없었어요. 마리오와 사랑에 빠지기까지는 십오 년이나 걸렸거든요.

둘은 스무 살에 결혼을 해서, 기차역과 이슬람 요새 사이 영화관 근처에 아담한 보금자리를 마련했습니다. 삼층에서 내려다 보면 오렌지나무 가로수가 예쁘게 늘어선 한적한 도로가 있었어요.

그리고 침실에는 문제의 이인용 침대가 있었습니다.

신혼의 단꿈에 젖은 어느 날 아침, 마리오가 마리아 로사에게 말했습니다.

"마리아 로사, 마리아 로사. 너 어제 피곤했나 봐."

"왜?"

"그 예쁜 코가 밤새 노래를 불렀어."

"그래? 그럴 리가 없는데."

다음날 아침에도 마리오는 마리아 로사에게 이렇게 말했습니다.

"마리아 로사, 마리아 로사. 요즘 매일 피곤한가 봐."

"왜?"

"그 예쁜 코가 밤새 두런두런 이야기를 들려주었거든."

"그래? 그럴 리가 없는데."

다음날에도 그다음날에도 마리오는 마리아 로사에게 말했습니다.

"마리아 로사. 사는 게 고단하니?"

"어젯밤에도? 그럴 리가 없는데."

마리오는 마리아 로사를 진심으로 아끼고 사랑했기 때문에 다시는 마리아 로사에게 그 이야기를 하지 않았습니다. 마리아 로사가 부끄러워한다고 생각했으니까요. 마리오가 평생 단 한 번도 그 이야기를 하지 않았기 때문에 마리아 로사는 자신이 평생 코를 딱 나흘만 골았다고 생각했습니다.

하지만 마리아 로사는, 행복에 겨워 세상을 떠나는 그날까지 매일매일, 잠을 자는 날이면 언제나 코를 골았습니다. 물론 그것은 마리오만의 비밀이었습니다.

그뿐만이 아니었습니다. 마리아 로사는 마리오를 너무나 사랑한 나머지 잘 때도 마리오를 꼭 끌어안았습니다. 마리오가 마리아 로사의 코고는 소리에 몸을 뒤척이느라 침대 저편으로 몸을 반 바퀴 굴리면 마리아 로사도 어느새 그만큼 다가와 마리오의 등을 꼭 안았습니다. 마리오가 다시 반 바퀴를 뒤척이면 이번에도 어김없이 마리아 로사가 다가와 마리오를 앞에서 꼭 끌어안았습니다. 물론 잠결에 일어난 일입니다.

새벽이 되면 마리오는 침대 끄트머리에 매달렸습니다. 어떤 식으로 뒤척여도 곤히 잠든 마리아 로사를 타고 넘어갈 수는 없었기 때문에 결과는 매일 똑같았습니다.

그로부터 십여 년간 마리오는 점점 새벽잠이 없어졌고 나날이 수척해졌습니다. 하지만 단 한 번도 곤히 잠든 마리아 로사를 깨운 적이 없었습니다. 너무나 사랑했기 때문입니다.

아침이 되면 마리아 로사는 걱정스러운 얼굴로 이렇게 말했습니다.

"일하느라 힘들지? 나날이 얼굴이 야위는구나. 걱정 마. 이제 나도 더 열심히 돈을 벌게."

"괜찮아 마리아. 내 행복인걸."

그러면서 마리오는 열심히 일했습니다.

마리아 로사는 시내 번화가에서 옷가게를 했습니다. 엄마를 닮아 손재주가 좋아서 직접 옷을 만들어 팔았습니다. 아이들 옷부터 노신사에게 어울리는 화사한 정장, 노부인용 드레스, 젊은 여성들이 좋아하는 스커트, 신사용 셔츠, 임산부를 위한 바지까지 못 만드는 옷이 없었습니다.

하지만 옷가게를 지나는 론다 사람들이나 옛 이슬람 요새를 구경하러 온 외지인들은 마리아 로사가 지은 옷을 보고 이렇게 말했습니다.

"촌스러워."

그래서 마리아 로사의 옷가게는 살림에 큰 보탬이 되지 못했습니다.

마리오는 시인이었습니다. 옛 아랍 목욕탕 너머 양떼가 풀을 뜯는 목초지 근처에서 마리오는 세상에서 가장 아름다운 언어로 시를 썼습니다. 하지만 세상이 각박해지고 사람들이 시를 읽을 만큼 평화롭지 않았기 때문에 마리오 또한 벌이가 좋지 않았습니다. 그래서 마리오는 동화를 썼습니다. 마리오는 엄마를 닮아서 그림을 잘 그렸습니다. 마리오는 자기가 쓴 이야기에 직접 그림을 그려넣었습니다.

마리아 로사는 마리오의 동화책을 옷가게에 놓고 팔았습니다. 마리오와 마리아 로사가 서른 살 되던 해 어느 날, 한 독일인 관광객이 마리아 로사의 옷가게에 들렀다가 우연히 마리오의 동화책을 발견했습니다. 책을 다 읽고 나서 이 관광객은 마리아 로사에게 이렇게 말했습니다.

"이렇게 재미있는 이야기와 이렇게 재미있는 그림은 처음입니다. 이 책을 저에게 파시겠습니까?"

"물론이에요. 팔려고 내놓은 책이니까요. 십 유로만 주세요."

"십 유로라고요?"

"비싼 게 아니에요. 제 남편이 직접 쓰고 직접 그림을 그린 다음 손수 인쇄소에 맡겨서 정성스럽게 만든 책이니까요. 다른 곳에서는 구할 수 없답니다."

"하하하. 제 말을 오해하셨군요. 물론 누군가가 직접 만든 책인 줄은 알고 있습니다. 이 책을 저에게 파세요. 제 손에 들려 있는 이 책뿐만 아니라 이것과 똑같은 책 전부를 저에게 파세요. 그뿐 아니라 아직 인쇄소에 맡기지 않은 책까지 전부 저에게 파세요. 큰돈을 드리겠습니다."

"아직 만들지 않은 책도요? 몇 권이나 사시려고요?"

"일단 오천 권을 사겠습니다. 한 권에 일 유로를 드리지요."

그림 때문인지 이야기 때문인지는 모르겠지만 마리오의 책은 불티나게 팔렸습니다. 독일뿐만 아니라 영국, 미국, 프랑스, 이탈리아, 러시아, 이집트, 아르헨티나, 브라질, 중국까지 수많은 어린이들이 마리오의 동화책을 사서 읽었습니다.

마리오는 어찌된 영문인지 궁금했지만, 또 한 편의 이야기를 지어내고 손수 그림을 그린 다음 또다시 그 독일인에게 팔았습니다. 한 권, 두 권, 세 권, 삼 년간 총 열세 권의 동화책이 스물여덟 개 나라에 팔렸습니다.

사실 마리오는 하루종일 시를 썼지만 시는 전혀 팔리지 않았습니다. 반면 두 달에 한 번 시간이 남을 때 쓴 동화는 셀 수도 없을 만큼 많이 팔렸습니다.

결국 마리오와 마리아 로사는 큰 부자가 되었습니다. 마리오는 시 쓰기를 그만두었고, 마리아 로사는 손님이 많든 적든 아무 걱정 없이 옷을 만들어 팔 수 있게 되었습니다.

둘은 행복했습니다. 하지만 마리오는 고민이 있었습니다. 비록 부자가 되었지만 단 하루도 깊은 잠에 빠질 수 없었기 때문입니다.

어느 날 두 사람은 친척들과 함께 알함브라궁전이 있는 그라나다에 놀러 갔습니다. 그날 마리오는 사촌 안토니아가 버스 안에서 숨소리마저 고요하게 쌔근쌔근 잠든 모습을 보고 깊은 생각에 잠겼습니다.

'나는 존경받는 동화작가고 부자인데 침대 가운데에 누워 편안하게 잠드는 날이 단 하루도 없으니 전혀 행복하지 않구나. 하룻밤만이라도 저렇게 곤히 잠들었으면.'

그러나 마리아 로사는 마리오 없이는 단 하루도 편히 잠들지 못했습니다. 마리오는 전혀 불평하지 않고 사랑하는 아내를 위해 매일 밤 마리아 로사 곁에 누웠습니다.

그러던 어느 날 마리오에게 좋은 생각이 떠올랐습니다.

'그래. 큰 침대를 놓으면 새벽에도 침대 끝으로 밀려나지는 않겠지.'

얼마 뒤에 두 사람은 큰 침실이 있는 커다란 집으로 이사를 갔습니다. 그리고 가로 4미터짜리 침대를 특별 주문해서 침실에 들여놓았습니다.

마리아 로사는 왜 그렇게 큰 침대가 필요한지 영문을 몰랐지만 남편이 원했기 때문에 아무런 불평도 하지 않았습니다. 대신 이렇게 말했습니다.

"4미터짜리 이불은 살 수가 없을 테니 내가 직접 만들게."

"응, 부탁해."

새집으로 이사하고 나자 두 사람은 더욱 행복해졌습니다. 특히 마리오는 더할 나위 없이 행복했습니다.

'아. 새벽이 되어도 침대 모서리에 매달리지 않는 게 얼마만인가. 물론 마리아가 코로 부르는 노래는 예전과 똑같지만.'

행복한 나날이 이어지자 마리오에 대한 마리아 로사의 사랑은 깊어만 갔습니다. 마리아 로사는 잠시도 마리오에게서 떨어지고 싶지 않았습니다. 잠결에도 마리아 로사는 마리오에게 꼭 안기고 싶었습니다. 그래서 마리아 로사는 점점 더 빠른 속도로 마리오 쪽으로 구르게 되었습니다.

여섯 달이 지나자 마리아 로사는 보통 침대에서 잠들었을 때보다 두 배나 빠른 속도로 마리오 쪽으로 움직일 수 있게 되었습니다. 깊이 잠들었을 때도 말이죠. 결국 동이 틀 무렵이면 마리오는 마리아 로사에게 밀려 침대 끄트머리에 걸리게 되었습니다.

'전에는 안 그랬는데, 이제는 날숨까지 거칠어졌구나. 아, 마리아 로사. 언제나 소녀일 것 같던 마리아 로사도 나이가 들어가는구나.'

해가 갈수록 두 사람은 더 큰 부자가 되었지만 마리오는 점차 야위어갔습니다. 일 년이 지나자 마리오는 도저히 견딜 수가 없었습니다. 그래서 다시 한번 이사를 결심했습니다. 이번에는 아예 옛날 성처럼 커다란 집을 사서 무도회장에 가로 7미터짜리 거대한 침대를 들여놓았습니다.

마리아 로사가 말했습니다.

"마리오. 우리는 아직 아이도 없는데 이렇게 훌륭한 방에 이렇게 커다란 침대를 들여놓을 필요가 있을까?"

"괜찮아요, 공주님. 당신과 나 단 둘이 있는 시간이 이 세상에서 제일 중요한걸. 그러니 제일 좋은 방을 침실로 써도 아깝지 않아. 게다가 침대를 놓고도 공간이 저렇게나 많이 남잖아."

"하지만 마리오. 알았어요, 알았어. 네 뜻이 그러니 따를게. 그럼 내가 7미터짜리 이불을 지을게. 굉장하지 않아? 7미터면 오페라 카르멘을 전부 수놓아도 되겠어."

잠시 행복한 나날이 계속되었습니다. 그러나 마리아 로사는 적응이 빨랐습니다. 침대가 넓어지자 마리아 로사는 옛날 두 가톨릭 왕의 기사단이 들판을 누비듯 마음놓고 활개치기 시작했습니다. 그래서 결국 마리오가 생각한 것보다 훨씬 빨리 침대를 완전히 점령하게 되었습니다.

일 년이 지난 어느 날 새벽 마리오는 드디어 감정이 폭발하고 말았습니다.

'뭐 이런 인간이 다 있어! 내 이 여자를 그냥!'

그러나 동이 트고, 곤히 잠든 마리아 로사의 얼굴을 보자 화가 누그러지고 마음이 진정됐습니다.

'아, 내 사랑. 나쁜 생각 해서 미안해.'

안색이 좋아진 지 일 년 만에 다시 야위어가는 마리오를 보고 자산관리인 안나 씨가 걱정스러운 얼굴로 물었습니다.

"선생님. 요즘 무슨 고민 있으세요?"

그러자 마리오가 대답 대신 이렇게 물었습니다.

"안나. 안나는 잠버릇이 있나요?"

"당황스럽게 그런 걸 물으세요? 저는 잠버릇 없어요. 누운 자리에서 아침까지 그대로 자요."

"오, 안나. 당신은 정말 훌륭한 여자요."

마리오는 다시 한번 이사를 가고 싶었지만 이번에 산 침대가 너무나 커서 집을 옮기기가 쉽지 않았습니다. 게다가 지금보다 더 큰 침대를 침실에 들여놓았다간 이상한 사람이라는 소문이 날 것만 같았습니다.

어느새 마리오는 어마어마한 부자가 되었지만 편안히 잠들

수 없기는 마찬가지였습니다. 마리오에게는 이제 단 한 가지 소원밖에 남지 않았습니다. 그것은 마리오 자신과 달님밖에 모르는 소원이었습니다.

'달님. 제발 마리아 로사가 안나처럼 한자리에서 조용히 잠들게 해주세요.'

그 순간 마리오는 깨달았습니다. 자기 마음속 침대에 마리아 로사가 아닌 안나 씨가 드러누워 있다는 사실을.

'오, 안나.'

하지만 마리오는 마리아 로사를 진심으로 사랑했습니다. 그 마음은 단 한 순간도 변하지 않았습니다. 그렇지만 안나 씨를 볼 때마다 마음의 침대가 한쪽으로 크게 기우는 것은 어쩔 수가 없었습니다. 그래서였습니다. 어느 날 마리오는 안나 씨를 불러 이렇게 말해야만 했습니다.

"안나, 그간 아주 잘해주었어요. 안나에게 불만이 있는 게 아니에요. 진심이에요. 믿어주세요. 안나, 이 일을 그만뒀으면 좋겠어요."

안나 씨는 깜짝 놀라 물었습니다.

"선생님, 무슨 일이 있으세요? 제가 실수한 게 있나요? 감추지 말고 말씀해주세요. 우린 한 가족이나 다름없잖아요."

"오, 안나. 제발, 가족이라고 말하지 마요."

안나 씨가 떠나고 마음의 침대가 균형을 되찾자 마리오에게
도 다시 평화가 찾아왔습니다.

'그래, 이게 진짜 마음의 평화지. 새벽에 남들보다 좀 일찍
일어나면 어때. 게다가 이제는 마리아 로사가 코로 지즐대는
이야기도 충분히 귀에 익어서 전혀 시끄럽지 않아. 귀가 잘 안
들리게 된 건가.'

귀는 점점 무뎌졌을지 몰라도 감각만큼은 나날이 예민해져
만 갔습니다. 어느덧 마리오는 침대가 조금만 흔들려도 깊은
잠에 빠져들 수 없을 만큼 신경이 날카로워졌습니다. 또한 야
위어갔습니다.

안나 씨 대신 자산관리를 맡은 루이스 씨 덕분에 원래 어마
어마하던 재산이 훨씬 더 크게, 깜짝 놀랄 만큼 늘어났지만 마
리오에게는 그 모든 것이 아무 의미도 없었습니다. 예나 지금
이나 마리오의 소원은 오직 하나뿐이었습니다. 내내 괴로웠다
는 사실을 아내에게 말하지 않고도 편안하게 잠드는 방법을 찾
는 것, 그뿐이었습니다.

하지만 허약해질 대로 허약해진 마리오는 결국 쓰러지고 말
았습니다. 구급차가 달려와 마리오를 어디론가 데려갔습니다.
물론 그곳은 병원이었습니다. 마리오는 한참 동안 의식을 잃고

잠들어 있다가 새벽에야 혼자 눈을 떴습니다. 그리고 깜짝 놀랐습니다.

'여긴 어디지? 그나저나 이게 어떻게 된 일이지? 지금 내가 방해받지 않고 편히 잠든 건가?'

침대 곁에는 마리아 로사가 불편한 자세로 엎드린 채 잠이 들어 있었습니다. 뜬눈으로 새벽까지 지샌 모양이었습니다.

다음날 루이스 씨가 병문안을 왔습니다. 루이스 씨는 한길만 보고 살아온 자산관리인이어서 적절한 위로를 할 줄 몰랐습니다. 그날도 루이스 씨는 한참을 망설이다가 마리오에게 종이와 펜을 내밀며 이렇게 말했습니다.

"마리오, 여기에 동그라미를 쭉 그려보세요. 그리고 싶은 만큼 많이."

마리오는 루이스 씨를 빤히 쳐다보았습니다. 루이스 씨가 말없이 고개를 끄덕이자 마리오는 동그라미를 그렸습니다. 주위에 적막이 흐를 때까지 천천히 동그라미 여러 개를 가로로 죽이어 그렸습니다.

"다 그렸나요?"

루이스 씨는 그렇게 묻고는 종이를 마리오에게서 넘겨받았습니다. 그러고는 마리오가 그린 동그라미 앞에 동그라미 세 개를 더 그린 다음 그 앞에 627이라는 숫자를 썼습니다.

"이게 뭔데요?"

마리아 로사가 물었습니다.

"당신들 재산입니다. 아시겠어요? 당신들을 힘들게 할 만한 것은 이제 아무것도 없어요."

"저걸 위로라고 한 거야?"

"그러게 말이야."

루이스 씨가 돌아간 후 마리오와 마리아 로사는 마주보고 한참을 웃었습니다.

마리오는 곧 건강을 되찾고 집으로 돌아갔습니다.

여전히 잠 못 이루는 밤이었지만 마리오는 루이스 씨를 불러 한 가지 부탁을 했습니다. 마리아 로사에게도 비밀로 하고 말이죠. 그 부탁을 들은 루이스 씨는 한순간 눈을 동그랗게 뜨고는,

"물론 당신 재산이면 그런 걸 열 개쯤 가질 수도 있지만, 진짜로 그런 게 필요해요?"

하고 물었습니다. 마리오는 고개를 끄덕였습니다.

그렇게 칠 년이 흘렀습니다. 마리오와 마리아 로사는 여전히 서로 진심으로 아끼고 사랑했습니다. 마리아 로사는 보기 좋게 약간 살이 올랐고 마리오는 늘 그랬듯 여윈 얼굴이었습니다.

자산관리인이 두 번이나 더 바뀌었고 7미터짜리 커다란 침대도 수리를 해야 했습니다. 그러던 어느 날 누군가가 마리오에게 찾아와,

"많이 늦었죠? 결국 그 일이 완료됐습니다."

하고 말했습니다.

몇 달 뒤에 마리오와 마리아 로사는 우주선을 타고 새로 지은 우주정거장으로 날아갔습니다. 마리아 로사가 물었습니다.

"당신 무슨 음모를 꾸미는 거야?"

"음모 아니야. 이사 가는 거야."

마리오가 말했습니다.

우주정거장에 도착하자 새로 들어선 무중력 아파트의 관리인이 두 사람을 맞았습니다. 관리인은 두 사람의 신분을 확인한 다음, 무중력 때문에 가벼워진 커다란 여행가방 네 개를 끌고 두 사람을 안내했습니다.

그의 뒤를 따라 인공중력이 발생하는 둥그런 거주구역을 지날 때쯤 마리아 로사가 물었습니다.

"마리오, 이게 다 뭐야?"

"새집으로 가는 거야."

"왜? 더 큰 집이 필요했어?"

"아니, 새집이 더 작아."

"그럼 왜?"

"내 꿈이었거든."

마침내 관리인이 방문 앞에 멈춰 서더니 이렇게 말했습니다.

"선생님. 다른 짐들은 미리 도착했습니다. 그리고 원하시던 방식대로 침실을 개조했습니다. 꿈에 그리던 행복을 얻으시기 바랍니다."

마리아 로사가 섭섭한 듯 물었습니다.

"마리오, 내가 모르는 꿈이 있었어? 그것 때문에 저 밑에 있는 걸 전부 다 버리고 여기까지 따라오라고 한 거야?"

문이 열리자 방이 나타났습니다. 방은 납작한 원통 모양이었습니다. 밖에서 보면 가구들이 전부 둥그런 벽에 붙어 있는 것처럼 보였습니다. 하지만 사실은 평평한 면이 아니라 둥글게 휘어진 면이 바닥이었습니다. 가운데 축을 중심으로 침실이 레코드판처럼 빙빙 돌면 방 안에 있는 가구들이 모두 둥근 벽 쪽으로 날아가 벽에 달라 붙어버렸거든요. 사람도 마찬가지였습니다. 인공중력이 바깥쪽으로 작용했기 때문에 구부러진 면 어디에 서 있어도 자기가 서 있는 곳이 아래쪽인 것처럼 느껴졌습니다.

마리아 로사는 천장에 거꾸로 매달려 있는 마리오를 보고 깜짝 놀랐습니다.

"마리오, 그 위에서 뭐해? 장난치지 말고 아래로 내려와."

"내가 보기에는 마리아 로사가 천장에 매달려 있는걸, 박쥐처럼."

마리아 로사는 서운한 마음을 감출 수가 없었습니다.

"친구들도 친척들도 다 두고 여기까지 왔는데 마리오는 내가 박쥐로 보여?"

마리아 로사의 두 눈에 눈물이 맺혔습니다. 그때 마리오가 옆방으로 통하는 문을 열었습니다. 그곳에는 그들의 새 침실이 들어 있었습니다. 마리아 로사는 문 안에 펼쳐진 광경을 보자마자 서운한 마음이 눈 녹듯이 사라졌습니다. 그리고 곧바로 마리오의 꿈을 이해할 수 있게 되었다고 믿었습니다.

"마리아 로사, 물론 저 아래 있던 집보다 넓지는 않아. 그래도 우리는 여기 입주자 중에 유일하게 두 층을 쓸 수 있어. 그리고……"

마리아 로사가 마리오의 말을 중간에서 잘랐습니다.

"이해해, 이해해."

마리아 로사는 창밖에 펼쳐진 광경에 넋을 잃었습니다. 별, 달, 지구, 그리고 진짜 우주가 창밖 가득 생생하게 펼쳐져 있었습니다.

거대한 침실에는 가운데에 있는 기둥 하나 말고는 벽이 하나도 없었습니다. 그리고 둘레에는 온통 유리창이 에워싸고 있었습니다. 그 유리창은 세상에서 가장 아름다운 유리창이 틀림없었습니다. 그때 만약 태양이 떠오르기라도 했다면 마리아 로사는 아예 정신을 잃었을지도 모릅니다.

"마리오, 너의 꿈을 이해해."

물론 마리아 로사가 생각하는 마리오의 꿈은 마리오 자신이 생각하는 것과는 달랐습니다. 마리오의 꿈은 마리아 로사의 넋을 빼앗아간 창문 옆, 인공중력이 작용하는 방향을 따라 원통 모양의 침실 벽을 한바퀴 빙 둘러싸는 모양으로 놓여 있는 가구에 있었습니다. 그것은 둘레 12미터, 높이 3미터에 달하는 반지 모양의 커다란 침대였습니다. 침실도 옆방과 마찬가지로 둥근 벽 어디에 서도 그 자리가 아래쪽인 것처럼 느껴졌습니다. 그러니 둥근 벽 어디에 누워도 그 자리가 곧 바닥처럼 느껴지는 것도 당연했습니다. 그 둥근 바닥 중 절반은 우주가 그대로 들여다보이는 거대한 창문이었고, 나머지 절반은 전부 침대였습니다. 끝과 끝이 이어져서 둥근 고리처럼 보이는 이상한 침대.

밤이 되자 창문이 빛을 차단했습니다. 해로운 광선뿐만 아니라 밤하늘을 투명하게 비추던 가시광선까지 모두 차단되자 고단한 첫 밤이 찾아왔습니다.

"잘 자."

두 사람은 설레는 마음으로 잠이 들었습니다. 잠시 후에 마리아 로사가 코로 부르는 노랫소리가 들려왔습니다. 곧 마리오도 잠이 들었습니다.

잠결에 마리오가 몸을 반 바퀴 뒤척였습니다. 얼마 지나지 않아 마리아 로사가 얼른 마리오 쪽으로 다가가 등을 끌어안았습니다. 잠시 후에 마리오가 또다시 반 바퀴를 구르자 마리아 로사도 재빨리 마리오를 따라갔습니다.

밤은 길었습니다. 지구 시간으로 열두 시간이나 계속되었습니다. 열두 시간 내내 마리오는 마리아 로사가 있는 곳의 반대 방향으로 몸을 굴렀습니다. 마치 자전하는 행성처럼 말이죠. 그러자 마리아 로사도 재빨리 마리오를 따라잡았습니다. 두 사람은 밤새 무슨 경주라도 하듯 침대 위를 한 바퀴 반이나 굴러 갔습니다. 마치 공전하는 행성처럼 말이죠. 하지만 아무도 침대 끄트머리에 매달리지 않았습니다.

꿈이 이루어졌습니다. 평안한 밤이 지나고 마침내 아침이 오자 마리오는 환희에 가득 찬 눈으로 마리아 로사에게 속삭였습니다.

"내가 그 말 했던가?"

"뭐?"

"아무래도 널 사랑하는 것 같다고."

그 말을 듣는 마리아 로사의 눈이 별처럼 반짝반짝 빛났습니다.

초판 출간사유서

『안녕, 인공존재!』 ISBN 978-89-5605-460-5

　태어나서 처음으로 사유서라는 걸 쓰던 날, 내 머리 위에 떠 있던 먹구름을 아직도 기억한다. 대학을 갓 졸업하고 공군에서 행정장교로 일하면서 처음으로 제대로 된 일을 하게 됐을 때였다. 구체적으로 뭘 잘못해서 사유서까지 쓰게 됐는지는 기억나지 않지만, 한 사람의 성인으로서 나에게 주어진 사회적 책임을 제대로 이행하지 못했다는 사실을 스스로 인정하는 글을 쓴다는 것은 그리 쉬운 일이 아니었다. 아니, 그 일로 인해 꽤 깊은 마음의 상처를 받았던 기억이 난다.

　사실 행정장교에게 사유서란 어떤 면에서는 일상적인 업무 처리과정의 일부라고 해도 좋을 만큼 흔해 빠진 것이어서, 컴퓨터 바탕화면에 지난번에 쓴 사유서 내용을 항상 저장해두는 게 편할 지경이었다. 행정조직이란 건 반드시 어디 한 군데는 잘못 돌아가게 돼 있고, 그래서 꼭 누군가 한 명은 잘못한 걸로 해둬야 하는데, 그런 경우에는 나처럼 군경력을 직업으로 생각하지 않는 사람이 제일 만만한 법이니까.

그렇게 사유서를 써대다 보니 나에게도 슬슬 변화가 찾아왔다. 그것도 경력이라고, 하도 많이 썼더니 점점 더 사유서를 잘 쓰게 된 것이다. 스스로 뭘 잘못했다고 쓰는 건 잘했다고 쓰는 것보다는 훨씬 기분 나쁜 일이어서 그 정도 썼으면 이제 그만 삐뚤어질 만도 한데, 어찌된 일인지 슬슬 이게 재미있어지는 게 아닌가. 관제탑에서 일하는 모 중위의 사유서를 대신해서 써줬을 무렵에는 아예 사유서가 일종의 정형시로 느껴졌을 정도였다.

제대하고 나서는 그 정도 높은 위치까지 다시 올라가본 적이 없어서 그만큼 책임 있는 사유서를 써본 게 언제가 마지막이었는지도 잘 기억이 나지 않는다. 읽는 사람을 십 초 안에 감동시켰을 게 분명한 내 마지막 사유서에 대해서도 전혀 기억이 없다. 하지만 아무도 신경쓰지 않을 사유서 내용에 감동이라는 걸 담아보겠다고 애쓰던 때의 즐거움은 아직도 생생하다.

이 책을 세상에 내놓게 된 가장 중요한 사유가 바로 그 점이다. 나는 글쓰기를 좋아한다. 늘 내성적이고 비관적이기만 하던 아이가 이런 괴상한 나라에서 서른세 살까지 살고도 오히려 성격이 더 밝아진 이유는, 최근 몇 년간 내가 글을 써왔기 때문이다. 대부분 책으로 나온다는 보장이 전혀 없는 상태에서 완성된 글들이지만, 아마도 이 안에는 내가 사유서라는 이름의 정형시에 억지로 욱여넣으려 했던 것보다는 훨씬 더 많은 것들이 들어 있을 거라고 믿는다.

그러니까 이 책이 출간되기까지는 대체로 내 잘못이 컸다고 할 수 있다. 하지만 변명을 좀 하자면, 그동안 나를 살살 부추겨온 사람들의 잘못도 그냥 넘어갈 정도는 아니다. 일일이 열거하기는 어려울 지경이지만 『타워』가 세상에 나오게 한 장본인 중 하나이면서 그때의 잘못을 아직도 뉘우치지 못하고 나를 부추겨서 또 이런 만행을 저지르게 만든 최지은 씨, 옳은 길로 가려던 나를 기어이 이 끔찍한 세계로 돌려세운 북하우스 출판사 고위층들, 그리고 무려 십여 년 전부터 나를 꾸준히 지켜봐오며 혹시나 내가 바른 길로 빠지지나 않을까 늘 노심초사했던 사악한 후원자 주희의 부추김이 가장 결정적이었을 것이다. 치졸한 변명으로 들릴지 모르겠으나 오늘날 내가 이 지경에 이른 건 결국 다 이 사람들 때문일지도 모른다.

앞으로 이런 일이 다시 발생하지 않도록 하려면 도대체 어떤 조치를 취해야 할지도 솔직히 잘 모르겠다. 내 글은 나보다 수명이 길 거고, 책이 되든 안 되든 나도 앞으로 한 몇십 년은 글을 쓸 것 같으니까.

신판 출간사유서

『안녕, 인공존재!』 ISBN 979-11-6405-071-0

나는 꽤 오랫동안 "문단과 장르를 넘나드는 작가"로 소개됐다. 그런데 이 책은 "문단과 장르의 경계" 같은 추상적인 위치가 아니라 "문단과 장르의 문지방" 같은 구체적인 지점에 허리를 둔 상태로 처음 출간되었다. 지금이라면 문지방 위에 책을 딱 눕혀놓지는 않았겠지만, 10년 전 이 책을 처음 내던 당시에는 나 또한 그런 문지방이 있다는 사실 자체를 알지 못했다. 그래서 피할 수가 없었다.

이 책을 내면서 세상에는 둘 이상의 전혀 다른 "작법-독법" 세트가 존재한다는 사실을 알게 되었다.(아마 셋 이상일 것이다.) "어떤 글이 좋은 글인지"를 가르는 기준이 문제가 아니고 "어떤 글이 쉬운 글인지"를 가르는 기준조차 여러 개일 수 있다는 난감한 깨달음이었다. 토론으로 얻은 이론상의 발견 같은 것이 아니라, 원고와 교정지 위에서 얻어낸 구체적이고 실증적인 지식이어서 더 난감한 발견이었다.

리커버 에디션을 위한 교정 작업을 하면서 당시의 난감함을 다시 떠올릴 수 있었다. 10년 전에는 "문단과 장르의 문지방"이 즐거웠던가? 솔직히 그렇지는 않다. 그때도 '문지방에 눕지 말걸', '좀 더 장르적이거나 좀 더 문단 취향인 글만 골라서 묶을걸' 하는 후회를 여러 번 했다. 그러거나 말거나 책은 이미 나와버렸고, 10년 전의 난감함을 보존하는 것도 이제는 내 의무라고 믿는다.

바뀐 부분과 바뀌지 않은 부분에 관해 간략히 설명하면, 우선 지난 10년간 한국문학계가 겪은 변화를 반영하는 작업을 거쳤다. 이 작업을 할 기회가 주어지는 것은 언제나 고마운 일이다. 또한 두려운 일이기도 하다. 다음으로 기술적으로 미숙한 부분을 다듬었다. 되도록 고치지 않고 처음 출간됐을 때 그대로 보존하는 것도 의미가 있다는 출판사의 의견을 진지하게 받아들이면서도, 고장 난 부분을 수선하는 정도의 작업은 하지 않을 수 없었다. 독자가 읽었을 때 뭐가 달라졌는지 알 수 없게 하는 게 목표였는데, 그러려면 수선작업을 꽤 많이 하는 수밖에 없다. 마지막으로 작품 수록 순서를 바꿨다. 이전 배열은 문지방 이쪽과 저쪽이 너무 명확히 나뉘는 방식이어서, 편집자도 작가도 독자도 책의 전반부를 좋아하는 사람과 후반부를 좋아하는 사람으로 갈리는 경향이 있었다. 그러지 않았으면 하는 마음으로 글을 적절히 섞었다.

바뀌지 않은 부분은 작품 자체가 지닌 구조적인 제약과 관련이 있다. 한계라고까지는 생각하지 않지만, 아무튼 여기에 해당하는 수록작은 대규모 수정작업을 시도하지 않았다. 예를 들어 「누군가를 만났어」가 여기에 속하는데, 다른 지면에서 다른 제목으로 이미 다시 쓰기를 마친 작품은 본격적으로 손을 댈 이유를 찾기가 어렵다. 그러므로 이 글을 읽고 평가할 때는 이 글과 『고고심령학자』 사이에 일어난 변화도 함께 고려하는 게 좋지만, 필수는 아니고 희망사항이다.

늘 하는 말이지만 나에게 '작가의 말'은 세상에서 두 번째로 쓰기 어려운 글이다. 그래서 몇 년 전부터는 다른 사람이 대신 기억해주지 않는 책의 내력을 간략하게 덧붙이기로 했는데, 이번에는 '난감함'이 주제가 되고 말았다. 내 책이 난감했다는 말이 아니라 출간된 책이 놓이게 된 맥락이 난감했다는 말이니 오해하지 말기 바란다. 글을 쓰는 것과 발표하는 것은 성격이 많이 다른 일이다.

이것도 늘 하는 말이지만, 나는 언제나 내가 쓴 글들을 좋아하는 작가고 이 책에 수록된 작품들에 대해서도 같은 마음이

다. 부디 이 글들이 오래 읽히고 널리 사랑받기를 바란다.

배명훈

안녕, 인공존재!
© 배명훈 2010, 2020

1판 1쇄	2010년 6월 6일
2판 1쇄	2020년 7월 10일
2판 4쇄	2024년 1월 17일

지은이	배명훈
펴낸이	김정순
책임편집	김경태 허정은
디자인	김형균
마케팅	이보민 양혜림 손아영

펴낸곳	(주)북하우스 퍼블리셔스
출판등록	1997년 9월 23일 제406-2003-055호
주소	04043 서울시 마포구 양화로 12길 16-9(서교동 북앤빌딩)
전자우편	editor@bookhouse.co.kr
홈페이지	www.bookhouse.co.kr
전화번호	02-3144-3123
팩스	02-3144-3121

ISBN 979-11-6405-071-0 03810